十万里山河壮阔
中国式现代化江苏新实践新图景

江苏省报告文学学会 编

攀登者

PAN

DENG

ZHE

张晓惠 姚梦——著

江苏人民出版社

图书在版编目（CIP）数据

攀登者 / 张晓惠，姚梦著. -- 南京：江苏人民出版社，2025.5. --（十万里山河壮阔：中国式现代化江苏新实践新图景）. -- ISBN 978-7-214-28093-0

Ⅰ. I25

中国国家版本馆 CIP 数据核字第 2024U82Z90 号

十万里山河壮阔——中国式现代化江苏新实践新图景
江苏省报告文学学会编

书　　　名　攀登者
著　　　者　张晓惠　姚　梦
责 任 编 辑　强　薇
特 约 编 辑　朱云霏
装 帧 设 计　佳　佳
责 任 监 制　王　娟
出 版 发 行　江苏人民出版社
地　　　址　南京市湖南路 1 号 A 楼，邮编：210009
照　　　排　江苏凤凰制版有限公司
印　　　刷　南京艺中印务有限公司
开　　　本　718 毫米×1000 毫米　1/16
印　　　张　21.25　插页 1
字　　　数　253 千字
版　　　次　2025 年 5 月第 1 版
印　　　次　2025 年 5 月第 1 次印刷
标 准 书 号　ISBN 978-7-214-28093-0
定　　　价　65.00 元

（江苏人民出版社图书凡印装错误可向承印厂调换）

劳动光荣, 创造伟大

用匠心成就登顶事业

用汗水铸造国之砝码

用担当擘画美好未来

致敬, 珠峰登顶的攀登者!

致敬，攀登者！

时光荏苒，八十载风霜雨雪，铸就出机械伟业的钢铁繁花；往事历历，八十载栉风沐雨，绘就了大国重器的骄傲辉煌。

烽火硝烟中诞生，风云激荡处走来。

徐工，我国装备工业标志性品牌，集团前身溯源于1943年华兴铁工厂；20世纪60年代，我国第一台汽车起重机、第一台压路机在徐工诞生；今天，徐工移动起重机、成套筑路机械产销量已多年位居全球第一，成套混凝土机械、桩工机械产销量全球数一数二，产品出口190多个国家和地区。覆盖97%的"一带一路"沿线国家，徐工在工程机械行业稳居中国第一、世界第三。作为中国企业在新型工业化道路上的一面鲜艳的旗帜，徐工集团在高质量发展上始终走在前列。

楚风浩荡，汉水汤汤，徐工人披荆斩棘、戮力同心，从无到有，从小到大，从中国制造到中国创造，从中国品牌到世界名牌！徐工人始终牢记习近平总书记视察徐工时提出的"徐工集团有光荣的历史，一定有更加美好的未来"的殷切嘱托，秉承产业报国的红色基因和光荣历史，与国家发展同频共振，为振兴民族工业拼搏奋斗！

担大任，履行强国使命；

行大道，挺起强国脊梁；

成大器，实现珠峰登顶！

十年磨一剑！八十载成就光荣与辉煌！

沧海横流显砥柱，万山磅礴看主峰。

以徐工担当和徐工作为，徐工集团铸就了大国重器，铸就了中国工业之魂，让中国装备一步步站上了世界高端装备的最高峰——

4000吨履带起重机完成近百次吊装，并作为绝对主力征战沙特、阿曼，震惊世界；

"全球最大吨位"3000吨全地面起重机首吊成功，继续保持着全球最大、吊装能力最强的轮式起重机研发应用纪录；

"神州第一挖"700吨挖掘机"服役"于内蒙古某煤矿，徐工连续5年蝉联全球矿山露天挖运制造商前五强。

行业最大吨位纯电动挖机XE270E、全球最大钻深旋挖钻机XR700E、世界上首款载重90吨的三轴矿用自卸车XDM100、全球最大轮式起重机XCA3000、国内最大马力矿用平地机GR5505、国内最大的电传动装载机XC9350等产品创造了多项全球之最。

徐工汉云工业互联网平台已连接近3000种设备型号，平台足以支持95％以上工业协议为上千家企业提供服务。

徐工"5G全价值链智能工厂"投入使用，徐工无人驾驶扫路机、5G遥操智慧驾舱、辅助吊装、远程专家等众多新产品和新技术大放光彩。

徐工贯彻落实习近平总书记视察徐工时提出的"大力弘扬劳模精神和工匠精神，在为实现中国梦的奋斗中争取人人出彩"重要指示，坚持把人才作为最稀缺的资源，大力营造培养企业家精神、工匠精神的浓厚氛围。

超级创新工程为徐工摔打历练出 200 多位专家，其中数十位已是国内外业界的顶级专家，培育出 136 位高级技师、23 位江苏省首席技师，走出了 10 位全国劳模及全国五一劳动奖章获得者，还有来自全球不同先进企业、著名院校的 56 位顶级专家……

赓续红色血脉、传承红色基因的产业报国情怀，深厚的产业积淀，强大的创新激励机制，凝聚世界智慧的优秀群体，全球顶尖的创新能力，一往无前、坚韧不拔的创新精神……徐工分秒不停续写"重器奇迹"，"新基建"发展蓝图徐徐铺展、光彩夺目，创新的徐工风华正茂、意气风发。

八十载的历史征程，有过烽火硝烟，有过卧薪尝胆，有过无数曲折艰辛。一代代徐工人坚守创新创造，为徐工攀登科技高峰奉献着青春与智慧，以岁岁年年的生命与激情，绘就浓墨重彩、壮美如画的奋斗业绩，值得尊敬、值得接续、值得铭记！

追梦之路，砥砺前行，徐工永葆"赶考"时的清醒和坚定，以忠诚之心、感恩之心沿着习近平总书记指引的方向奋勇前进，把发展制造业、发展实体经济的"看家本领"练就得更强、更过硬！为无数微小而伟大的梦想添砖加瓦，共绘更加美好的明天！

为工程机械设计注入灵魂与情怀，

让工程机械制造诠释使命与责任，

以创新工程机械品牌致敬伟大时代！

以"担大任、行大道、成大器"的使命担当，扛起"国有企业是中国特色社会主义经济的顶梁柱"的政治责任；

以"思辨、革命、创新、登顶"四种精神铸就匠心风骨，围绕构建"1650"产业体系，坚决扛起江苏省链主企业"头马"担当和徐州"343"创新产业集群中工程机械链主企业使命，开拓创新、担当作为，奋力在强链补链延链上展现新作为，领航建设世界级工程机械产业集群，为中国式现代化江苏新实践作出新的更大贡献；

以行业金标准，打造世界级品牌，推动产业"高端化、智能化、绿色化、服务化、国际化"转型升级，在装备制造业高质量发展中走在前列、勇挑大梁，徐工人向祖国奉献业绩与荣光！

他们，是大国工匠，扎根一线，攻坚克难，精益求精。在生产车间、试验场、研究所……用平凡书写中国制造的崭新传奇！他们，代表着中国精神，为重器筑盾，为民族添彩，即便在平凡岗位，敢闯敢拼、艰苦奋斗的工匠精神也始终在他们身上熠熠生辉！

徐工啊徐工

世界东方翱翔的雄鹰

腾飞在五洲，五洲上空

扬中国制造美名

广交天下好友亲朋

互相促进，共同繁荣

我们徐工，万众精英

走向世界显雄风……

"徐工之歌"在蓝天白云间、在云龙湖畔激情回荡，徐工人披日月之灼灼光华，迎时代之风云际会，初心如炬，匠心如磐；执着坚定，信仰不改，新机制，新起点，新征程！唯改革者进，唯创新者强，唯改革创新者胜！徐工是巨人、是强者，向巍巍珠峰奋力登攀！

礼赞，大国重器的创造者，

致敬，珠峰登顶的攀登者！

/ 目录 /

付玉琴

柔弱双肩撑起大国“机械梦”　　　　　　　　　　　　　　　1

刘文生

坚定执着，向技能巅峰奋勇攀登　　　　　　　　　　　　　17

刘丽军

以融促产、以融兴产，以金融服务助力主业高质量发展　33

孙丽

托起“世界第一吊”的奇女子　　　　　　　　　　　　　　50

孙余

披荆斩棘创新驱动，让全世界为中国制造点赞　　　　　73

李晶

以使命和担当，在丝绸之路镌刻“徐工金”的灼灼光华　90

李栋

初心如磐，肩负使命，做一个合格的徐工人　　　　　108

李攀攀

因技能成材，秉匠心筑梦　　　　　　　　　　　　　　128

杨裕丰

坚守创新拼搏不已，让世界听到中国的声音　　　　　143

张军

以科技照亮生命之光，以创新守护美好世界　　　　　161

张怀红

以焊花点亮人生，用焊枪为重器增辉　　　180

陈志灿

以创新挑战超越自我，以气概成就使命担当　　　198

邵珠枫

"毛衣博士"，让世界没有难走的路　　　214

郁小明

匠人匠心匠道，焊花点亮精彩人生　　　230

孟凡东

"后浪"奔涌，无奋斗不青春！　　　244

孟维

用坚韧书写精密人生，以极致雕刻大国重器　　　263

姜涛

御风而行，执着虔诚走在创新的最前沿　　　282

景军清

创新突破，高端液压阀领域的技术大拿　　　300

路易霖

艺术气质、人文情怀，倾心演奏工业设计的创新交响乐315

付玉琴

———

柔弱双肩撑起大国"机械梦"

湛蓝的天空，干净得没有一丝褶皱，辽远而深邃；几只轻盈的鸟儿，似枕着云海，在天空中遨游飞行。

400 吨级实物臂架矗立在调试场上，30 米高的起重机臂架耸立在蓝天白云之间。在与其等高的登高平台上，付玉琴小小的身躯紧靠着起重机臂架，在空中进行着贴片等操作。

不好！地面几十个仰着头的技术人员发出一声惊呼！一阵风刮过，登高平台晃动了！

付玉琴全身冒出一层冷汗，付玉琴费尽全身力气挺直腰板，付玉琴一步也不敢挪动！就这样保持一个站姿，就这样抬起双臂硬是把贴片准确安置到位。当登高平台缓缓降到地面的时候，她发现自己的腿又僵又软，连走下来的力气都没有。

这是对 400 吨级实物臂架开展的破坏性试验，这是进行吊臂稳定性研究的一个程序，这是一个酷似电影大片中惊心动魄的危险片段……

一、 坚韧不拔， 没有什么问题是不能解决的！

> 没有什么问题是不能解决的！外国人能掌握的技术，我们同样能。
>
> ——付玉琴

2017 年 3 月的那天，至今回想起来还是那么刻骨铭心。不论对付玉琴，还是对当时在场的所有同事来说，都是这样。

"嘟——"伏在设计图纸上的付玉琴的手机响了。

"付工，怎么听不到信号？"

"什么信号？哪个位置的信号？"

"超起装置上的信号！"

徐工首台 XCA1200 全地面起重机此时正在调试现场进行紧张的调试试验，却遇到了超起装置上一个信号检测不到的问题。调试人员紧急向付玉琴求援。

放下手中的图纸，付玉琴二话不说，同相关设计人员第一时间来到车辆调试现场。

为了在空中对试验位置进行检查，需要站到 30 米高的升降登高平台上，必须从摇晃的升降台跨过栏杆爬上 XCA1200 的车顶！向来恐高的付玉琴，此时没有任何犹豫便跳上了登高平台。尽管双腿一直在发抖，尽管心中发慌，付玉琴坚持从摇晃的升降台跨过栏杆踉踉跄跄地上了车顶，查看检测板装配情况，分析问题原因，并在现场指导完成了车辆后续调试工作，保证了产品的交付时间。

付玉琴的同事秦小虎竖起了大拇指，说道："我们付工，看上去娇小赢弱，其实对待问题时心中有着无比顽强的斗志。"付玉琴的同事们都很敬佩她。

"没有什么问题是不能解决的！"这是付玉琴的口头禅。

对事业有激情、有热情的付玉琴经常这样说，对同事说，对自己说，在平时研发中说，在遇到难题、险情时也这样说。

近年来，在装备制造业，尤其是超级起重机的研发与设计上，徐工集团一直处于国际领先水平。但这样的技术优势并非一直掌握在中国企业手里，被别人卡着脖子的日子不好过。必须要有自己的绝活，必须创新突破！

想创新突破，就要有万全的准备；

揽得瓷器活，自己必得有金刚钻。

2011年，面对复杂长臂架结构性能提升受限、大吨位起重机无法开发的行业难题，付玉琴主动请缨。

科研创新的道路，从来都是曲折坎坷，没有捷径可走。

经过无数个日夜的钻研，忍受了一次又一次的失败，付玉琴带着研发团队，从上万种工况分析，到几千台车的试验跟踪，从中选出了30个典型工况进行极限载荷试验，研究臂架结构承载特性，打破原有臂架结构，改变载荷分布机理，发明了长臂架高性能的高空大吊载臂架新型结构，最终成功攻克了长臂架性能提升受限的国际公认技术难题，形成具有自主知识产权的专有技术，突破行业吊载性能边界，成功开发了满足高空大载荷风电吊装行业首款千吨级的八轴 XCA1200 和九轴 XCA1600 等重大标志性全地面起重机产品，吊载性能刷新了全地面起重机世界最高风机安装纪录，挺起了中国装备制造业的脊梁。

付玉琴工作照

作为徐工重型全地面起重机研究所主任、产品设计师，结构仿真专业的带头人、臂架结构专业设计专家，付玉琴特别感谢相互支持、一起攻克难关的领导和同事："事情一发生，我们单总就亲临现场，带着我们一起观察，然后回来之后就测量，从零件到系统到整机每一个部件进行分解，找到真正影响变形的特性在哪里。然后针对这样的变形特性，制订解决方案，包括我们下一步的验证计划、如何能够保证产品成功，单总一直亲力亲为，要求我们把每一个环节都把控好。"

二、 挑战自己， 将关键核心技术牢牢抓在手中

外国人能掌握的技术，我们同样能！　　——付玉琴

云龙湖畔，淮海大地，20 世纪八九十年代，"徐工徐工，助您成功"

的广告语可谓是家喻户晓。几代徐工人埋首科研、精进技术、锐意进取，为中国装备制造业打造了一张张响亮的名片。付玉琴，就是这群"技术大神"中的一位。

超级移动起重机，是工程装备行业公认的科技含量最高、研发难度最大的产品之一，被誉为世界工程机械技术的"珠峰之巅"。徐工目前市场最畅销的 3000 吨级起重机，是 1600 吨基础上的再一次突破，可以在 160 米的高空擎起 190 吨的重物，刷新全球轮式起重机的吊装极限。

在 10 多年前，徐工的起重机大约 90% 以上的关键零部件依靠进口，生产的产品基本属于"仿制作业"。缺少核心技术、核心零部件，成为制约国产起重机发展的关键。"被别人卡脖子的日子不好过！我们必须有自己的核心技术。我们从原理开始，从零部件的开发到不断地试验，反反复复地攻克，最终掌握了这一技术。我们也认识到，关键技术的研发要掌握在自己手中。"付玉琴说得云淡风轻，其实，大国重器的研发设计背后是巨大的工程，需要工程设计人员日复一日、年复一年，无数个日夜殚精竭虑、默默奉献。

2010 年后，徐工开始大规模实施国产化战略。随后大约 5 年，伴随中国制造业的崛起，徐工 50 吨以下的起重机产品全部实现了国产化；到2018 年，徐工又基本上实现了 300 吨以下产品的国产化；只有千吨级起重机还有不到 10% 的零部件未实现国产化。

2013 年开始，徐工推进实施高端、高附加值、高可靠性、大吨位"三高一大"产品战略。"我们团队在单增海总裁的带领下，开始进行 1600 吨全地面起重机的研发，而当时世界上最先进的全地面起重机也不过是 1200吨的。没有了参照，没有了标准，一切只能自己迎难而上去摸索。"十年前走过的坎坷征程，付玉琴记忆犹新。

"我们要跨越模仿别人技术的阶段，就是想模仿也没法模仿，他们也没有更新的技术，这是逼迫我们要在臂架技术上进行突破，要构建自己的臂架技术。当时单总不仅对我们研发团队提要求，还身体力行地冲在研发工作的第一线。"

不想上战场的士兵不是好士兵！接到新的研发任务，付玉琴心情激动，跃跃欲试。

付玉琴在天津大学机械制造专业学习了六年，积累了机械设计制造及其自动化等很多专业方面的知识，夯实了实现"机械梦"的基础。毕业时，品学兼优的付玉琴面临着几种选择：留校做教师、去科研机构等。但她的目标很明确，不想过那种一成不变、按部就班、"朝九晚五"的生活，更不愿意为了"混日子"而工作。

为了追求机械设计梦想，这位黑龙江姑娘只身来到被誉为"中国工程机械之都"的徐州，进入徐工，成为了一名设计师。对于未来，她有着明确的目标：利用自己所学专业，为重型制造增添一份力量。

付玉琴常会想起刚入职时那让人难忘的场景。

2008年从天津大学硕士毕业的付玉琴，站到了徐州重型机械有限公司的门口。

试车场上正在热火朝天地举行QAY500全地面起重机的发车仪式。张正得、朱磊两位总工胸前佩戴着大红花，喜气洋洋地站在起重机前面，那一刻，成了付玉琴心中钦慕不已的光荣时刻：何时可以取得这样的业绩和荣誉？这个场景一直印在付玉琴的心中，成为年轻的女设计师上下求索、不断前行的目标。

24 岁的付玉琴知道，这不仅仅是成功完成了一个产品设计任务的庆典，而是国内超大吨位起重机从无到有的突破，代表了我们国家工程机械技术的进步，是民族的骄傲、中国的自豪！中国人再也不用花 1.2 亿元去买一台起重机了！目睹此情此景的付玉琴，作为一名起重机研发人员的自豪感油然而生。

"我当时就在心里给自己定了一个目标，我要努力学习技术，有一天也能戴上大红花，站在自己研发的起重机前面，能够挺直腰杆说，这是我们中国人自己研发的，已经彻底打破了国外垄断。"

当时付玉琴的师傅是张正得总工，他评价付玉琴道："小付刚进厂的时候就对起重机的结构设计表现出了极大的兴趣，她每天都精力饱满地研究起重机的产品知识，每天都在问'十万个为什么'。在他们同批进厂的人当中，小付是进步最快的，一年以后她就可以独立承担相关的科研课题，在科研中表现出了极强的天赋。"张正得总工欣赏之情溢于言表。

2011 年，付玉琴成为攻关团队负责人。彼时，徐工超大吨位全地面起重机的研发刚刚起步，而关键核心技术长期被国外垄断。国内基建发展要求安装高度更高、构件重量更重，臂架结构性能突破成为急需解决的关键技术难题。

在臂架技术上进行突破，构建自己的臂架技术！这是个重大的研发任务，也是个全新的挑战。这个挑战自我、超越自我、为国争光的重任，落在了付玉琴的肩上！

重任在肩，必须干字当头；

不敢辜负，必须全力以赴！

从一张白纸到递上答卷，靠的是一天又一天实实在在的刻苦钻研；从向世界起重机业内最高目标发起冲锋到最终目标成果落地，需要的是一个又一个扎扎实实的研发成效。

春花开了，秋风来了，冬雪曼舞，付玉琴开始了不懈求索的征程。

坐在工位前，她一丝不苟地开展仿真模拟；来到场地上，她认真地进行测试实验，努力掌握起重机部件构造，不断提升设计能力。学习了六年的机械专业知识，在实践中得到切实的交融与运用，付玉琴心中很是欢喜，也很有成就感。

"没有什么问题是不能解决的！外国人能掌握的技术，我们同样能。"

付玉琴主持的"高空大吊载轮式起重装备自主研发与产业化"项目凭借 3 项核心技术站上江苏省科学技术高峰；发明的高空大载荷翼形整体超静定悬置臂架结构，创造了百米高空吊载能力最强的世界纪录；首创高承载 8 轴驱动越野底盘技术，重载爬坡能力提升 30%，更加适合风电施工需求；首创高空大载荷运动稳定控制技术，发明了非特定作业环境下超长臂架主动防碰撞控制系统，提升了高空大载荷吊装的安全性！

在徐州重型机械有限公司，付玉琴担任全地面起重机研究所结构室主任，她的主要工作是研发重型起重装备的吊臂，将起重臂、二节臂、末节臂等有机组装，一个巨型"抓手"便完成了。目前，最新一代的起重机达到了 2000 吨级，而对应的吊臂则长达 175 米，相当于 60 多层楼的高度。

仰望 60 多层楼，是什么感觉？

看见蓝天，看见白云，看见云彩在天上浮动。

这样的重型装备主要运用于风力发电机风叶的吊装，在推动能源绿色低碳高质量发展中，发挥着不可或缺的重要作用。

风力发电机在海风中、在蓝天白云下巍然屹立，构成沿海地区一幅壮美现代的画卷。在远处遥看十分秀美的发动机叶片，其实每一片叶片都重达十几吨到几十吨！

风力发电机叶片的精准安装，离不开研发团队的不断创新、精密测算。从方案设计、计算、数据分析到方案制定、详细设计，与各种数据、图纸打交道……付玉琴的工作每天如此，但远远不限于此。

"中国的风力发电机要用中国设备吊装！"这是付玉琴秉持的信念。作为徐工重型结构仿真专业带头人、臂架结构专业设计专家，付玉琴围绕轮式起重装备关键核心技术，完成起重机高性能柔性组合臂架安全设计技术、起重臂运动平顺性技术等 10 余项技术攻关，攻克臂架屈曲、伸缩抖动等多个行业技术难题。经中国机械工业联合会鉴定，其中多项技术达到国际领先水平，推动了超大吨位起重机行业技术进步。

15 年间，通过对轮式起重装备关键核心技术持续不断地攻关，全球起重机制造商排名前两位均为中国企业，徐工登顶全球第一。

"你戴上大红花站在自己设计的产品前了吧！有照片吗？"

"后来啊，不是我戴上大红花，是我设计的起重机披红挂花了！"付玉琴秀丽的面庞上满是笑意。

三、 攀登不止， 倾心尽力打造大国重器世界品牌

人的一生能做很多事，但必须专注做好一件事！ ——付玉琴

第一眼见到付玉琴，很难把眼前这个秀丽娇小、名字温柔的女子和重型机械联系在一起。可就是这样一位女性，却在工程机械这个常人认为属

于男人的主战场上一干就是 15 年。

从 24 岁入行，付玉琴进入徐工已经整整 15 年了，十五载岁月承载着一个女子的最美年华。付玉琴没有辜负岁月，没有辜负自己的"机械梦"，将生命融于大国重器的设计制造中，闪烁着最为美丽的芳华。

15 年间，作为徐工起重机仿真专业的技术带头人，她带领团队完成了起重臂运动平顺性技术等 10 余项关键技术攻关，成功参与开发行业首款千吨级 XCA1200 及 XCA1600、XCA1800、XCC2000 等重大标志性全地面起重机产品，刷新全地面起重机世界最高风机安装纪录。

15 年来，通过不断创新技术、精密测算，精准安装各种大型设备。

15 年来，她先后完成十余项关键技术攻关，攻克臂架屈曲、伸缩抖动等多项行业技术难题。臂架屈曲计算平台需要经过反复的调校和数据验证来提升平台的仿真精度。仿真程序需要反复修订试验数据才能实现仿真准确率的提升。为了掌握第一手试验数据，付玉琴等一线研发人员挑战自我，克服恐高心理，反复攀爬数十米高的车顶。

15 年来，付玉琴自主创新硕果累累：能够满足高空大载荷风电吊装的行业首款千吨级 XCA1200 成功交付，XCA1600 重大标志性全地面起重机产品正式推向市场。这两款产品的吊载性能刷新了全地面起重机世界最高风机安装纪录，挺起了中国装备制造业的脊梁，实现了从"跟跑"到"领跑"的超越！

15 年，始终如一地坚守在工作岗位上精益求精，实验室屏幕前长年累月地伏案钻研，调试场地上无数次来回测试实验……付玉琴始终潜心攻关，屡克行业技术难题，用小小的肩膀撑起"机械梦"，用心守护"大国重器"。

15 年坚守在徐工重型起重机一线研发岗位上的付玉琴，荣获中国机械工业科学技术奖一等奖、二等奖，江苏省科学技术奖一等奖，两次获得江苏机械工业科技进步奖二等奖，入选江苏省第五期"333 高层次人才培养工程"第三层次培养对象（中青年学术技术带头人）、徐州市第七期拔尖人才等，并荣获徐州市五一巾帼标兵、徐州市国资委系统优秀共产党员、江苏省最美巾帼人物等称号。

2017 年 12 月 12 日下午，习近平总书记在徐州重型机械有限公司亲切看望劳动模范、技术能手等职工代表，鼓励他们"在为实现中国梦的奋斗中争取人人出彩"。付玉琴心潮澎湃，激情满怀。

最近她正带领研发团队，针对风电市场需求，研发 3000 吨级以上更大吨位产品，团队还将针对行业整机刚度匹配和疲劳可靠性等问题进行攻关。

付玉琴团队工作图

责任重大，学海无涯。付玉琴一直没有停下学习、研发的脚步。"学无止境，我们一定要牢记习近平总书记嘱托，努力攻克工程机械领域一系列'卡脖子'技术难题，为实现'珠峰登顶'奉献青春力量。"付玉琴一直在路上。

四、酸甜苦辣，为实现 "机械梦" 无怨无悔

人生啊，没有哪段路是白走的，没有哪些苦是白吃的。

——付玉琴

"有时候，也会觉得对不住父母和孩子。"坐在我对面的付玉琴似邻家小妹那样温婉地笑着。

"80 后"的付玉琴出生于黑龙江绥化的一户农家。小学的时候，赶上农忙时节，家里人手不够，妈妈商量着让付玉琴请半天假在家帮帮忙，她怎么都不同意，一定要等到上完学回来，再去地里把活儿干了。街坊四邻都知道，付家老姑娘（小女儿）是个学习好、做事有钻劲的孩子。这股钻劲儿，付玉琴一直延续到大学，延续到今日。

"花堤蔼蔼，北运滔滔，巍巍学府北洋高。悠长称历史，建设为同胞．不从纸上呈空谈，要实地把中华改造……这是我们的校歌。"付玉琴背诵着校歌的歌词，对母校天津大学一往情深。

天津大学的前身北洋大学始创于中日甲午海战后，1892 年盛宣怀上任津海关道后，开始筹备办学。1895 年 10 月 2 日，光绪皇帝御笔钦准，成立天津北洋西学学堂，1896 年北洋西学学堂正式更名为北洋大学堂，是中国第一所以"大学堂"命名的高等学校。冲着这一点，冲着"不从纸上呈空谈，要实地把中华改造"的歌词，高考成绩可以被浙江大学、复旦大学

录取的付玉琴第一志愿填报了天津大学。

读高中时和同学们一起看电视，少女付玉琴曾经被屏幕上穿着一袭西装裙的白领形象所吸引："我妈妈希望我做老师，但我不想。"付玉琴音色温柔，语言表达力很强，说话语速很快且清晰，做老师肯定也能成为一位优秀的教师。从小学到研究生一直都是班级第一名的付玉琴，完全可以去做教师或是去研究院那样的单位，但她选择了终日与钢铁机械打交道。

成功的背后总是伴随着艰辛的付出。

每天早上8点，付玉琴准时到岗，晚上9点以后才下班。有时遇上突发情况或急需解决的难题，加班到凌晨也是常有的事。就这样日夜兼程，风雨无阻。

"那时，年轻，还真是有点不懂事，对不住海军。"付玉琴笑了。十多年了，每当想起这件事，付玉琴还是感觉愧对丈夫。6月9日是她的生日，2010年6月9日，当时还是男朋友的刘海军从夜晚十点半到凌晨，去公司接了恋人四次。付玉琴一直忙于手中的工作，直到凌晨两点半才被接回宿舍。见到男友手上什么生日礼物都没有，玉琴心中不悦，说话语气也就呛了起来。到宿舍才见餐桌上蛋糕、水果、刀叉都放好了，可因为路上吵架，俩人赌气谁也没有吃。想起这事，付玉琴就愧疚不已。

2011年正月初三，即将举办婚礼的付玉琴，接到了公司领导的电话，向父母和男友打了招呼，急匆匆地往徐州赶。新郎官刘海军和父母没有二话，表示理解。于是，一场没有新娘的婚礼，喜糖照发，喜宴照办。

因为工作忙，家里的事几乎都是爱人刘海军在操持，付玉琴常常说自己不是个好妻子，而作为车桥研发人员的刘海军却特别能理解她。海军觉得，家务事谁干都一样，能和志同道合的爱人一起在家看看书、讨论讨论专业，这是别人家享受不到的幸福。

2016 年 1 月 31 日，距离春节还有 7 天，带领团队已经连续工作 30 多天的付玉琴，因为工作强度太大累倒了。头疼，炸裂般地疼，继而又开始发烧。一开始以为是普通感冒，为了不耽误工作进度，她不顾爱人的劝阻，依然坚持白天上班，下班回来后才去输液。就这样坚持了两天后，付玉琴头疼得受不了，才让爱人接她去了医院，到医院后被医生确诊为脑膜炎。住院后的第二天付玉琴就昏迷了，此后整整昏迷了三天。昏迷中付玉琴不停地自言自语，嘴里说的全是各种吊臂数据和该怎么解决问题。最终，付玉琴在病床上躺了一个月。

当时她正带着团队在攻克"超大吨位高强度柔性臂架的屈曲算法研究"。躺在病床上，付玉琴还在给徒弟王志明布置工作上的事："XCA450 生产和调试还有啥问题没？跟吉林大学合作的项目怎么样了？跟领导汇报了没？别影响进度啊……"

儿子刘思源一天天长大，对于妈妈工作繁忙颇有微词，孩子讨厌妈妈加班、渴望妈妈的陪伴。儿子三年级时为此甚至写过一封"控诉信"："我最讨厌妈妈加班！工作可以带来金钱，金钱可以和陪伴相提并论吗？我知道妈妈的梦想是登上人民大会堂的领奖台，到底是得奖重要还是我重要？"

此时这个十岁的孩子还不能理解，妈妈的梦想不是"金钱"，也不是"登上领奖台"，妈妈的梦想比这些更远大：她和她的团队想助力徐工的重型装备实现"珠峰登顶梦"，想让中国的装备制造业站在全世界的制高点！

"妈妈，知道不？我上过天了！"有次，付玉琴在电话中将"登高上天检测机器"那事当作笑谈和爸妈分享，远在两千多公里外的母亲一听却急哭了："老姑娘啊，你是不是傻？你要是有个好歹咋整？""能有啥？"玉琴笑了，"我就是搞技术的，技术上遇到难题，啥样的困难我也得上啊！"

"我妈其实一直希望我能做个老师。"付玉琴笑了。付妈妈不知道女儿现在也是老师了。付玉琴定期为青年设计师上课，讲技术，讲研发，讲大国重器，讲徐工集团的核心价值观——担大任、行大道、成大器。

"没有什么问题是不能解决的！"不断取得突破的背后，是付玉琴分析上万种工况、经历几百万次的仿真和模拟试验时的付出。

"外国人能掌握的技术，我们同样能！"当团队研发遇到常人难以想象的挫折时，付玉琴心如磐石，她的人生词典里没有"后退"这个词语。

"能为徐工的发展、为中国制造的发展尽自己的一份力，我非常骄傲。"从摸索着起步到大踏步赶超，看着自己参与研发的产品出现在世界各地、应用于重大工程建设时，付玉琴觉得，一切的努力都是值得的。

"技术无时无刻不在发展，唯有比别人更加努力，才能在技术创新中占据领先地位。"付玉琴欣慰地说道，当我的孩子在班会上拿着我们起重机的图片，用很自豪的口气说："这是我妈妈设计的！"我真是很高兴，有成就感！付玉琴已经成为儿子的骄傲，孩子经常跟同学炫耀："我妈妈是大国重器的工程师，她在为国家作贡献！"

2023年的早春，柔风拂起欢声笑语。在第113个三八国际妇女节来临之际，"启新程　共奋进　攀顶峰"徐工2022年度女职工先进表彰会暨环湖健康行活动，在徐州金龙湖拉开帷幕，喜庆热闹。

漫漫绿意，粼粼波光，身着粉色工装的江苏最美巾帼人物付玉琴，正沐浴着金色的阳光走在队列的最前面。

以智慧汗水浇灌梦想，以坚韧实干笃定前行，付玉琴温柔妩媚又坚定执着，在"大国重器"研发的道路上，向着更高的目标进发。

刘文生

坚定执着，向技能巅峰奋勇攀登

　　身披红底金字的绶带，手捧金色的奖杯，文质彬彬的刘文生载誉归来，"厦工杯"全国首届工程机械修理职业技能竞赛第一名！全国大赛的冠军！一战成名！33岁的刘文生"火"了。

　　鲜花、掌声、夸赞，有能力、有经验、有战绩，回到工位上的刘文生被提拔为工段长。令所有人想不到的是，刘文生干了一段时间，就跑到公司领导那儿："领导，工段长我不当了，还是让我回到生产一线吧！"

　　"你考虑成熟了吗？"领导不解。

　　"当领导会花费不少精力，我还是喜欢钻研技术。"33岁的刘文生诚恳地感谢领导的信任，真切地吐露心声……

一、练就过硬本领，成功青睐有准备的人

　　从某种程度上讲，实践经验往往比书本上看到的知识更有用、实用。

　　　　　　　　　　　　　　　　　　　　　　　　　——刘文生

　　"其实，我就是一个大机器的调试员，是把好机器最后一道工序的调

试员。也可以说我是大机器的医生或者说是大机器的'飞行试飞员'。"刘文生很朴实、形象地说道。

"'望、闻、问、切'是中医的需要，我做的调试员工作就像医生给人做体检，检查出设备的各种问题，通过'调'和'试'，将故障排除，达到最佳状态，才能投入生产，交给客户。"留着平头的刘文生微笑着说道，显得稳重、平和。

产品调试，让刘文生感受到工作强度与压力的双重挑战。在户外一干就是一天，夏天40℃高温下曝晒，冬天顶着刺骨寒风。全车检查不仅在车上，还要钻到设备底部，一台车调试下来，常常是满身油污。

调试工作容不得半点儿怠慢和疏忽，现有流程需要持续优化，才能不断提高效率和质量。刘文生通过一次次试验论证，逐渐摸索出"望、闻、问、切"环环相扣的故障排除"四诊法"。凭借这套"四诊法"，刘文生被徐工推选参加"厦工杯"全国首届工程机械修理职业技能竞赛。

2010年刘文生参加"厦工杯"全国首届工程机械修理工职业技能竞赛

三山五岳四海汤汤，来自全国的 114 名优秀技能人才，在南海边搭台比武论英雄！

繁茂的三角梅望去满目绯红，硕大的木棉花在高枝上绽开热情的笑容。2010 年 12 月 4—6 日，"厦工杯"全国首届工程机械修理工职业技能竞赛决赛在厦门市举行。此届竞赛活动是当时国内工程机械行业最高级别的技能竞赛，设置有装载机、挖掘机、汽车起重机等 3 个竞赛组别，获得决赛各竞赛组别第一名的还要进行最终 PK！与过五关斩六将脱颖而出的各路"英豪"同台竞技，刘文生感受到前所未有的竞争压力。

比赛刚开始，刘文生就发现装载机电气设备系统存在故障。常年处理机械问题的他，在电气方面的知识和经验都比较薄弱，立马就有些手足无措。

静下心稳住阵脚，刘文生决定先运用"望、闻、问、切"四诊法解决机械故障，再用余下的时间处理电气问题。经过一遍又一遍反复查验，刘文生最终将五处故障点全部解决，斩获第一名的佳绩。

"一次比赛胜过百日工作，虽然拿到第一名，但在比赛中也清楚地看到了自己的不足，还有许多需要学习的地方。"刘文生回来仔细地总结、复盘。

刘文生从走上工作岗位伊始，就确立了"立足本岗，刻苦钻研技能"的工作追求。

他对装载机各个部位的全面认识和了解，正是始于在新品车间工作的时候。年轻的他天天跟在师傅后面，从领件开始，整个装配过程中的每一个环节、每一个步骤都亲身体验过。待整机装配出来后，再跟着去调试。

凭着耳濡目染、勤奋好学、脚踏实地,熟能生巧,他渐渐掌握了许多看家本领。

把好机器出厂的最后一道工序。调试工作需要积累工作经验,需要掌握专业知识,需要熟悉每一个机器部件。"从某种程度上讲,实践经验往往比书本上看到的知识更有用、实用。"刘文生深有感触。

领导一致看好和认可他在工作中展现的刻苦钻研、顽强拼搏、不懈奋斗的精神,让他代表徐工去厦门参赛。刘文生没让集团失望。

经过4个多月的备赛,100多个日日夜夜,从基础理论知识系统学习到装载机专业知识培训,从系统部件原理学习到整机故障排除,从维修理论知识学习到操作技能掌握,刘文生和队友们加倍努力,辛勤付出。白天进行实际操作训练,晚上再强化理论知识学习、模拟测试,刘文生每天都要到深夜2点钟以后才能休息。

那一段时间,家人只知道他在封闭训练,然后音信全无。9岁的女儿想爸爸了,想给爸爸打个电话,每次总是失望地听到关机的提示音。训练期间,刘文生和其他4位选手团结互助、相互探讨、毫无保留、共同进步。"无论谁取得了好成绩都是我们徐工的荣誉。"

没有人能够随随便便成功,机遇总是青睐有准备的人。刘文生在强手如林的装载机组中一举夺魁,并在三个机种第一名的加赛中荣获总冠军。2010年,刘文生成了徐工集团生产一线上最耀眼的一颗新星。

二、 技术领先， 从工段长做回普通工人

也许我在管理岗位上也会得到发展，但技术平台更需要我。

——刘文生

刘文生"辞官"的经历比较独特。在管理岗位与技术平台之间，有几人能做出这样的抉择？刘文生从工段长做回了普通工人，回到了工位上的全国冠军，依然是埋头干活，朴实如常。

"真的，我喜欢做技术！""技术领先，用不毁！"这是徐工集团的金标准，也是刘文生坚定执着的信念。

刘文生干起了调试维修工作。调试调试，"试"就是通过试验发现问题，"调"就是通过调整修复解决问题，这是把控产品质量的最后关口。每个部件单独拿出来也许都没问题，组合在一起因为特性差异，性能指标可能会下降，所以要像医生一样，给机械进行"调理"，以达到最佳状态。

那次调试的过程刘文生记忆犹新。调试、处理机器装载故障时，"咚、咚、咚"奇怪的声音一直在耳边回响。这不正常！大家以为是机械方面的问题。

动臂？拆！铲斗？拆！油缸？拆！

可是都没发现问题。百思不得其解的刘文生还是一个部件又一个部件反复查找，最后终于发现，由供应商提供的液压油箱盖少了通气孔！没有了通气孔，抽出油后没有空气进行补充，液压油箱在大气压的作用下，自然发出了沉闷的"咚、咚、咚"的声音。虽然找出了问题，但是故障处理过程中走了不少弯路。爱钻研总结的刘文生得出结论：有些问题不能浮于表面，想问题必须得全面、深入、细致，包括与其关联的方方面面。刘文

生将类似这样的事例整理到案例中，理念收录到教材中，为更多的员工提供参照。

练就一身精湛维修技能的刘文生，在调试领域崭露头角，成了同事眼中"大师级"的人物。

2015 年，徐工铲运机械事业部打响以"六性"提升为目标的技术攻关战役，刘文生主动请缨攻关"全系列装载机管线路优化项目"。为了高质量完成项目攻关任务，刘文生带领团队走访市场、调研用户，研究总结出液压系统胶管、钢管、法兰、电器系统线束、接插件共 5 大类 12 种故障模式。

刘文生创造过 15000 个小时的纪录。

为了准确复现故障模式和验证改进效果，刘文生带领团队进行了近 15000 小时的试验，研究焊缝强度和折弯应力分布对抵抗高压脉冲的影响，在收集分析大量缺陷数据的基础上，完善并优化了不同材料焊缝熔深、焊缝高度，以及折弯工艺新参数 26 项，使硬管和法兰失效故障反馈率从 3.46％降低到 0.90％。

在解决现有难题的同时，刘文生意识到注重源头管控，才能为社会和企业创造更大效益。于是，他通过艰辛细致的研究验证，优化液压系统和管路走向、软管和硬管的匹配，提升液压系统管路的可靠性，从设计源头有效控制液压系统震动、冲击、气蚀等液压系统危害，在优化和创新设计的基础上提升了液压系统的可靠性。

刘文生团队通过一系列措施实现了技术和工艺的突破，年创造经济效益 364.2 万元，显著提高了劳动生产率和产品质量，提升了装载机液压系统可靠性和整机结构的一致性。

首席调试官刘文生就是一张"可靠、可信"的名片。徐工 35 吨级超大吨位装载机"神州第一铲"XC9350，这台由成千上万个零部件组成的"庞然大物"，也是经过刘文生严格细致地全面调试后面世的。

刘文生出名了。徐工的大机器在外地，客户常常一个报修电话打过来指名道姓："请刘大师出马！"于是，刘大师立刻坐上了从徐州开往成都的列车。大师出马，效果不凡。这位客户的装载机转向功能不顺畅，急得团团转。刘文生在现场不到半天就搞定了，又主动给机械全面"体检"。客户非常满意，给了十个字的评价：来得快，干得好，服务超值！

技术精湛过硬，做事认真负责，刘文生在客户那里格外"抢手"。在这个圈子里，调试维修工刘文生有个绰号"刘大师"。刘文生笑道："我的工作状态是 24 小时不关机，需要经常往外跑。"近些年，刘文生每年有 100 多天在外奔波，远到黑龙江、海南、青海，全年下来要绕中国转好几个圈。

三、从哭鼻子的少年到技能大师的蜕变

你热爱它，就不会觉得苦。 ——刘文生

二十几个春夏秋冬不懈的拼搏奋斗，热爱可抵岁月漫长，热爱可越千难万苦。

1996 年，19 岁的刘文生从技校毕业进入工厂，从事装载机装配工作。进入车间，装配工要过的第一道关就是识别零部件。一台整机有法兰、接头、软管、硬管、螺栓等上千种零部件，其中仅螺栓就有长度、硬度、螺距、外六方、内六角等各种不同规格，统计下来有上百种之多。如果哪个

地方出个小差错，就会造成严重的质量隐患。

刘文生很快感受到，学校所学与工作所需相去甚远。从令人眼花缭乱的工具和形态各异、品种繁多的零件中，老师傅总能迅速找到所需的零部件。刘文生感受到自己与一名合格装配工的巨大差距。

在成长的过程中，刘文生遭遇过尴尬与难堪。

实习是对学习成绩的检验，刘文生有过磨坏三把刀具的沮丧经历。少年刘文生在技校有一拿手好活，就是刀具做得很漂亮。进入车间实习前，刘文生自信满满，然而实际情况却出乎意料：自己磨的刀具怎么中看不中用，才在钢块上磨了几下，就"嘣"的一声裂开了口。一把、两把、三把，接连三把刀具都在钢块上崩开了口！刘文生十分沮丧，他不解地看向师傅。原来在学校面对的是圆柱形的钢块，而到车间，面对的是异形的钢块，且钢的质地也是不一样的。"需要根据材质来选择刀具的制作方法，好的技工要勤于思考"，师傅的这句话刘文生一直记在心中。

"我还洗过'油澡'。"刘文生笑着说道。那次面对一架装载机，刘文生拆除油管，拆错了一根油管，这根油管中贮存了许多油，压力很大，一拆下来就"嘭"的一声，油水喷溅，19岁的刘文生从头到脚淋得都是油！这么多年了，同期进厂的同事包括师傅们一说起"洗油澡"，大家会一起冲着刘文生笑。

刘文生也掉过眼泪。刚进厂不久，一次机器的泵出现问题，刘文生趴下身子，将头伸进一个长、宽不过半米的狭小空间，一连换了4个泵。干完后，刘文生哭了，他有些委屈："当时不到20岁，很单薄，体重只有120斤，泵却有五六十斤重，是挺苦。"不过，泪水里掺杂得更多的是带着成就感的快乐。

刘文生一上岗就从事新产品装配工作。新产品涉及新技术、新工艺，装配起来比常规产品难度要大。当时的新产品装配还不像现在的流水线作业，而是一台车由一两个人从头装到尾。"这的确不容易，但我很感兴趣，因为能学到更多东西。"刘文生说。五年装配经历，让他对装载机所有的"骨骼血肉"——整机结构包括每根管线都了然于胸。

因为素质好、技能全面，刘文生被选拔到调试岗位上。

"调试就是发现问题、解决问题，这是把控产品质量的最后关口。"刘文生说。刚干调试的时候，电气系统是刘文生的短板，有时电气系统出现故障，还要请专门的电工师傅帮助处理。"干一行就要爱一行，爱一行还要钻一行。不懂的我就到处问，去问设计员、问工艺员、问大学生，还去买来电气系统的专业书籍，从一个个电气符号学起。"一段时间后，刘文生处理电气系统问题开始得心应手。专业电工师傅遇到解决不了的问题时，也会找他一起讨论。

从"初生牛犊不怕虎"到"涉水方知深与浅"，刘文生深切地感受到调试是工程机械制造过程中非常关键的一环，需要缜密、需要细心、需要熟悉机器。必须时刻关注产品细节，不放过任何质量隐患。刘文生不懂就问、不会就学，喜爱钻研，严谨踏实的作风让他年纪轻轻就已在调试工作中崭露头角，练就了一手精湛的维修技能。

调试工作十分辛苦，用心、细心、耐心、责任心缺一不可。外表文质彬彬，工作中埋头苦干的刘文生颇像一只猛虎，认真钻研专业技能的劲头，九头牛也拉不回。

晨雾缭绕，太阳还没露出笑脸呢，调试场上就有一个身影在机器边仔细观察；灯火初上，暮色扯下苍茫，调试场上仍然有一个身影围着机器一个一个部位进行检测。高温酷暑，刘文生攀上爬下，奋战在调试一线；寒风刺骨，刘文生钻进钻出，不放过一处问题。

做，就要尽力做到最好，在刘文生的字典里，从来没有"差不多"这个词。

"我们这工作，千万不能有'差不多'的想法！"他一次次琢磨、实践，摸索出"望、闻、问、切"故障判断排除法，"疑难杂症"经过他听声音、摸振动、量参数总能快速"治愈"。

经年累月的刻苦磨炼，绽放出璀璨的人生花朵。

刘文生，就这样一点一滴地"拼"，终于像熟悉自己的身体一样，摸清了装载机、挖掘机、起重机等机器的一段段一块块"骨骼"、一条条一根根"血管"。多少个早出晚归，无数次摸索检测，刘文生终于"拼"到了全国总冠军金灿灿的奖杯。那一年，他33岁。

工友们都说刘文生很能"拼"，"拼"的故事，刘文生讲起来实在是太多了。

在天津港，他待了一个礼拜，毒辣的太阳和呼啸的海风，让脸和脖子脱了一层皮；

在西藏，他一下飞机就出现高原反应，不得不背着氧气瓶干活；

在哈尔滨，零下十几度的低温，他怕影响调试的手感，不敢戴手套……

刘文生每天晚上七八点钟才回家，周六几乎不休息。"我常给身边人说，干什么都要用心，你热爱它，就不会觉得苦。你要只是应付，干完就扔到一边，那这个工作只能养家糊口，你很难成长。"这一行，刘文生专心干了21年。

四、攻关突破，科技创新是激烈竞争中不败的核心

> 要勇于否定自我，才能不断提升，创新是激烈竞争中不败的
>
> 核心。 ——刘文生

2010 年前，国内大吨位装载机市场几乎全部被国外品牌占领，徐工集团决心闯出一片天地。作为调试维修的技能专家，刘文生被选入项目攻关组。

攻关，需要业务知识的积累，需要研究不同环境对产品的影响，需要创新灵感在研究技术工艺的过程中激情迸发。

内蒙古、西藏、福建，高原、坡地、丘陵……刘文生南下北上，亲历高温、高湿、高寒等极端恶劣的工况环境，研究环境对产品的影响，推出插件水平安装法和线束防水改进、液压系统重型压板在大吨位装载机上的应用等项目，分别将大吨位电气系统短路和液压系统渗漏故障反馈率降低了 56％和 30％。刘文生探索出的新技术、新工艺，有效降低了生产成本，每年实现经济效益 1600 多万元，大幅提升了国产品牌的国际竞争力。

刘文生作为"国家级技能大师工作室领办人"，秉承踏实担当、奋力创新的精神，带领团队充分发挥"出标准、出方案、出人才"工作室职能，做好引领示范，坚持以解决一线难题、提质增效为着力点，围绕提升质量和效率开展创新工作，积极开展难题攻关、工艺优化、降本增效等工作。近 5 年以来硕果累累——

"全系列装载机管线路优化"获全国职工优秀创新成果优秀奖；"大吨位装载机驻车制动维修法"获徐州市职工十大先进操作法；"天然气动力

系统质量提升"和"故障件拆解分析质量提升项目"获徐工集团董事长质量大奖；2BS315A 系列变速箱"异响问题"改进项目获全国机械工业优秀质量管理小组一等奖，将变速箱异响的平均超早期反馈率由 2.51％下降至0.71％；"装载机整机调试程序优化项目"的成果推广，将调试的产能由每人每天 2 台提升到每人每天 4 台，并且大幅度降低了早期质量问题反馈，同时为企业实现降本增效 200 万元/年。

2016 年至今，刘文生先后被国家人力资源和社会保障部、江苏省人力资源和社会保障厅聘任为第 44 届世界技能大赛"重型车辆维修项目"技术指导专家、第 45 届世界技能大赛"重型车辆维修项目"江苏省选拔赛技术专家组组长、国家一体化教学课改企业实践专家等，并被徐州市多家技工院校聘任为技工教育高级实习指导教师，应邀为各级竞赛选手和在校以及实习学生开展技术培训 300 多课时/年，培养和选拔各级竞赛选手 40 多人，为机械工业技能人才培养作出了突出贡献。

大吨位装载机停车制动的维修方法、调试程序改进工艺优化、Z5GN/500KN 机油冷却器接头改进……梳理刘文生近几年的主要技术革新成果，足足有 20 多项，一次次突破了工程机械领域的难题。

调试工作，是产品进入市场前的最后一道工序。一个好的调试工，应该是充当飞机试飞员的角色，把所有问题在工厂就解决掉，为研发人员提供最科学有效的数据和反馈。用可靠的产品质量推动实现珠峰登顶目标，为打造具有全球竞争力的世界一流企业作出更大的贡献！

宝剑锋从磨砺出，梅花香自苦寒来。

历经日月轮回、风霜雨雪，刘文生带领团队围绕着质量与效率"双提升"的高标准开展创新工作，取得了累累硕果。

刘文生工作照

百炼千锤，匠心灼灼；硕果累累，荣誉载身。

刘文生始终坚守在自己挚爱的岗位上，默默奉献、不骄不躁，精益求精、奋力攻关，奔走在创新研发一线，向着技能巅峰不断奋勇攀登，他用行动和付出展现了一名技能工人的品质和担当。

五、技艺传承， 希望更多的年轻人能成为大师

现在国家需要更多的专业技能人才，只有一个或几个技能大师是不行的，还要通过传承带出更多的技能大师。 ——刘文生

刘文生工作室内，一面墙上都是"团队风采"。陈素芹、罗道阳、曹坤等十几位优秀技师、工艺师的照片和事迹，彰显着工作团队的荣光。"徐州专家库成员，省企业首席技师，徐工集团'八小明星'……"此时

戴着眼镜的刘文生像极了一位优秀的老师，指着照片将自己的团队成员、得意门生向我们一一介绍。

科技创新的根本在于高技能人才的培养。目前，带徒弟、上讲台、育新人是他肩上更重要的任务。刘文生不愿当官，但是愿意带着大伙儿一起干。作为劳模创新工作室的带头人，他还主持编写各类装载机培训教材15册，梳理总结国内外机型各类典型和疑难故障100多例。

2011年参加工作的曹坤是刘文生的嫡传弟子。"师傅特别认真，刚开始的时候都是手把手教我操作，教我分析问题，还让我学习各种原理。他总是告诉我，不仅要知其然还要知其所以然。"曹坤说，"师傅的技能是一流的，而比这更令我受益匪浅的是他特别强的责任心，特别能钻研的那股劲。"

独苗孤木难成林，百花齐放春满园。

作为"江苏省示范性劳模创新工作室领办人"，刘文生带领团队为行业高质量发展作出突出贡献。

近5年以来，刘文生带领团队累计申报并获授权专利6项，主持技术革新项目32项，参与公司重大科技创新项目8项，其中市级以上项目获奖8项，累计创造经济效益1785.5万元。在培养人才方面，刘文生和团队开发培训课件和视频20余册，总结疑难故障案例300余项，主持开发《工程机械（装载机）维修》教材，应用于全国职业技术院校专业教学课程。

刘文生领办的省级示范性劳模创新工作室，围绕生产经营活动中的重点和难点，开展技术攻关、技能"传、帮、带"工作，培养技能技术骨干30多人。针对调试工普遍呈年轻化、技能水平参差不齐、对装载机故障的判断经验不足等问题，应邀为徐州市多家高职院校和公司职工开展技能培训 500 余课时，累计参培人数达 2000 多人次。

2022 年，刘文生参与《职业技能鉴定国家题库江苏省分库》开发，完成《工程机械维修工（筑路及道路养护机械）》题库开发工作，同年 7 月，根据他的成长经历拍摄的纪录片《匠心之路》，在中央电视台 10 套《人物故事》栏目播出，极大地激发了广大青年职工刻苦钻研和技能报国的热情，为行业技能人才培养作出积极贡献。

刘文生的工作室成立以来，先后获评为"江苏省技能大师工作室"和"江苏省示范性劳模创新工作室"。工作室已成为技能攻关的基地、技能展示交流的平台和高技能带头人的孵化基地。

刘文生在工作室与团队成员进行交流

"大家叫我'大师'，我听着不习惯，不过我希望，更多的年轻人能成为大师。"刘文生的梦，不远了。

2023 年 6 月 30 日，在上海刚刚结束的 2023 年推进长三角高质量一体化发展工会工作联席会议上，宣布了 40 位首届"长三角大工匠"，徐工集团工程机械股份有限公司装配钳工刘文生光荣入选。

28 年前，18 岁的刘文生刚刚毕业走上工作岗位，28 年后，那个曾经磨坏刀具、冲过"油澡"、掉过眼泪的青年，已是中共党员、徐工集团机械调试领域的技能大师。从全国首届工程机械修理工职业技能竞赛第一名，到土方机械维修工高级技师；从"江苏工匠"到"全国技术能手"，从"江苏省示范性劳模创新工作室领办人"到"国家级技能大师工作室领办人"，从全国"五一劳动奖章"获得者到国务院政府特殊津贴获得者……刘文生坚守在自己挚爱的岗位，默默奉献，不骄不躁，时刻以工匠精神和劳模精神为指引，在生产第一线奋力攻关创新，向着珠峰登顶目标奋勇攀登。

因为热爱，因为执着，刘文生坚守初心，走出了一条不断超越、硕果累累的人生之路。

刘丽军

以融促产、以融兴产，
以金融服务助力主业高质量发展

2023 年 4 月 18 日，2022 "中国金融机构金牌榜·金龙奖"隆重揭晓。在全国众多金融机构中，仅有四家财务公司脱颖而出，其中徐工集团财务公司荣耀上榜！

金龙奖是我国金融界覆盖范围广、知名度高、最具影响力的全国性金融评选品牌活动之一。能从全国 200 余家财务公司脱颖而出，进入全国四强，实在不是一件容易的事。此次获奖，是对徐工集团财务公司各项工作以及服务实体创造价值的高度认可，更为公司以后的发展增添了动能与活力。

看着眼前金色的证书、耀眼的奖杯，刘丽军笑了。经过艰苦拼搏，还有无数个日日夜夜的殚精竭虑，那些曾经以为攻克不了的难关最终被攻克了，那些曾经以为无法完成的任务最终还是完成了。这一切就像窗前的花草树木一样，繁茂而生机勃勃地展现在心底和眼前……

一、伯乐相马骐骥奋蹄， 倾力打造徐工基业不断壮大的助推器

徐工的"大器"文化深深吸引着我，人生需要搏一搏。

——刘丽军

十载岁月倏忽而过，说快真快，办公楼前的花落花开似乎只是一瞬。说长也真是漫长，徐工集团财务公司的十年是从无到有的十年，从小到大的十年，从弱到强的十年，也是刘丽军人生流光溢彩的十年。

戴着眼镜、身材颀长的刘丽军，很斯文、很儒雅。工商管理硕士研究生毕业、科班出身的刘丽军，在银行担任负责人多年，在服务工作中对徐工有着较为深刻的了解。然而，在2013年前，刘丽军可真是从未想过自己会跨进徐工这样一家工程机械企业的大门。

2012年，徐工集团时任党委书记、董事长王民热情邀请刘丽军："到徐工来吧！"

早年刘丽军在银行、金融单位工作的过程中，多次与徐工打交道，徐工的执着奋斗，徐工的大气包容，徐工聚集天下英才、尊重人才、广阔无垠的胸怀，几十年如一日的砥砺奋进、拼搏前行，在刘丽军心中留下深刻的印象。王民董事长的郑重邀请，令刘丽军心动。

"人生需要搏一搏"的念头再度在刘丽军的脑海中浮现，萦绕不去。

家人不同意，银行的领导与同事不理解：搞金融的去重工企业干什么呢！"于是，一开始是以合作的形式，我为徐工提供金融方面的支持。好在高层相互理解，徐工破天荒直接发出了商调函。"

"伯乐相马，骐骥自奋蹄。"这句话用于徐工集团与刘丽军的双向奔赴

很是适合。

"青山不负我，我当不负青山！"这句话也特别适合下定了决心、正式调到徐工的刘丽军。

2013 年的早春，柳丝爆出簇簇毛茸茸的绿芽，微风拂过面颊带着丝丝暖意。刘丽军走进徐工集团大院，眼镜片上有些雾气，视线有点模糊，刘丽军擦了擦眼镜片，眼前的徐工集团总部大楼渐渐清晰了起来。以前因为工作的原因也来过这里，今天，不一样了。徐工成了"我们的徐工"，至今，已经整整十年。

十年风霜雨雪，十年砥砺奋进，十载苦干实干。有摸索前行，有精进钻研，有曲折坎坷，更有硕果累累。

2017、2018 和 2022 年获中国金融机构金牌榜"年度最佳财务公司"称号，2019 年 7 月获江苏省金融创新奖，2019 年 12 月获江苏省企业管理现代化创新成果一等奖，2021 年 11 月获中国工业互联网大赛产融合作专业赛一等奖，2022 年 6 月被人民银行南京分行评为"四星级统计单位"……

刘丽军工作照

产融结合事业取得突出成绩，徐工自成立以来累计投放各项信贷业务近 2000 亿元，结算金额约 5 万亿元，极大支撑了徐工主业高质量发展。徐工构建完整的风险防范体系，实现全面风险管理，建立内部控制体系，建立了贯通预算、预测、预警和预案的量化流动性管理等三大体系。金融科技生态布局显著提升，产业链金融实现长足发展，打造"金融护航舰"助力徐工远征海外……

在集团领导的全力支持下，徐工集团财务公司成立十年来，可说是枝繁叶茂，硕果累累。这其中离不开上级领导的重视和关心、兄弟单位的大力支持、全体团队成员的拼搏奋进。作为财务公司的第一任总经理，刘丽军难以忘怀，这些事例深深地刻在他的脑海中，真的是几天几夜也说不完。比如 2021 年国庆期间的那次汇报会。

2021 年 7 月 24 日，时任集团党委书记王民在公司党委会上提出：要加快海外融资平台的建设步伐，财务公司要有前瞻性的意识，作为重要的工作来抓，把海外融资租赁功能建设好，并要求财务公司在 2021 年国庆期间，向集团领导层汇报海外融资租赁公司建设进展，尤其是美国融资租赁公司的进展。

成立海外融资租赁公司，是徐工集团推动产品进军海外更好更快发展的一个重大决策。财务公司责无旁贷，财务公司必须全力以赴。

为了这次汇报，刘丽军带领公司团队从前期调研到形成汇报材料，加班加点了很多天，甚至国庆假期也没有休息。国庆节早晨不到九点，团队成员就全部到了公司，然后一直工作到夜幕降临。大家无心欣赏国庆之夜的华灯璀璨，一直工作到凌晨两点，第二天一直工作到凌晨三点。团队成员对汇报材料的每一章、每一节、每个数据，逐句逐字逐个推敲。如果觉得哪个地方有问题，就立刻商量修改。

"我们刘总特别严谨、仔细，从不打无准备之仗。仅就从资本金准备这一问题，我们就讨论了三四个小时。有的数据不全或是有疑惑，立即联系海外团队进行沟通了解。"当时的国际金融部部长蒋金参加了汇报材料的撰写，对此深有体会。

10 月 4 日上午 9 时，刘丽军带着部下，走进了集团总部的七楼会议厅。集团领导坐得满满当当，从当时的董事长王民到现在的杨东升董事长、陆川总裁还有集团各级领导都在里边。"这是我进入徐工以来见过的最大阵容。"蒋金部长笑道。

做好充分准备的刘丽军，有条不紊地向领导汇报了美国融资租赁公司筹备的情况，关于组织架构设置，关于公司注册的相关工作，还有未来的经营计划等。刘丽军的胸有成竹获得了领导的赞赏。计划方案顺利通过，按领导要求继续推进人员筹备。

"紧张吗?""还好。"刘丽军笑道，"一开始进入汇报厅还是有一点忐忑的。毕竟，向集团公司所有高层领导作专题汇报，这么大的阵仗之前还真是没有过。但真正汇报起来，就很顺畅了。我们有底气，我们功课也做得足，再说，都是我们已做的和将要开展的工作。"

至此，美国融资租赁公司筹备工作正式启动，跨入了一个崭新的发展阶段。

二、 使命担当百折不挠， 在财务管理风险调解中迸发创新的火花

风险管理能力和后期操作的水平，是财务生存竞争力的重要
体现。
——刘丽军

财务管理工作，远不是外行人以为的仅仅是一些数据和报表的汇总统计工作。听刘丽军介绍财务公司的工作性质，不时蹦出若干专业词汇，如"智融贷""智能贷""苏科贷""研发贷""跨境资金池""AEO""高级信用保函"，还有"资产支持票据"等，我这个外行听得"耳花缭乱"，实在太复杂了。

财务公司所承担的任务远超出一般人的想象：服务实体创造价值，产融结合以融促产、兴产，构建风险防范体系、全面风险管理体系，支撑徐工主业高质量发展等。

这么多这么繁重的任务摆在眼前，需要使命担当，需要百折不挠，需要智慧谋略，何况商海从来是波诡云谲，适当时候还真的需要有"杀"得出去的能力和勇气。

"我们刘总从不打无准备之仗，一个小小的疏忽会酿成不可弥补的损失！"财务公司金融服务部负责人蔡成龙说。

"我们刘总的创新意识绝对强，做工作从来不是应付而是积极应对挑战！"财务公司审计稽核部负责人、党支部组织委员蒋金说。

"我们刘总一丝不苟且有激情有创意，责任感太强！"结算服务部负责人、党支部宣传委员王长久语气里都是欣赏。

"我们跟着刘总'杀'出去过几次！"徐工融科公司负责人胡君伟笑了

起来。

"'杀'出去？刘总带着你们怎么个'杀'法？"这个"杀"字何其生动，何况是用在斯文、儒雅的刘丽军身上。

"我们财务公司有消费信贷、买方信贷资质，可以为我们的经销商和终端客户开展一些按揭融资租赁的业务。"胡君伟说，有家经销商非常特殊，欠徐工的欠款有几个亿。

几个亿！这么大的数目！逾期不到账！

刘总和集团法务部的人员，盯上了这家经销商老板。这个"交道"可真是打得"天翻地覆"，经销商的老板非常精明，欠那么多钱他肯定是不想还。但这是徐工的资产，想不还？没门！

"刘总，这个老板明天在他们公司！"得到消息的刘丽军立刻决定：带着财务公司的风险业务条线的相关人员出征！去 S 省 Z 市！

"君伟，马上出发，去 Z 市！"冬夜十二点了，已经上床准备休息的胡君伟接到刘丽军电话，立刻套上棉大衣上了车，从徐州出发去 Z 市。

其实，财务公司已经派人去过这家经销商几次了，有时候是坐火车去，有时候就直接开车"杀"过去了。为了集团公司的利益，刘丽军不止一次带着助手立马就"杀"过去。这次"杀"过去后的谈判，可以说是没有真刀真枪却"狼烟四起"的战场。

"刘总好！刘总好！请坐请坐！倒茶，上好的龙井！"Z 市那位老总的态度很谦恭。

"你们的设备质量有问题啊，我们的施工进度受到了很大的影响！到现在，我们还欠施工队的钱呢。年底了，你们能不能拨点经费给我们好安排工人过年啊！否则……"这位老板谈到实质性的问题，态度立刻强硬起来。

徐工设备的质量有问题！

影响他的工程进度了！

还要倒赔他的施工钱！

两亿元啊！就想彻底赖账啦！胡君伟他们气不打一处来。

有理不在声高。刘总向准备发难的战友按了按手，使了个眼色，一是一、二是二地与对方进行了细致的分析，从专业的角度，依据具体的事例开始阐述。

一场艰难的谈判开始了。

谈判需要技巧，刘丽军以平和、平缓、平静的态度再次分析了事情的来龙去脉，并提出了解决问题的方式。凭借深厚的金融经验、优秀的人文素养，刘丽军始终占据着谈判的优势地位。与刘丽军一同前去的业务人员心领神会，唱红脸的唱红脸，唱白脸的唱白脸，尽显博弈手段，与经销商斗智斗勇。

几番你来我往的谈判持续了整整大半天，最终这个欠徐工两亿元的Z市经销商服了软，接受了刘丽军和他的团队提出的方案：债务通过经销商融资的方法偿还。这个方案是从专业的角度、风险控制的角度提出来的，对方必须要有足够的资产进行抵押。

Z市的这家公司有一栋价值约67亿元的大楼。刘丽军他们晓之以理、动之以情，三番五次、五次三番地进行劝说，经销商老板终于同意用大楼来进行抵押。真是一波三折！然而，事情并没有就此结束。虽然经销商同意抵押了，但是这幢大楼竟然产权证不全。气势宏伟的大楼竟然还没有拿到房产证。因为这块地当时与相关方面有一定的纠纷，房管局未能为其办理房产证。这如何执行？执行不了！

必须要让他把大楼抵押过来，徐工才能抓住他的资产，我们的资金才能得到有效的保障。这是底线！刘丽军和他的团队坚定不移。

于是，找Z市当地的房管局商量发房产证，房管局不同意！刘丽军又想方设法找多种关系帮忙牵线搭桥。经过一番努力，刘丽军找到了S省的房管局，与S省房管局的对口部门进行沟通，终于将房产证办下来了。"这样，我们就可以进行抵押登记了。这笔业务做下来，对于我们徐工来说，控制住了风险。对于财务公司来说，彰显了财务公司金融专业的属性。"刘丽军深深地松了一口气。

"刘总在这个过程中是主动担当、主动作为，充分发挥了主观能动性。把自己积累多年的金融专业知识，发挥得淋漓尽致，给我们上了一堂生动的风险管理和后期操作课。"胡君伟及跟着刘丽军去谈判的同事，将与Z市经销商的谈判当作一个成功的案例，也为财务公司全体员工上了一堂生动的业务洽谈与风险控制的课程。

类似这样的故事，大大小小的还有很多。在解决每个难题时，刘丽军都会带领团队深度参与，在攻破每个关卡时，刘丽军和团队成员都展现出了成熟的金融专业素质，为公司规避风险发挥了举足轻重的作用。

市场有变化，经营有压力。徐工集团财务公司是非银行金融机构，是唯一持有金融许可证的财务公司。"我们必须做好徐工伟大基业的助推器、调节财务风险的平衡器。帮助主业、助力主业、依托集团、服务集团是我们的责任使命。000425是我们徐工上市的编号，资金、负债、规避风险等相关问题，我们责无旁贷！"办公窗外，株株绿树巍然挺立。

S公司是集团高质量发展的典型，每一次发车，都会征求财务公司意见，请求派专业人员前去把关。令刘丽军高兴的是：S公司召开表彰大会。22家经销商受到表彰，其中有17家客户都是财务公司提供的支持，S公司的负责人握住刘丽军的手："感谢！财务公司功不可没！徐工有几十家分子公司，大家对财务公司信赖有加。凡与经销商打交道，往往先征求财务公司的意见。"

注册发行ABN是徐工整体上市后的重大项目。财务公司资产支持票据（ABN）推进团队充分发挥主观能动性，克服"时间紧、金额大、经验少、主体多"等困难，以最快速度取得中国银行间市场交易商协会200亿元ABN注册通知书。在发行阶段，面对罕见的、极为不利的债券市场巨幅震荡，推进团队知难而进、迎难而上，凭着苦干、实干的劲头和坚忍不拔的韧性，竭尽全力争取优质金融资源，最终实现51.16亿元ABN成功发行，用智慧和意志在不可能中创造了必然，为徐工争取了最大利益。

三、开创海外管理模式， 扩大国际金融业务， 助力集团国际化主战略落地

> 创新出新，以变应变，徐工的一张报表应该让全世界看！
>
> ——刘丽军

2021年国庆期间那场专题专项会议以后，刘丽军带领团队将筹备徐工美国融资租赁公司摆到了重要位置。

徐工早期发展主要集中在发展中国家以及"一带一路"沿线国家和地区，欧美市场相对开拓较少。为扩大海外市场份额，徐工决定在美国设立

融资租赁公司以协助产品销售。这涉及多个部门的合作，筹备工作持续了近三个月，团队成员来自财务公司、进出口公司和主机厂。

筹备徐工美国公司的艰辛过程，可谓是一波三折甚至是"三波九折"。

它需要经过很多部门的审批，包括国资委，包括商务局，还有外汇管理局等部门。在国内成立国外公司，手续比较复杂，前前后后用了很长时间。首先，要与美国方面建立联系，了解并评估适合在美国建立公司和销售平台的因素。其次，要与潜在候选人进行面谈，以确定最适合担任关键职位的人员。再次，要在海外进行面试，这可能涉及面试海外华人、外国人等海外员工。最后，还要考虑美国公司的筹建工作，如何招募新员工，以及如何与国内团队成员协同合作等。

2022年3月，财务公司经多方考察后向集团领导层汇报，确定了由Q先生担任美国公司总经理的首任人选。在这个人选上，也是经过了从不了解到了解，从对抗到合作，从相互猜忌到彼此信任的过程。

Q先生是海外华人，在国内上学，也在同行业公司工作过，曾经在美国的工厂做财务。他作为徐工美国公司招聘的第一位员工，担任美国当地筹备组的负责人。当时，因为Q先生在徐工的竞争对手公司工作过，公司对他的审查也多了一些考量。此外，由于Q先生在美国生活多年，文化和习惯上存在差异以及对徐工的了解不足，所以初期的磨合不是很顺利。

两国商务运作模式有区别，徐工希望加强风险管控，而Q先生那边则希望管控"阀门"能松一些。

"Q先生，要不这样吧！当地有我们的一个大客户，他做的业务比较多。业务金额也很大，其实是有一定风险的。你可以去现场调研一下，看看他到底怎么样，再决定你后续要不要合作。"

"你还可以到当地徐工的仓库去看看，再去看看我们的产品，也可以上网查查我们徐工集团。"刘丽军代表国内团队诚恳邀请，Q 先生也去实地看了。在与刘丽军进行深入交谈后，Q 先生的态度发生了明显的转变，从一开始的"针尖对麦芒"，到后来变得非常配合。通过与客户的深入交流，他对徐工国内团队的专业能力有了更深刻的认识。

在国内团队的直接指导下，美国公司在推动业务的过程中，建立了一套完整的管理制度，包括客户准入、产品定价等环节。这使得公司在海外市场中迅速崛起，为徐工在美国当地的发展作出了重要贡献，成功地在北美高端市场上取得了一定的成绩。Q 先生也是心悦诚服："国内的团队还是可以的，非常专业，你们做金融的，对这一块确实比我了解，更比我专业。"

近年来，徐工坚定不移地推进国际化主战略落地，国际化收入和出口收入连年增长。2022 年国际化收入达 278.38 亿元，同比增长 50.5%，出口收入 216.3 亿元，同比增长 70.5%，境外收入已占营业收入的 29.67%，占比较上年近乎翻倍。财务公司发挥金融平台专业优势，在国际结算、融资支持、风险管理等方面发挥了重要作用。

徐工集团财务公司在海外融资、跨境结算等方面不断进行探索创新。在国际结算方面，创新金融产品，为徐工进出口平台企业提供即期结售汇、国际贸易融资、代开国际信用证等金融服务，助力海外市场拓展；同时通过跨境本外币资金池绿色通道，开展境内外资金余缺调剂，提高集团整体资金运营效率；在海外融资方面，协调政策性银行、国有商业银行及其海外机构，携手国际机构（渣打银行、澳新银行、德意志银行等）智囊团队，为海外投资设厂、融资租赁公司设立、存量融资置换等策划银团贷款、内保外贷、跨境直贷等方案，优化负债结构，规避汇率风险，利率屡创行业新低，助力徐工全球化经营；在增信支持方面，作为全国首批海关税收担保试点单位，出具各类海关保函，帮助涉外企业获得 AEO 国际高级认证，大幅提高通关效率，并享受更高关税优惠。

国际金融业务取得显著成效，2017 年徐工集团财务公司获得海关总署批复的企业集团财务公司税收担保试点业务资格，是全国首批十家试点财务公司之一。税款保函担保范围覆盖南京、上海、郑州等全国 7 个主要海关，助力成员单位实现进口业务通关便利化。2017 年，徐工集团财务公司为徐工负责进出口的平台企业——徐工进出口公司、徐工保税公司出具保函担保，为其顺利通过海关 AEO 国际高级认证提供关键金融支撑，获得这一海关信用最高等级国际认证后，涉外企业大幅提高了进口通关效率，并能够享受更高的海关税收优惠。

自 2014 年开办外汇业务以来，徐工集团财务公司为境内外公司办理国际金融业务超 30 亿美元，同时，拓展外部金融资源，优化负债结构，规避汇率风险，代理境内外公司外币融资超 35 亿美元，实现降本 2.5 亿元人民币，为徐工海外金融中心的设立奠定了人员基础与业务基础。

四、刀刃向内，自我革命，培育壮大财务公司亚文化体系，有为才有位！

我们不是因为看见而相信，而是因为相信而看见。

——刘丽军

　　君不见黄河之水天上来，奔流到海不复回。

　　君不见高堂明镜悲白发，朝如青丝暮成雪。

　　人生得意须尽欢，莫使金樽空对月。

　　天生我材必有用，千金散尽还复来……

　　彩灯闪烁，音乐阵阵。一年一度的财务公司年底员工联欢会开始了，刘丽军铿锵激昂的《将进酒》朗诵，将联欢会推向了高潮。

　　十周年了，财务公司在刘丽军的带领下，从十来个人发展到近七十个人的团队，汇集着来自五湖四海的精英。刘丽军的理想主义情怀，凝聚着团队的精气神，更打造出一支勇于挑战、敢于战斗的精锐部队。

　　在徐工"大器"文化的引领下，刘丽军带领财务公司全体员工经过多年实践，形成了"态度优先、业绩至上"的绩效文化，"有为才有位"的人才文化，"干中学、学中干"的学习文化，"刀刃向内、守正创新"的革新文化，"风控就是竞争力，合规创造价值"的风险合规文化，以及"专

徐工集团财务公司全体成员（一排左六为刘丽军）

业领先、敢担当"的工作精神。10 年来，财务公司共向徐工总部、成员单位培养输送了 20 余名忠于徐工、可堪重任的财经人才。

刘丽军是财务公司的领导者，尽管工作非常忙碌，但他仍然热爱学习和研究各种领域的问题。他不仅关注业务本身，还对人文、历史等方面有着浓厚的兴趣。作为一位优秀的管理者，拥有广博的知识结构对提高业务能力有非常重要的作用，尤其是在需要经常与各种人打交道的财务公司老总这个职位上。

刘丽军在公司员工中有着很强的凝聚力。如何协作与自我革新，如何在工作中保持真实性、有效性以及创新性，是他在领导班子的日常工作研讨中常提出的问题。"我们需要关注一线员工的感受，让大家感受到公司的关爱和支持；要以问题为导向，找出工作中的不足和短板，并积极寻求改进和创新；要有务实的工作态度，追求实效，不做表面文章；借鉴先进团队的案例，学习他们的经验，不断提升自身的专业素养和服务能力。这样才能在工作中不断进步，实现个人与企业的共同发展。"这是刘丽军对领导班子提出的要求。刘丽军很注重细节，顾及员工们的感受，为员工提供从夏日消暑到节日祝福的各种福利。

刘丽军热爱朗诵，喜欢大气磅礴的诗词。毛泽东的《沁园春·雪》、李白的《将进酒》，苏轼的《念奴娇·赤壁怀古》都是他喜爱的诗词，也是每次员工相聚时，很受欢迎的开场或是压轴节目。"我们的员工，是要与不同的人打交道的，必须要有良好的口才和得体的形象。"刘丽军对员工有着全方位的要求。

工作的确很忙，任务的确很重，有的是牵一发而动全身的重大项目，有的直接与集团利益相关。刘丽军要考虑的事情太多。但再忙再累，他不会忘记对员工的关怀。蒋金、王长久都提到刘总安排负责后勤的同志为加班的员工送早餐、宵夜。"那次国庆期间的重要汇报，刘总为我们点了鱼，迟迟不上来。我们都想走了，刘总却如兄长一样让我们等等，'加班，不在乎多等一条鱼的时间'。"

"数百年旧家无非积德，第一件好事还是读书。"这是刘丽军的口头禅。刘丽军一直喜欢读书，尤其喜欢那些贯穿着哲理与思辨的书籍。"读书是最值得付出的一件事，我们要将读书融入自己和工作和生命中。"刘丽军要求员工读书，推荐经典读本，自己更带头读书，撰写学习心得。

"格雷戈·麦吉沃恩的《精要主义》，我的体会是精要主义不是如何完成更多的事情，而是如何做好对的事情。它也不是提倡为了少做而少做，而是主张只做必做之事，尽可能做出最明智的时间和精力投资，从而达到个人贡献峰值。""精要主义是自我管理的提升和净化，绝不是精致的利己主义。精要主义是一种理性的选择，是一种人性的升华。做最主要的事，善于舍弃，高效工作，轻松生活，是一种人生的智慧。"

刘丽军向员工推荐《习近平的七年知青岁月》《情商》《读书是最对得起付出的一件事》《苦难辉煌》等，这些好书浸润着员工的心田。每人都结合工作和生活、理想与现实等问题，回顾自己在人生旅途上走过的路，撰写了自己的心得体会。财务公司员工的读书心得长达 15 万余字，共计 500 多页，字里行间充满了真情实感，闪烁着真理要义、智慧之光。读书活动为提升团队整体的文化素养与综合素质，起到了非常大的作用。脚踏实地，仰望星空，大家对新时代徐工的"思辨精神、革命精神、创新精神、登顶精神"有了更为透彻的了解。刘丽军的专业知识、使命感、责任感、智慧创新的工作思路，对年轻的财务人员有着很大的影响。

"我相信我就是我，我相信明天；

我相信青春没有地平线，

在日落的海边，在热闹的大街，

是我心中最美的乐园。

我相信自由自在，

我相信希望，世界等着我去改变……"

青年员工的激情朗诵在会议室久久回荡。

"我们不是因为看见而相信，而是因为相信而看见。"刘丽君对自己说，也对员工说。

相信的力量，执着的坚守，这是任何事业成功的前提。相信真理，相信光明，相信真善美，会在困难中看见希望的新绿，会在征程中乘风破浪、一往无前。

面向未来，刘丽军充满信心：我们财务公司将继续坚守风险合规底线，锚定集团高质量发展新要求新战略，发扬刀刃向内的自我革命精神，心无旁骛，苦干实干，守正创新，稳步推进数字化转型和司库建设，强化资金流动性管理的根本，深入践行产融结合与业财融合，为徐工打造成为世界一流的现代化企业，提供更强劲的金融支撑！

孙丽

———

托起"世界第一吊"的奇女子

花红了，柳绿了，四月好春光。

XGC88000 履带起重机巍峨磅礴，长长的臂架在空中呈现出的金黄色线条极富张力，矗立在蓝天白云下，"世界第一吊"五个金色大字刻在机身上，华彩灼灼、震撼人心！

一、奋力创新，不懈追逐峰顶的 "重工之梦"

创新让技术人员挺直了腰杆，从奋力追赶到不断超越，让我们从无到有，从有到强。

——孙丽

1. "世界第一吊，属于中国！"

"大吊车，真厉害，轻轻一抓就起来……"这段戏曲电影《海港》呈现出的经典画面，是那样深入人心。

当时间的脚步跨入 21 世纪，这样的情形在中华大地上已随处可见。从 50 吨到 150 吨再到 500 吨、650 吨、3000 吨，起重机的吨级提高了。

这些起重机无一不和这个名字紧紧相连——徐工集团工程机械股份有限公司建设机械分公司副总经理、研究员级高级工程师孙丽。

艳阳高照，烈日炙烤，万顷东海闪烁出金光万道。2013 年 7 月，山东烟台万华工业园内，人头攒动。全国工程机械负责部门的领导和专业人员来了，一项牵动着无数人心的大项目正在这里启动，见证中国工程机械迈向世界巅峰！

启动！

随着一声令下，在人们的屏气凝神中，金黄色的履带吊缓慢又稳健地向着蓝天高高升起，起重机长长的吊臂在天空划出刚劲又雄健的线条，再缓缓落下，在太阳的照耀下，在海风的吹拂下，将 1680 吨的丙烯塔从容又稳健地吊起！

首吊现场，在中石化及徐工专家服务团队的全程监督下，一切有条不紊地快速推进。1 个小时，2 个小时，3 个小时，4 个小时，5 个小时……广袤的蓝天作证，浩瀚的东海作证，众多在场的徐工人作证：这台 4000 吨级履带起重机一次性吊起了相当于 2200 多辆家用轿车重量的物体，用 5 个小时完成了过去需要 3 个月才能完成的巨型反应塔吊装，首吊成功！

经历了 5 个多小时的奋战，所有人见证了这场耸立于天地之间的吊装盛宴，在惊喜与震撼中分享着吊装成功时的巨大喜悦。首吊的巨大塔器成功就位后，项目方啧啧称赞："这个'巨无霸'太厉害了，虽然早有耳闻，但是这次能在现场亲眼见证，感受完全不一样！徐工集团，厉害！"

徐工成功了！

孙丽成功了！

中国工程机械的又一项大国重器成功了！

此举震惊了国内外机械行业!

此举实现了我国超大吨位履带式起重机研发制造的新突破。业内人士关注,整个机械行业关注,国家分管部委关注,国外相关行业也在关注!

而最使人振奋的,不仅是它的吊装能力刷新了纪录,而且因为它所带来的巨大经济效益。中石化项目负责人十分兴奋:当时吊装的丙烯塔,在没有超大吨位起重机的情况下,需要将其一节一节分开吊装再逐层焊接,工期长达三个月,而且存在很高的安全风险,但徐工4000吨级履带起重机仅用5个小时就安全高效地完成了吊装任务。

烟台旗开得胜后,火力全开的XGC88000,又一路过关斩将,内蒙古、江苏、广东、辽宁……南征北战,功勋满身,截至2023年底,总吊装量已接近30万吨,创下多项吊装纪录。它从未因时间流逝而淡出人们视野,而是历久弥新更加彰显出科技创新的价值与深厚内涵。当它远渡重洋来到沙特、阿曼等陌生国度,它就不再是一台产品,而是被赋予了一个全新的名字,叫作"中国创造"。

正如央视《大国重器》专题栏目在报道XGC88000时,曾不吝啬褒奖之词,将其称为"国家砝码",并意味深长地说道:砝码的轻重取决于自身的重量,制造什么和怎么制造,决定着一个国家在世界的地位。

全世界起重机业的目光投向徐工,投向这托起"世界第一吊"的奇女子——

孙丽,一个40岁刚出头的女子,她是怎样做到的?

那一段经历的日子刻骨铭心,

那一段研发的道路荆棘遍布。

有过迷惘,有过疑虑,唯独没有放弃。

孙丽回忆，当时真是连夜里做梦的时候都在想，究竟如何才能把这么重的东西吊起来。研发团队在她的带领下，经过 700 多个难眠之夜，绘就了 10076 张设计图纸。功夫不负有心人，拥有 3 项国际首创技术、6 项国际领先技术以及 80 多项国家专利的"世界第一吊"4000 吨级履带起重机横空出世。

2016 年 5 月，荣获全国五一劳动奖章的孙丽，站在人民大会堂的讲台上自豪而骄傲地说："我们用了近 20 年的时间，向全世界大声宣告，世界第一吊属于中国！"全场掌声雷动。

从此，彻底改变了从前我国大吨位起重机花巨资依靠进口的状况。现在，国内市场再也见不到欧美的此类产品。

4000 吨级履带起重机的成功研发是孙丽多年来在履带起重机技术攻关上的积累与爆发，孙丽带领研发团队，经历了跌宕起伏的艰辛历程，不断砥砺前行，最终成功登顶！

2017 年 12 月，习近平总书记视察徐工时，看到 XGC88000 的模型说："我在宁煤集团看到过。"孙丽笑了，孙丽的同事与战友们笑了，这是对中国制造的赞许，这更是对"世界第一吊"的高度认可。

"装备制造业是制造业的脊梁，要加大投入、加快研发、加速发展，努力占领世界制高点、掌控技术话语权，使我们成为现代装备制造业大国。"习近平总书记考察徐工集团时的殷殷嘱托，为坚定前行的徐工人鼓足了士气。

2. 从"中国第一吊"到"世界第一吊"的漫漫征程

没有一蹴而就的成功，

哪一朵花儿的绽放不凝结着风霜雨雪。

大型履带起重机的历史虽已过百年，但直到 20 世纪 80 年代我国才开始进口。1994 年，孙丽刚进厂不久，徐工生产出了第一台具有自主知识产权的 50 吨履带起重机，全厂兴奋异常，欢呼雀跃。而此时德国的利勃海尔集团已拥有 800 吨的履带起重机产品！

22 岁的孙丽在心底发誓：我一定要让中国起重机站上世界之巅！

从 1994 年到 2013 年，从"中国第一吊"到"世界第一吊"，孙丽带领团队在徐工集团领导的大力支持下，在研发履带起重机的征途上锲而不舍、砥砺前行，整整奋斗了二十个春夏秋冬，一个女子最好的青春年华，在履带起重机的研发征程中，披风霜雨雪，历春夏秋冬，绽放奋斗者的灼灼芳华。

孙丽工作照

又是一年的花开花落。经过一年的思考与钻研，1995 年，被誉为"中国第一吊"的徐工 QUY150 顺利问世，孙丽主持建立的"塔式工况应用成果"被行业选中并编入教材。

初始，既没有数据可供参考，也没有专家可以请教，就连相关资料也没有现成的可供学习、研究和借鉴，一切都要从零开始、从头起步。白天，孙丽收集实验数据，晚上，便独自一人伏案研究，设计图纸，冥思苦想。就连身怀六甲时，孙丽也照常加班加点，悉心研究起重机技术的相关资料和数据。

功夫不负有心人，经过一次又一次摸索研究，一次又一次失败考验，孙丽和她的团队，终于在 2003 年，研究设计出我国第一台 150 吨级别的起重机。

马不停蹄，快马加鞭，孙丽带领团队一鼓作气完成了 260 吨、350 吨等多款产品的总体设计，以及多种起重机臂架系统的设计，解决了多项大吨位履带起重机产品的瓶颈问题，为之后的 1000 吨、2000 吨产品的诞生打下了坚实的基础。此时年轻的孙丽，已是徐工乃至全国起重机臂架设计的领军人物。

每一束鲜花与每一次掌声的背后，都隐藏着夜以继日的钻研与辛劳；

每一次吨位的升级与性能的强化，都凝聚着孙丽与研发团队的心血与汗水。

2010 年，由孙丽担任总设计师，世界最大吨级履带起重机研发工作在徐工集团启动，此时的孙丽才 38 岁。她受命主持国家 "863" 项目重要课题之一——4000 吨级履带起重机研发工作，面临着极大的困难：没有原型参考，没有任何可供借鉴学习的产品，项目进展异常艰难。

"核心技术是买不来、求不来的，还是要靠自主研发。别人能做到的，我们也能做到，别人不敢做的，我们也要敢于尝试、敢于创新、率先突破。"

天有三宝：日，月，星；

人有三宝：精，气，神！

4000吨级履带起重机是什么概念？相当于要吊起2200多辆家用轿车的重量，如果让这些车首尾相连，几乎可以绕徐州云龙湖一整圈。

项目没有任何原型可以参考，连如何下手都不知道。孙丽当时真是走路时想、吃饭时想、夜里做梦的时候都在想，究竟如何把这么重的东西吊起来？那一段时间，孙丽每天12时左右睡觉。夜里睡到凌晨四点总是会醒来，然后就将所有技术上的环节和注意点，一个个在心里过，一项项在脑海中盘算。身体极度疲劳，面颊总是红红的，精神处于高度亢奋的状态。

回忆当时的辛苦，孙丽感叹："当时，我就像着了魔一样，做梦想的都是4000吨。当时确实挺难的，特别是在产品的概念设计阶段。"

"比如说我们画一张脸，一个鼻子、两只眼睛，怎么画都有类似的原型。但这个项目没有原型可以参考，没人告诉我要画什么样的脸型，画几个鼻子几只眼睛，但结果已经定好，就是要吊起4000吨重量。但这张脸连怎么下手都不知道"。

孙丽在担任3600吨履带起重机总设计师时，有一阵子研发工作似乎走进了死胡同。但孙丽的人生词典里从没有"放弃、观望、等待"这些字眼，与生俱来不服输的精神气质与已然成熟的专业素质，令孙丽在似乎"山重水复疑无路"之时，拓宽思路跳出行业，从桥梁构造上寻找线索。

"没有思路的时候，我就去研究桥梁、建筑。"孙丽几乎把所有横跨在长江上的大桥都研究遍了，最终发现拉索式大桥的桥塔形状和履带起重机的受力模式相似，桥塔的形状要么是"H"形，要么是"A"形。

有了！孙丽从中得到了灵感与启发，在一次次奔走与思考中，在一次次计算与绘图中，迎来了"柳暗花明又一村。"

此时，用户提出是否可以实现一车两用的全新要求又摆到了孙丽面前。大吨位起重机通过自身部件组装，"变形"为一台小型起重机，以适应不同的工作需求，提高设备的利用率及运营经济效益。这个课题是世界工程机械行业的梦想，是多少世界级优秀机械工程师的梦想，但一直无法真正实现。于是，孙丽带领团队深入研究大型工程的施工工法，对每个部件进行了数轮的讨论和优化，设计了七种不同的配重方案，提出了超过十种不同的臂架形式……

七百多个日夜兼程，10076 张图纸绘就"世界之最"，几万个数据的核算，凝结着孙丽与团队的心血与汗水……"我们的脑袋是挂在起重机的臂架上的！"孙丽带领团队艰辛又严谨地一项一项、一步一步走在研发之路上，向前攻关。

2013 年 7 月，4000 吨级履带起重机在山东烟台首吊成功。其中"一车两用"技术，更是实现了所有起重机设计师的梦想，成为国际同行竞相学习的旗帜和标杆。

一路披荆斩棘，

一路引吭高歌。

孙丽带领团队研发设计的 4000 吨级履带起重机，解决了核电、大型石化等国家重大工程建设一直受制于国外品牌的"卡脖子"问题，彻底打破国外品牌长期以来对大型履带起重机的垄断，至今保持着世界单台流动式起重机一次性起吊 2600 吨的工程应用纪录。

在 2018 年"超级移动起重机创新工程"项目上，孙丽及其团队研制的产品成功摘得中国工业领域最高奖项——中国工业大奖。同时，作为目前中国唯一一款获得欧盟 CE 认证的 4000 吨级履带起重机，XGC88000 再次展示了它广阔的应用前景和超强的适应性能。

自从 2013 年烟台首次吊装成功，这台 4000 吨级的机器已经跋山涉水参与过国内十多个大型石化项目，总吊装重量达 30 万吨，创下多项吊装纪录。徐工 XGC88000 履带吊，这张与众不同的中国名片，在 960 多万平方公里的土地上留下了令人震撼的足迹与印记。一次次肩负重任，一次次圆满完成使命。

徐工对大吨位的起重机都采取了"保姆式"的服务。首先，在产品推出后徐工组建了一个由主任设计师、调试工程师、安装工程师、服务工程师组成的服务团队，对 XGC88000 进行全方位的服务。其次，徐工对客户方的操作人员进行了相关培训，包括未出厂前的进场培训、实际操控培训等，从而保证产品能够安全可靠地完成吊装工作。

"报国之道，创新至远；振兴之任，创新制胜。有责任才能担大任，有梦想必能达顶峰。"这是孙丽的心语。

怀揣着"让中国工程机械走向世界之巅"的初心使命，"一根筋"坚持坚守，柔肩勇扛千吨担。孙丽凭借着永不服输、永争一流的毅力和魄力，在中国履带起重机的发展史上不断创造突破。

4000 吨级"世界第一吊"XGC88000 推动中国履带起重机登顶世界之巅；

全球首创盾构一体吊装成套化设备颠覆传统工法、开创技术先河；

全面构建风电成套化吊装设备研发平台持续引领行业发展……

3. 摘取工程机械 "皇冠上的明珠"

"珠峰登顶"！这是徐工集团的追求，也是孙丽及其团队的奋斗目标。

"设计产品，永远不要怕麻烦，永远不要满足，没有最好只有更好。"孙丽经常这样跟团队讲，坚持高标准、严要求。工程机械首先是技术的登顶。近年来，孙丽带领团队以市场为中心，以客户需求为导向，持续打造贴近市场、贴近用户的高水平领先产品。

在国家共建 "一带一路" 的倡议下，孙丽敏锐瞄准大型地下工程建设过程中的盾构机吊装领域，率先在行业内开发盾构吊装成套化设备。她带领团队首创主副臂多机构协调控制、大深度反吊等多项技术，将包含全球最大吨位盾构机吊装设备在内的 "盾构先锋" 产品集群推向市场，变革吊装工法，使我国成为全球首个拥有盾构一体吊装成套化设备的国家，打破国内外盾构吊装传统，引领行业技术发展新方向。

围绕国家实现碳达峰、碳中和 "双碳" 重大战略，聚焦风电市场抢装潮，孙丽提前布局，精准设计，主持规划研发了徐工风电型系列履带起重机产品，多项技术行业领先，变革行业吊装作业模式——

国际首创菱形折叠臂，填补行业空白，搭载产品完成全球首座 160 米风机吊装，刷新陆上最高风机安装纪录；

创新 XGC2100W 桁架式伸缩臂，开创平原及山地风电吊装作业新模式；

2019 年，孙丽团队自主创新的 XGC11000 风电安装起重机一举荣获国内最权威、影响力最大的中国设计红星奖金奖和被誉为 "国际工业设计奥斯卡" 大奖的德国红点奖，再次彰显其强大的技术创新实力！

目前，孙丽带领她的团队已完成风电成套化吊装平台的全面构建，保持着风机吊装功率、吊装重量及吊装高度的三项纪录，持续引领履带起重机风电吊装行业的发展方向，为国家乃至世界能源建设源源不断地输出扛鼎力作。

本着"生产一代、研发一代、储备一代"的产品开发策略，孙丽带领团队在"十四五"开局之年，策划了第三代产品领先技术平台，坚持"模块化、标准化、平台化"设计原则，在行业内率先将第三代产品推向市场，XLC系列一经问世便火爆市场，再次引领行业发展方向。

聚焦"十四五"战略，致力于大型环轨起重机研发，牢牢掌握住起重机技术的话语权。2021年11月，英国KHL权威发布"2020年全球最大起重机制造商"排名，徐工强势摘取世界起重机制造商榜首桂冠。

二、 坚定信念， 一定要让中国起重机站上世界之巅

> 中国人不服输，不畏难，人活一口气，绝不能让别人轻视我们。
>
> ——孙丽

"你是怎么做出这么好的产品的？"同行问，朋友问，媒体记者更是反复追问。

1."为争一口气，为中国争一口气！"

世界范围的工程机械展会总是定期举办，吸引了来自世界各地的工程机械制造人员，他们或是携带自己国家、公司的优秀产品参展，或是来参观学习。类似的展会，孙丽自然也参加过。

孙丽走进展会，却陷入了尴尬与不适之中。每次展会中间显眼的位置都被发达国家和新崛起的发展中国家所占据，欧美国家的展厅面积达到上百平方米，产品众多且气势宏大。而中国往往只有十几平方米的展位，且分布在展馆的边缘、没有人气的位置。孙丽和同伴们感受到了巨大的落差，心中十分不舒服。

更有甚者，有次展会，徐工集团派技术人员到德国利勃海尔集团参观。在生产现场，当技术人员询问是否可以拍照时，负责接洽的工作人员满口答应："可以拍照，你们用摄像机全录下来也行。"转过身却小声嘀咕："反正你们中国人永远做不到。"

绝不能让别人轻视我们，一定要让中国起重机站上世界之巅！那一刻，孙丽在心底暗暗发誓。

孙丽进厂那年，徐工生产出第一台具有自主知识产权的 50 吨履带起重机。在他们欢呼雀跃时，德国的利勃海尔集团已拥有 800 吨的履带起重机产品。

斗转星移，中国装备制造业在无数像孙丽这样优秀的机械制造工程师的努力与奋斗下，开始挺起腰杆，在世界机械行业崭露头角。2009 年德国举办慕尼黑展览会时，徐工集团派出的主任设计师以上人员一律被拒签。德国人开始警觉，不敢再小觑中国装备制造和中国人！

2013 年之前，我国 2000 吨以上的履带起重机全部依赖进口，价格、售后服务等都要受制于国外，还影响工程进度。

"我们也做了好多年的起重机，为什么我们就不能自己做一台吨位大的呢？"2010 年 9 月，孙丽开始主持当时世界最大吨位——4000 吨履带起重机的研发。这个项目在没有原型参考的情况下，要设计出承重接近 1 万吨还要能移动的大型起重机。孙丽带领团队从研发之时就一直保持着冲锋姿态。

设计师赵江平说："那时孙总每天晚上都会带着团队研讨关键细节，经常加班加点。"

设计师陈海军说："孙总追求创新、追求突破，然后有自己的想法，也能在产品的设计中体现出来，并且不断地去赶超我们的竞争对手，把产品做得更精细。"

结构设计师崔丹丹感慨："每个人的成功都不是偶然的，孙总对产品的理解入木三分，对工作的严谨程度近乎苛刻。"

浸入孙丽身心血脉的严谨、严格、专心、专注的优秀品质，对团队成员影响很大。

……

孙丽率领团队研发的全球最大履带起重机 XGC88000，最大起重量达3600 吨，最大起重力矩达 88000 吨。孙丽及其团队所追求的，并不仅仅是破世界纪录。巨型履带吊已辗转国内多个项目现场，也曾远征沙特、阿曼等海外多个项目现场，向世界展示着中国力量、中国制造、中国品牌！

从 2013 年首吊至今，XGC88000 先后参与建设 20 多个千亿级的大型石化、煤化工等工程项目，累计转战旅程近 6 万公里，创造并保持着该吨级最高、最重的吊装纪录，安全运营时间超过 1 万小时，用全球起重能力最大、工况覆盖最全、运输效率最优、经济适用性最高等多项纪录，诠释了从中国制造到中国创造的制造业科技创新之路，被央视誉为"大国重器，国之砝码"。

XGC88000 是我国在科技创新道路上厚积薄发、矢志前行的真实缩影，它托举起的是凝聚创新与智慧的国之砝码。它的出现，使中国成为比肩德国、美国的能够"自主研发制造千吨级超级移动起重机"的三个国家之一。

XGC88000 研发与制造团队合照（左七为孙丽）

作为中国唯一、全球首屈一指具备自主研发制造能力，且 10 年内"量产"交付 4 台 4000 吨级超级履带起重机的企业，徐工已然从行业的奠基者成为"全球竞争格局的打破者"和"世界高端装备制造的领跑者"。

2. 面对不可能，挑战不可能！

伴随中国履带起重机技术共同成长的孙丽，谈到了"世界第一吊"在研发过程中所面临的很多看似不可能完成的任务，其中之一就是"一车两用"技术，这是之前国际上无人可突破的技术瓶颈。

那次，在实际运用中，使用方提出：有时装卸任务也许用不到 4000吨起重机，因此要求将 4000 吨级履带起重机通过变形组合成一台 2000 吨级履带起重机使用。这在当时几乎不可能实现。

孙丽日夜思考，辗转反侧。有的灵感是稍纵即逝的，孙丽脑海中浮现出无数幅构图与画面，她在像放电影般仔细琢磨每一帧、每一幅。突然，孙丽想起了曾经风靡玩具市场的变形金刚，想起了令孩子们乐此不疲的乐高玩具！

"一车两用"技术成为国内首创，也填补了国际技术的空白。因为没有现成的模型可供参考，团队完全依靠自己摸索设计，然后逐步落实细化。

在方案推出之后，在将设计图纸逐步转化为实际成品的精密雕琢过程中，团队成员韩雷被孙丽执着的态度和追求完美的精神"虐得不轻"。现已是徐工建机产品技术研究一所副所长的韩雷告诉我："每一个方案拿到她面前，她都会去想，去思索。很多部件都是十几个方案，先后推翻。只要你没做好，她就一遍一遍推翻，一定要你做到最好。再重新做，再重新做，再改。她会告诉你下一次怎么做这个事情。"

令人惊喜的是 4000 吨级履带吊的成功研发还创造了多个技术首创，打破了国外企业的多年垄断，使他们同类产品的报价降幅达 20％以上。孙丽作为主创人员参与的"面向大型工程施工的流动式成套吊装设备关键技术与应用"项目被授予国家科学技术二等奖。在这之前，我国都是需要进口此类产品，而一些技术先进国家只将二流产品卖给中国。

当初说中国人永远学不会核心技术的德国工程师的"脸"被狠狠打了！XGC88000 履带起重机打破了德国在起重机市场的垄断地位。德国企业被抢了订单损失惨重，他们为自己的傲慢付出了惨痛的代价。

"世界第一吊"，属于中国！孙丽笑了，笑得自信自豪。

其实，最初接下这个研发任务，孙丽不是没有疑虑。当面临着没有借鉴、没有模板的情况，面对前行道路的迷茫，撂挑子的想法也曾如苍穹上倏忽而过的流星。

当初国家将这个担子交给了徐工，公司领导问："公司有个大项目，你可以干吗？"而这个"大项目"，就是后来打破了多项世界纪录的 XGC88000 履带起重机。

孙丽接了过来，仅技术方案就改了七次。难啊！接过了这个项目真的就像接过了烫手山芋！但不能不干！

徐工需要！市场需要！国家需要！中国要争这口气！

人争一口气！是从什么时候开始的？

这口气应该是从丰县农村那条田埂上开始的。

出生于农家的孙丽是家中的老大，尽管生活已经满足了温饱的需求，但相对来说仍然不算富裕。在村里，这袅袅的炊烟，这弯曲的小路，这三间砖瓦墙，延续着农家面朝黄土背朝天的日子，一日三餐四季更迭。

背着书包上学的小孙丽，心中有着执着的"考个国家编制"的梦想。做个城里人，有个城市户口，看着辛劳的父母和弟妹，孙丽勤奋又懂事。左邻右舍都知道孙家那个女孩子小丽，门门功课成绩都好，每学期都拿奖状回来。父母看在眼里喜在心间。

当 18 岁的女儿收到扬州大学的录取通知书，全家人都笑了，笑着的孙丽心中有着小小的遗憾：本想做个教师或是医生的。

"为什么想做教师或是医生啊？"

"在农村，接触到最多的'有编制'的职业，不就是老师和医生嘛！"孙丽笑了。

机械专业让好强又刻苦的孙丽一下子就钻了进去……大学四年，家人、朋友问："扬州是个好地方。古人还说'烟花三月下扬州'呢！扬州有什么好玩的？有什么好吃的？"孙丽老老实实回答："不知道。"

年轻的女孩耐得住书斋的清苦寂寞，珍惜跨进高等学府的机遇，将全部的精力都投入专业课程的学习中去。从踏进工程机械行业的那一天起，好强的孙丽就告诉自己：别人能做到的，我必须做到！

一路走来，近三十载奋斗历程。"中国人不服输，不畏难，人活一口气，绝不能让别人轻视我们。"这是孙丽掷地有声的励志格言，也是她已然实现的梦想。

这位干练、智慧的优秀女总工，将自己最美丽的年华投入履带起重机的研发之中，从 50 吨、260 吨、1000 吨、2000 吨、3600 吨再到震惊世界的 4000 吨，从履带起重机领域再到盾构机吊装领域，产品应用从工用领域到民用领域再延伸到风电领域、新能源领域、军事领域等诸多方面。

至今，孙丽的脑海中还铭记着读书时校园里张贴的宣传画：灿烂的阳光下，一名工程师戴着红色的安全帽，胳膊下夹着一摞图纸，大步流星走向车间。这个画面曾让大学生孙丽心潮澎湃、久久凝望。

"红色的安全帽、蓝色的工作服，现在我也是这个样子，真的很好。"孙丽微笑。

3. 技术领先，用不毁！

心心在一职，其职必举；

心心在一役，其战必胜！

在国家共建"一带一路"的倡议下，孙丽瞄准大型地下工程建设过程中的盾构机吊装领域，率先在行业内开发盾构吊装成套化设备。令大家兴奋的是，2015 到 2017 年，全国地铁市场需求扩大，机械公司的销售规模翻了一番，技术与销售业绩都打了一个翻身仗。

"多年来，我一直以自己是一名徐工人为自豪，我认为中国想从制造大国变成制造强国，除了需要科技上的硬实力，还需要精神层次的软实力，这就是工匠精神。没有工匠精神，就不可能打造'金字招牌'的中国制造。"孙丽思维敏捷，语言表达能力极好，要不是知道孙丽的技术背景，会以为她是学哲学或是学文学专业的。

孙丽将责任与爱、智慧与匠心融入事业中，演绎了工程机械专业的众多业绩甚至传奇，更经历了许多难以忘怀的日子。最刻骨铭心的是 2017 年 12 月 12 日，那一天，习近平总书记视察了徐工集团。当习近平总书记看着 4000 吨大吊车模型说："我在宁煤集团看到过"，"徐工集团有光荣的历史，一定有更加美好的未来"。总书记的话语一直在孙丽耳边回响，在孙丽脑海中回荡，时时鞭策孙丽前行再前行，努力再努力。

三、 运用智慧， 锻造能打仗打胜仗的优秀团队

人生会有许多事，最重要的是两件事：成长、成功。

——孙丽

---

1. 让青年人有更多人生出彩的机会

"星光大讲堂"，座无虚席，孙丽面带微笑、诚恳地侃侃而谈。

在徐工建机，孙丽的入职第一课总是受到年轻大学生、技术人员的欢迎。

年轻的工程师们兴致盎然地总结孙丽的"金句",并视作自己人生与工作的信条——

研发工作,不是养家糊口、拿工资过日子;

别人能做的,我们都能做,别人不敢做的,我们扒掉几层皮也要去试试。

在产品设计中,没有最好只有更好,所以永远不要满足,也永远不要怕麻烦。

人生会有许多事,痛苦、坎坷、阳光、鲜花。最重要的是两件事:成长、成功。也许成功不是一件容易的事,但我们必须看到自己的成长……

历经风霜雨雪,公司花坛里的月季红了,冬青苍翠,毛头小伙子做了父亲、做了主任、做了所长,对孙丽为他们上入职第一课时的话语,依然记忆犹新。孟进军记得,刘少杰记得,韩雷记得,李云波记得,大家都记得。

孙丽特别重视对年轻人的培养,营造后浪推前浪的良好态势和氛围。通过"星光大讲堂",孙丽又将这种中国优秀知识分子的使命感和责任心植根在了一批又一批员工心中。

为了更好地发挥"传帮带"作用,让青年人也有人生出彩的机会,孙丽在技术中心推进产品经理 AB 角机制、产品总体竞聘机制、专业平台负责制、技术营销"拧麻花"机制、核心技术攻关项目制等,通过多种人才培养机制,陆续选拔出一批青年员工承担总体设计的任务,在项目中激励他们不断成长。多年来，已培养了 10 多名员工晋升主任设计师，他们已成为行业的技术骨干，为企业发展注入了更加强劲的动力，离 "珠峰登顶" 的目标更近了一步。

"我们是徐工建机的员工，担大任，行大道，成大器！我们能做到吗？"孙丽清亮激越的声音在讲堂中回荡，年轻人信心满满，新入职的员工意气风发。

"我们能！"身着蓝色工装的年轻人激昂嘹亮的声音在蓝天白云间久久回荡，月季花在呼喊声中绽放出绯红秀美的笑意，冬青树丛可着劲儿冒出层层新绿。

2. 大力推动技术人才队伍 "竞相起舞"

"团队不作为，没有无用之兵只有无为之将！"这是孙丽对自己的要求，也是对各层级团队负责人的要求。

近年来，孙丽通过技术创新激励机制和公开竞聘研发团队负责人，在技术创新和技术管理上为科技工作者搭建晋升 "双通道"，让科技人才在技术登峰征程中竞相起舞。同时，鼓励员工尤其是年轻员工激发个人潜能，大胆创新、自我超越，大力营造勇争一流的文化氛围。

为打造一流技术创新队伍，孙丽在开展系列 "星光大讲堂" 的同时，不停推出 "室主任管理能力提升" "绘制工程师成长地图" 等项目，激发创新活力。

孙丽带队伍时特别看重青年员工的独立创新意识和精益求精的态度。对每个设计、每次改动，她都要打破砂锅问到底，要求设计人员对每个环节都解释清楚。

"我会像爱自己的生命一样爱设计的每一个产品。"孙丽视产品如生命，时时提醒员工一定要认真对待。在 XGC88000 履带起重机生产的结构分厂生产车间高高地挂着一行大字："产品就是人品，质量就是荣誉。扛起自己的责任，赢得别人的尊重。"如警世箴言般向每一个经过这儿的人做着提醒和警示。

3."世界第一吊"女工程师的蕙质兰心

"我做过红娘，为年轻人牵线搭桥，还真成功了几对。"孙丽微笑着告诉我，有一些小得意。

孙丽的研发团队来自四面八方，有重庆的、有东北的、有内蒙古的、有江西的……对孙丽而言，这些青年才俊是部下，是战友，也是自家的兄弟，更是徐工的未来。

孙丽持续关注着这些外地来的优秀技术人员，从为他们牵线搭桥，操心婚姻大事，一直到为他们张罗在市区买房、孩子上学等事宜。

孙丽谈工作很严格，很严谨，甚至很严厉，经常讲要"扛起责任，赢得尊重"，绝对不允许"差不多"这三个字出现。"孙总在审核材料时很严格，但在平时的相处时，经常同下属交流，了解技术人员家庭关系处理得怎么样，生活上是否有困难等。年轻些的技术人员就将孙丽当成大姐姐。"徐工建机技术党支部副书记刘少杰告诉我。

于是，有什么心里话或是与对象有些小矛盾了，年轻的工程师汇报完工作，也会逮着时间对孙丽说上几句自己的不如意。"没事，敞开了说！"面对像姐姐般温柔的孙总，工程师们会将生活中的小烦恼一股脑端出。孙丽总是不厌其烦地送上自己的贴心建议，甚至对如何处理好婆媳关系都会进行指点。

干练、工作上雷厉风行的孙丽，头发焗成深棕色，柔柔的，亮亮的。

在外参加活动，偶尔，会用一点香水。上讲坛或是开会一定将平底鞋换成高跟鞋，发言时穿带有 "XCMG" 标志的蓝色工装，再加上一条灿烂的金色丝巾作为点缀。

"年轻的时候喜欢看韩剧，但现在没有时间看了。"说着一口标准普通话、架着一副细框眼镜的孙丽微笑着说道，"有时间就看书"。看书一直是孙丽的最爱。

整日与硬邦邦的机械打交道的孙丽很喜欢花花草草，办公室里常会有新买的鲜花，姹紫嫣红。

"孙总喜欢鲜花。她往办公室里放鲜花，也总喊我去拿上几枝，分享美丽。"坐在我面前专攻起重机底盘设计的主任产品设计师丁美莲，手中拿着一大包柠檬片，也是刚从孙丽那儿"顺"来泡茶的。"我们两家住门对门，孙总是领导但工作之外我们也是闺蜜。炖牛腱子肉是孙丽的拿手绝活。"与孙丽同一年进厂的丁美莲笑着说。

"妈妈，你很了不起！我为你骄傲！"已成年的女儿理解母亲，更为自己有这样一位母亲而感到骄傲与自豪。谈到家庭和女儿，孙丽的眼眶湿润了，"女儿看到我开发的产品用户很喜欢，她也特别开心，也为我骄傲"。

2023 年 10 月 23 日上午，一身咖啡色西装的孙丽沐浴着金色的阳光，微笑着站在人民大会堂前。

作为中国妇女第十三次全国代表大会代表，孙丽承载着徐工集团和 4000 多名女职工的信任和重托，再次走进了北京人民大会堂。党和国家给了孙丽很多荣誉：全国、省、市三八红旗手，江苏省"五一劳动奖章"和全国"五一劳动奖章"，最美巾帼人物，等等。每份荣誉的背后是孙丽近三十年来执着不悔的坚实脚步，是孙丽持之以恒、勇于创新、敢于攀登的行行足迹。

"心有多大，舞台就有多大。徐工是我的舞台，世界就是徐工的舞台，我愿做徐工在世界舞台上的一个美丽音符。"正是像孙丽这样的"美丽音符"，奏响了中国装备制造、大国重器雄浑高亢的最强音。

向光而行，意气风发，孙丽一直在路上。

孙余

———

披荆斩棘创新驱动，让全世界为中国制造点赞

　　大风在江面上卷起急流漩涡，徐工 XR1600E 巍峨耸立于江面钻孔平台，正在向海床下的岩石突突钻进……

　　世界跨度最大的公铁两用跨海大桥——西堠门公铁两用大桥，跨越浙江舟山境内的西堠门水道。这里水深流急，水底暗礁丛生，环境及施工条件极其恶劣。以往的跨海大桥最大水深不超过 40 米，而西堠门公铁两用跨海大桥 5 号墩水深达到了 60 米。这次设计采用了 18 根直径 6.3 米的钻孔灌注桩，也是世界上直径最大的桥梁钻孔桩基础。

　　徐工 XR1600E 旋挖钻机，不惧复杂海洋环境下"深水、裸岩、6.3 米超大直径"钻孔的挑战，于 2023 年 7 月成功开钻！

　　孙余笑了，心中大石头终于放下了，又啃下了一块硬骨头！

一、披荆斩棘，啃下工程中最硬的骨头

> 技术创新没有止境，要让全世界为中国制造点赞！ ——孙余

孙余，徐工基础工程机械有限公司的一名技术研发人员，徐工集团高级技术专家。过去十年间，他和团队成员一次次突破技术"天花板"，用高精尖的产品向世界展示了中国制造的技术力量。

"其实过去十多年来，我们在产品技术研发的道路上一直在奔跑，产品是不断更新迭代的。"回顾奋斗历程，孙余说，研发道路上每一次变化、每一个重要时刻，他都印象深刻。

2010年，徐工基础工程机械有限公司成立，孙余作为从事旋挖钻机产品研发的"元老级"技术主管，带着产品在新公司扎下了根。"当时我们在行业里是'无名小卒'，因为当时旋挖钻机并没有形成影响力的产品型谱。"随着中国基建的快速发展，旋挖钻机的市场需求量逐渐增多，这也给研发人员带来了前所未有的机遇和挑战。

"像高层建筑、铁路桥梁、跨海大桥等工程施工，都要用到旋挖钻机，但当时大家都对国外的一个品牌更加认可，认为那才是不可逾越的标杆。"孙余说，"每次跑市场推广自己的产品时，客户总会委婉地拒绝：'你们的车能行吗？以后有机会再合作吧……'这样的话我听得太多了，刺心、窝心。"

不能这样，不允许这样！我们是徐工，我们有能力、有实力！因为没有退路，所以必须创新！年轻的孙余带领团队可着劲儿研发，精益求精，为了徐工制造，为了不再有质疑的眼光和话语，孙余拼了！

孙余早已数不清，有多少次炎炎烈日下，挥汗如雨，为用户指点迷津；有多少次漫天尘土中，咬紧牙关，为用户排忧解难；又有多少次披星戴月中，苦思冥想，探索最优的设计方案……作为一个总是奔走于各地的技术工程师，航空里程竟然超过了全国 85％ 的用户。有过自信满满，也有过茫然惶恐，喝过最烈的酒，也挨过最狠的骂，有过与对方激烈争吵，也有过顶着烈日满身油泥，但孙余从未动摇过信念。

孙余真的与客户吵过架？我不能想象，眼前的孙余很斯文，有一股静气。

"真的吵过。"孙余笑了。有次徐工的设备出了问题，孙余带人去解决。那客户胡搅蛮缠还骂出"猪脑子"等污言秽语。在未明确是机器质量问题还是客户使用不当的情况下，客户如此态度，孙余感到实在是无法忍受！他毫不客气立即大声怼了过去。互吼互怼一阵，也是奇怪，对方客气了起来："孙余，你有底气和我理论，反而让我对设备放心了，相信你们会完美解决！"

还有一次去北京为一个项目投标。孙余进行技术讲解后客户很是满意，拉着孙余喝酒。二锅头一杯接着一杯，孙余记不清喝了多少酒。回到酒店对着马桶吐得天翻地覆，眼泪都出来了，心中委屈：自己是个搞技术的，喝这酒何苦来着！等清醒过来又想：两台旋挖钻机的订单，一台就 200 多万元，两台 400 多万元。为了集体利益，也值了。这类的事情还有很多。

通过不停地跑市场，收集信息，了解客户需求，在反复调研的基础上与团队成员"头脑风暴"，孙余以"一根筋"精神破解难题，埋头画图钻研，聚焦岩石地层施工和大吨位施工两大方向，不断改进和突破，使得徐工自主研发的旋挖钻机在短短几年内便打下一番天地，成为市场热销产品。

然而，面对大型桥梁桩等国家重难点工程项目，仍存在无合适设备可满足项目施工这一现实情况。如何解决复杂地质条件下高效施工的问题，是摆在"新时代桩工"面前的难题，也是孙余作为行业技术专家的职责所在。

从 2018 年至今，在孙余和团队成员的共同努力下，XR600E、XR700E、XR800E、XR1600E 等超大吨位旋挖钻机相继面世，不断刷新全球最大吨位产品的纪录。这些产品被相继应用到深中通道、雄安新区建设等国家重大工程项目中，并发挥了重要作用。

2023 年 7 月，XR1600E 旋挖钻机参与了世界上跨度最大的西堠门公铁两用跨海大桥项目的建设，在大风、激流、裸岩、深水的复杂海洋环境下，XR1600E 旋挖钻机成功突破了行业 1.8 米扩孔切削极限，创造了 6.3 米钻孔直径、入岩 40 米、总深度 106 米的世界桩基施工纪录。徐工 XR1600E 旋挖钻机，依托动力头多挡位模式、钻杆可视化、双动力系统等多项智能化技术，驾乘体验舒适流畅，不惧复杂海洋环境下"深水、裸岩、6.3 米超大直径"钻孔挑战，成功开钻，仅用不到 3 天时间，钻深近 90 米，效率超群，实现了施工项目部的要求，率先完成了用于下放 8 米直径护筒的钻孔施工，为后续超大直径桩成孔施工打下了良好基础。

12 月 9 日，从西堠门公铁两用大桥施工现场传来喜讯，徐工 XR1600E 旋挖钻机率先完成大桥主墩 6.3 米超大直径钻孔桩任务，较计划完工时间大大提前了。"全球第一钻"徐工 XR1600E 旋挖钻机驻场不到半年，率先完成主墩 8 根 6.3 米超大直径钻孔任务，施工效率遥遥领先！

谈及此事，孙余诧异地问道："您怎么知道的?"其实，关注徐工的人都知道，央视《天下财经》《经济新闻联播》栏目两次播出徐工"全球第一钻"参建甬舟铁路西堠门公铁两用大桥施工情况。

"回想这一步步突破，其实也是摸着石头过河，因为已经没有产品可供我们借鉴参考了，只能靠我们自己的积累和创新。现在无论什么样的超级工程，已经没有人再质疑我们的设备能不能完成这个工程，这种改变，是这些年来最让我们感到骄傲和自豪的。"孙余感慨道。

创世界纪录!"全球第一钻"徐工 XR1600E 率先圆满完成了甬舟铁路西堠门公铁两用大桥的超大孔、超深桩、硬地层桩基全部钻孔任务，超级装备成就超级工程!

徐工 XR1600E 旋挖钻机的骄人战绩，标志着全球桩基施工装备再上新台阶，为更多超级工程从图纸走向现实提供技术支撑!

二、创新挑战，"天花板"高度不断刷新

> 用心、更用心，客户的需要就是我们的奋斗目标。
>
> ——孙余

"创新"这个词，从孙余大学毕业至今，已为此奋斗整整 15 年了。寒来暑往，烈日秋阳，研发新品、技术攻关、跑市场调研……这些工作几乎占据了他全部的时间和精力，也成了他生命中最重要的组成部分。

"之前是拼命往前追，近几年是更系统化地考虑怎样把产品做得质量更好、性能更高，每一代产品都要比上一代有质的飞跃，才能满足客户需

求。"孙余坦言，每一次飞跃的难度之大和挑战之巨，只有研发人员最清楚，每一次产品的更新迭代都凝聚着团队成员的智慧与汗水。

有一次市场调研，孙余在西北一个工地发现机手在操作旋挖钻机施工时，由于打桩较小，钻头高，存在土很难卸下来的情况，这让很多机手都非常苦恼。"我看到这是西北一些工地普遍存在的情况，这就是他们的痛点，那我就要针对这个痛点改进技术，解决掉这个问题。通过反复研究和实验，我们将机器甩土方式进行了创新，研发了一键高速甩土技术，让徐工的产品又火出新高度。"

"还是要更用心、更走心，看看客户需要解决什么，我们就去定制化地攻克什么。"

有一天晚上，孙余接到一位客户的电话："根据施工要求，产品底盘通过能力要达到 6.8 米。"放下电话，孙余沉思着，客户提的新要求，代表之前出的底盘图纸全废了，要重新设计、重新出图，更棘手的是同行业内现有产品没有那么大的通过能力，必须独创。

怎么办？

能不能办？

必须办！客户的要求就是我们的职责和使命！

孙余和研发骨干连夜修改方案，数不清推翻、修改了多少次，一遍又一遍，眼睛涩了，用凉水拍拍，腰酸了，站起来相互敲一敲。一夜未眠，直到东方出现了一丝鱼肚白，天空中慢慢呈现缕缕绯红。成了！孙余终于在凌晨敲定了方案，且比用户的需求还高出 0.4 米，底盘通过能力达到了 7.2 米。

孙余急忙就新方案与客户进行沟通，睡梦中的客户接到电话惊讶至极："什么？什么！你们这也太神速了吧，这么快就完成改进了！谢谢！定制徐工超大吨位产品，真的让我放心！"

"父母对子女应尽生而养、养而教的责任、义务，我们研发人员对产品也应当如此，负责到底。"在孙余眼里，产品和部件就像自己的孩子一样。同样的道理，产品主管对待自己设计的产品也绝不会"只设计而不改进，只改进而不跟踪"。纵使个别产品出现问题，也决不抛弃、不放弃，不断对其进行改进和优化，使其更具市场竞争力。

孙余工作照

几年间，孙余带领桩工研发团队不断提升旋挖钻机国内单项冠军的含金量，带动了中国桩工行业的进步，并推动徐工旋挖钻机打入一直被欧洲品牌垄断的澳大利亚、俄罗斯等高端市场。他带领团队开发出适合新加坡客户使用的 XR400S 旋挖钻机，销量突破 35 台，在新加坡直接将竞争对手掀翻在地。

除此之外，他还带领团队研制了全球最大吨位双轮铣槽机 XTC180、全球最大吨位地下连续墙液压抓斗 XG800E、国内最大吨位全电控多功能钻机 XMZ200，填补了国内相关领域的空白，打破了国外技术垄断，引领桩工机械行业新产品、新技术的创新浪潮。

过去十年间，他和团队成员一次次突破技术"天花板"，用高精尖的产品向世界展示了中国制造的技术力量。孙余的奋斗故事，蓄满了过去的岁月，也将充盈未来更多个年轮……

眼中有光，脚上有泥，心中才能有数。

2021 年，XR800E 率领徐工 55 吨级以上超大吨位钻机，在巢马城际铁路马鞍山跨长江公铁两用大桥项目中联合施工，创造出 4 米直径、100 米深度的首个世界内河施工记录。同年 11 月，孙余带领团队自主研发的 XR1200E 旋挖钻机成功下线，该产品再次刷新全球桩工行业纪录，技术参数、工作性能、综合实力上都实现了质的飞跃，也让徐工再度问鼎全球最大吨位旋挖钻机生产制造商。

三、 矢志不渝， 不负青山不负人生

我家门前的那株老槐树，经历几百年的风霜雨雪，依旧年年繁花绽放。

——孙余

"中国最大""神州第一""从未有过""极难极险"……一个个形容词标示出徐工旋挖钻机令人惊叹的技术高度，而这些高度的托举者正是孙余及他的团队。

可以说，"奋斗"这个词语是孙余这么多年来人生历程的最佳诠释。创造了这么多醒目的"世界第一"，打破国外品牌的技术垄断，引领桩工机械行业新产品、新技术的创新浪潮，这里面有多少辛劳，多少付出，多少酸甜苦辣，难以估量。

孙余的面相很秀气也很俊气，没有沧桑感，看上去不像经历了那么多紧急、重大甚至危险项目的考验。

"我是在农村长大的孩子，我们村里有一株几百岁的老槐树，就在我家院子前。几个小孩手拉手都围不住它。每当春夏时节，树上枝头全是密密的白花。"孙余没有回答我关于工作、创新、创造、辛苦与劳累这方面的话题，而是讲起了村子里远近闻名的地标老槐树。

邳州市西北角的燕子埠镇黑山村，听上去像是东北某个深山老林的名字，这里就是孙余的家乡。

儿时的孙余从不让父母操心。从小学、初中再到高中，成绩是令人羡慕的好。上了中学后，孙余骑着家里那辆老旧的自行车上学，由于村里没有水泥路，遇到刮风下雨的天气，经常是晴天一身灰，雨天一身泥。然而，这并没有阻挡孙余对学习的热情。孙余考上了邳州市最好的宿羊山高级中学，这座历史悠久的学校创办于1938年，师资力量雄厚，为勤奋好学的孙余打下了更为扎实的基础，也拓宽了孙余的知识面。

学校是好学校，但生活依然清苦。紧张的学习让孙余每周只能休息半天，这半天时间正好回家取口粮。从学校骑车到自己家来回是60公里，回家看看爹妈再取一周的口粮：煎饼、咸菜，这是三年高中伙食的标配。

等待高考分数公布的那些日子，孙余闷闷不乐，尽管过了一本分数线，但他总觉得自己可以考得更好些。妈妈劝慰孙余说："二子，谁不想考好啊！上什么样的大学都可以。"孙余还有一个大四岁的哥哥，和父母一起扛起了家庭生活的重担。

拿到长春理工大学的录取通知书，18岁的孙余做的第一件事，就是一脚将那辆骑了六年、咣当咣当四处作响的自行车，狠狠地踹倒了。品学兼优的孙余对文学艺术很有兴趣，为什么选择了理工类的机械设计制造及自动化专业？

"是我们老师建议的，再说，这个专业学费不高。"18岁的少年知道父母的艰辛，作为全村唯一的一名大学生，孙余在全村人羡慕的目光中"金榜题名"。他背着行囊向家人告别，也向那株陪伴了他18年的老槐树告别。

坐上绿皮火车北上长春，孙余看着窗外倏忽而过的田野、河流、山峦，揣着父亲向几家亲戚借的学费，暗下决心：要好好学习！让爸妈过上好日子！

在大学，孙余学习十分刻苦，为了减轻家中的负担，还利用课余时间去做家教。每个月父亲往孙余的银行卡里打400元生活费，孙余心中总是不忍。大学四年，孙余每学期都拿奖学金，一等、二等、三等奖全拿过。

进入徐工是必然，也是著名国企与优秀学子的双向奔赴。

"徐州是我的家乡，我小时候就知道徐工。"孙余简历上全优的学业成绩与"学习踏实肯干，综合素质优秀"的评语，令徐工的招聘人员眼前一亮，在其通过一系列笔试、面试流程后便向他发放了入职通知书。

2007年8月1日，孙余满怀期待地跨进了徐工的大门，住进了工会为青年员工租的房子。"二子的单位好，公家安排了住房。"做父母的放了心。

上班第一个月工资是 1280 元，孙余为父母买了一台 21 寸的彩色电视机送到家，轰动了全黑山村，父母脸上有光："咱家二子有能耐啦！在单位好好干！"上大学的助学贷款，孙余半年就还清了。

平时没时间看望父母，只有春节会放一两天假，孙余必定会抽出一天时间回家给父母送上礼品拜年。前两年，孙余又为父母买了适合老年人使用的手机，这样一来，哪怕在工作间隙，他也能拨通电话叫声爸妈，问问好，听听爸妈的声音。

有能耐的"二子"在单位真的是非常努力地工作。

刚开始工作时，孙余经过几天的培训后，便被分配到了岗位上。上班第一天就是到车间实习，"我第一次接触机械就是在发动机工位上，装一只油箱"，孙余至今记得。

从独立自主设计零部件，到在工位上实际操作装配零部件，孙余得心应手，这源于他的"踏实肯干"，源于他的"吃苦耐劳"，源于他在机械设计制造及自动化专业领域扎实的知识基础。

很快，孙余成了部件主管，肩上扛起了管理的担子。他不负领导期待，还有父母"好好干"的嘱托。

真正考验孙余的是完成 2012 年徐工与委内瑞拉签订的出口 70 台旋挖钻机的合约。这个担子落到了进厂才三年的孙余的肩上，孙余心中沉甸甸的。

"小孙，好好干！放心！我们相信你！干好了是你的成绩，干不好是我们的责任！"时任桩工机械研究所所长的张继光拍着孙余的肩膀，给他打气。这句话，孙余记在了心中，现在也经常对团队里年轻的同事这么说。

70台旋挖钻机出口国外，这是多么大的单子，这是多么重的任务！必须重新开发，总共只有半年的时间！任务何其重大，何况要代表徐工、代表中国制造！

既接之，全力赴之！年轻的孙余下定了决心。

付出全部的身心去努力，拿出百倍的精神去奋斗。孙余充满了信心和激情，他召集产品主管、液压部件和电气主管齐心协力、拼搏奋战。他们把饭端到了车间，家不回了，在办公室架起了行军床。数不清修改了多少次方案，记不清奋战了多少个日日夜夜。

夏天到了，产品要出厂试验，在兰州的露天试验基地，紫外线超强，皮肤都晒成了紫红色，洗脸都得小心翼翼，手指一碰皮就破了……

孙余在年轻的技术人员中是突出的"天花板"，标杆性的技术人才。张念贵告诉我们："孙余能力强，技术好，有担当，敢于挑战自我！"

终于有一天，产品顺利下线！在办公楼前的场地上，70台旋挖钻机雄壮出征，为公司带来了超过一个亿的收入！

看着行进中的车队，孙余骄傲又自豪，仿佛看到了自己亲爱的孩子离家外出打拼。平时不轻易表露情感的孙余此时热泪盈眶，那瞬间，耳边响起了张所长的话："小孙，好好干！"响起了妈妈的叮嘱："二子，要有出息！"泪水中，孙余看见了多少年前在田埂上骑着自行车风里来雨里去的求学少年，更看见了黑山村家门口，那株历经几百载风霜雨雪依旧冬日里碧绿、夏日里绽放如雪繁花的老槐树。

今日的孙余，是大国重器的制造者，也成了黑山村、邳州、徐州的骄傲，成了全中国、全世界机械制造业的顶尖人才。

38岁的孙余，现已是工程硕士、高级工程师、徐工机械有限公司基础

孙余在 2022 年徐州市劳动模范表彰大会上

工程机械研究分院院长。他是全球最大吨位旋挖钻机 XR1600E、全球最大吨位双轮铣槽机 XTC180、全球最大吨位地下连续墙液压抓斗 XG800E、国内最大吨位全电控多功能钻机 XMZ200 的主任设计师，同时也是哈尔滨工程大学机电工程学院机械工程专业硕士研究生企业导师。他累计申请专利 115 项，荣获中国机械工业科学技术奖、江苏省科学技术奖、中国机械工业科技进步一等奖、江苏省机械工业科学技术一等奖。

"踏踏实实坚守技术岗位，将自主研发的产品推向欧洲和美国，进一步拓展国际市场"是孙余矢志不渝的目标。他说："技术创新是没有止境的，在对产品品质和细节的追求上，我们还要再攻关，希望能让徐工产品走遍全球，让所有人都认可中国制造，都为我们点赞。"

四、头雁引领，人才"雁阵"展翅飞翔

> 最好的训练场就是战场，项目历练是技术人员成长最肥沃的土壤。
>
> ——孙余

未来可期！要让全球为中国制造点赞。

当前基础施工设备激烈的竞争，加剧了产品寿命周期的缩短，需要卧薪尝胆，更需要不断创新。

创新是产业永葆生命力的关键。不断推出新品，才能保持良好的竞争力并带来更多的项目机会。孙余一直坚信，最好的训练场就是战场，项目历练是技术人员成长最肥沃的土壤。良好的技术生态环境是激发创造力的前提。

徐工桩工研发团队是一支平均年龄不到 30 岁的年轻队伍，通过两级技术专家选聘机制，选拔一批优秀的技术人才，并持续推动技术专家传帮带模式，规划"一专多能"的培养路径，激励他们快速成长。通过微创平台，选拔具有发展潜力的优秀技术人员到重点项目上磨炼，达到"完成一个项目，输出一批成果，培养一批人才"的目的。孙余发挥"头雁"的牵引作用，带动队伍形成"雁阵"，提升徐工基础技术研发的核心战斗力。

孙余和他的团队有个坚定的目标：踏踏实实坚守技术岗位，要将自主研发的产品推向欧洲和美国，进一步拓展国际市场。

徐工 XR1600E 旋挖钻机自面世以来，引起业界极大关注，其最大钻孔直径 7.5 米，最大钻孔深度 190 米，被誉为"全球第一钻"。专门针对 6 米以上超大直径，100 米以上超深桩，可满足 100 MPa 以上超硬桩基础施

徐工桩工研发团队合照

工，它的问世标志着当前在全球范围内桥隧施工领域的各种复杂工况都得到了较好的解决。

除此之外，XR1600E 采用模块化设计，是目前世界上第一台可以做到全部分体运输的旋挖钻机，拆解后，每一个模块都不超过 50 吨，山区甚至海拔比较高的工地，它都可以轻松进入。

从 2012 年开始，孙余带领年轻的团队成功研制出 60 余个型号的旋挖钻机，参建了近两万座桥梁，桥隧总长度超十万公里，成功解决了港珠澳大桥、深中通道、川藏线等跨江跨海特大桥梁超大直径、超深桩施工难题。徐工致力于用高精尖的装备实现"一桥飞架南北，天堑变通途"的美好蓝图。

孙余和团队成员一次次突破技术"天花板"，实现了从跟随到领跑，他们研发的旋挖钻机用一个个世界之"最"展示了中国制造的技术力量，

"钻"出令世界惊叹的荣耀华彩。

团队帅不帅，全靠头头带。

孙余在技术人员中特别有号召力，他不轻言放弃、不服输、勇于挑战的特质，感染和带动着年轻的技术人员，大家都愿意跟着孙院干。

"我们孙院看待问题、分析问题很透彻。带队伍眼光长远，从根本上看问题。"技术管理部的韩振深有体会。

"我们孙院和蔼可亲，对了，他歌唱得可好呢！我们联欢时，他的歌声很有磁性，最受欢迎！"陈兰兰笑着告诉我。

"孙余工作上不含糊、要求也严，但他的严格、严谨是和风细雨式的，让人容易接受。孙院是'暖男'，有亲和力、有魅力。我们公司大大小小的员工都很喜欢孙院。"与孙余共事 13 年、基础事业部的张念贵部长，对孙余很了解也很欣赏。

说起来，孙余算得上是个"文艺青年"，他会唱歌、会打羽毛球还喜欢摄影，但也只是"偶尔露峥嵘（才情）"。他将大部分精力都放在了研发工作上，没有时间去享受生活。

2016 年，孙余购置了一套新房，2020 年和爱人搬进了新家，居住条件大幅改善，小日子越过越红火。"我是农村出来的，当时读大学是靠助学贷款读完的。这些年来，我和爱人各自努力，靠自己的能力把生活经营得很好，平平淡淡的生活，很忙碌很温馨，也很幸福。"

"也许，未来有工作、生活两者兼顾的日子，工作之余享受生活。"孙余期待有一天，能开着车走遍中国的大好河山："用我的相机多拍点照片，记录下春夏秋冬的美景，这是让我很向往的事情。我也希望能够亲眼看到并拍下我们徐工机器在各地各个项目中展现出的勃勃英姿。"孙余心心念念的永远是徐工的产品。

采访孙余之时，徐工基础工程机械事业部即将乔迁至徐州贾汪区青山泉镇徐工大道1号，员工们正在喜气洋洋地打包，准备搬新家。

五百余个日夜的奋战，全体员工在市场开拓、新基地建设两个战场同步发力，高端化、智能化、绿色化、服务化、国际化新基地高质量落成！徐工基础工程机械有限公司在贾汪区的新基地巍峨大气，"担大任、行大道、成大器"，徐工人的核心价值观醒目地展示在厂房主楼前。

大雪飞舞，寒冬已至，贾汪区青山泉镇徐工基础工程机械智能制造基地的生产车间内一派繁忙景象，工人们正在加紧赶制掘进机产品订单，满足国内外市场需求。"徐工金""徐工蓝"交相辉映出砥砺奋进的壮美画卷。

新基地，新气象，新征程，新未来！祝福孙余，用岁月与青春铸就了国之重器，取得了巨大的成就与荣光！祝福徐工基础公司，未来走向更大的辉煌，向"让徐工产品走遍全球，让全世界都为中国点赞"的目标不懈奋进！

李晶

———

以使命和担当，
在丝绸之路镌刻"徐工金"的灼灼光华

　　宝蓝色的连衣裙外罩白色的小西装，李晶在乌兹别克斯坦与徐工合资企业 UZXCMG 开业典礼上微笑着；脖颈上挂着徐工工牌，一身牛仔服，站在金色的大型起重机前的李晶英姿勃发；身着白衬衫的李晶在办公室里，与香水百合花相映相依，温婉优雅；涅瓦河畔，李晶双臂舒展高举七彩纱巾，让思绪在金色的夕阳下迎风飞扬……

　　从马尾辫到短发，清纯若女大学生的李晶，三十多岁就担任了徐工国际事业总部俄蒙大区总经理。如此年轻的小女子，肩负起开拓"一带一路"中亚区域市场的重任。在丝绸之路上一路走来，近十年的风霜雨雪，异国他乡的磨砺与捶打，李晶带领团队奋勇拼搏，让徐工产品在哈萨克斯坦、乌兹别克斯坦、蒙古、吉尔吉斯斯坦、阿塞拜疆、塔吉克斯坦等国位居品牌出口第一位，业绩斐然，战果辉煌，为徐工筑牢在中亚市场绝对领先的市场地位。

一、 不负韶华坚毅前行， 纤肩勇挑中亚市场大梁

> 纸上谈兵没有生产力，处处留心皆学问。　　　　——李晶

俄语专业出身的李晶，秀丽文静，但熟悉她的同事都知道，李晶骨子里没有一点怕苦怕累的娇气。

初入职场时，李晶经历了艰苦的军训后，被安排到工厂实习。秉承着"纸上谈兵没有生产力"的信念，抱着虚心学习的态度，她认真地向工人师傅了解产品、熟悉产品。在进出口公司中亚部实习时，最开始的工作是基础的扫描、打印、传真，看似琐碎，但"处处留心皆学问"。有心的李晶记下了发车后各种单据的类型，熟悉了工程机械产品俄语的惯用表达，同时也培养了她认真细致、严格严谨的工作作风。

刚开始带客户参观时，由于对产品单据、清关单据区别的不了解，李晶有一次错误地回答了客户的问题。当时，随行的一位前辈及时指出，这才避免了失误。李晶的脸红了，她给自己下了"死命令"：在工作中必须熟知徐工产品，必须掌握客户心理，更必须学习谈判技巧！从那以后，在工作中她愈加注重细节，注重积累，踏踏实实，戒骄戒躁，苦练基本功。这种严谨的工作态度让李晶迅速褪去了初入职场的青涩，同时也锻造了她对海外市场开拓的高敏锐度和对全流程的整体把控能力。

圣彼得堡，河渠纵横，桥梁众多，岛屿错落，风光旖旎。2007 年在山东大学上学期间，李晶曾经到那里交流学习，给她留下深刻印象的不仅仅是异国他乡美丽的风光，更有深厚的历史底蕴、良好的文化氛围与国民素质。

在涅瓦河畔行走，李晶和同学们问路，那里七八十岁的老太太用流利的英语热情地指路；地铁上，都是手里捧着书本、沉醉阅读的当地民众。这样的文化素养和国民素质，令李晶和同学们印象深刻。

那次的所见所闻令人难忘，让学生时代的李晶深感学习的重要性，更坚定了她学好俄语、为未来两国交流发展作出贡献的决心。

机遇总是青睐有准备的人！大学刚毕业，凭借着扎实的语言功底和优异的学习能力，李晶"过五关斩六将"成功加入了中国工程机械的领军企业——徐工集团。当时的李晶尽管对工程机械行业还比较陌生，但不服输的她早就暗下决心，一定要加紧学习专业知识，并在徐工国际化的"尖刀班"中，尽自己的一份力。

回首往事，李晶觉得那个时候自己坚定学好俄语、将来利用俄语来工作的目标，是人生途中非常正确的选择。"有信心而且很向往地去做一件事情，真的很有价值。然而，哪一件事情要做成功都不容易，付出与得到总是相辅相成的。"李晶文静地笑着。

哈萨克斯坦是中亚地区的咽喉和桥头堡，也是徐工走出国门最早进入的国家之一。十余年间的经贸往来，开拓的不仅是一单单生意，更是两国人民传承千年丝路友谊的美丽新篇。

徐工和哈萨克斯坦刚开始合作时，由于没有太多经验，徐工的机械设备在新疆阿拉山口出关后，正好碰上哈萨克斯坦的多斯特克站关闭。更糟糕的是，当时正是哈萨克斯坦的一个重要节日，这一关就要好几天。没办法，货物和来自徐工、物流公司、哈萨克斯坦公司的三方人员只能滞留。"当时气温零下 20 多度，大家就靠喝着伏特加挨过了好几天。"谈及当时的情景，李晶说虽然条件很艰苦，但有困难大家一起扛，这样的氛围让人很受感染，增进了彼此间的感情。

从两台机械起步，现如今，徐工在哈萨克斯坦的年销售量已经达到数千台，占据了当地的主要市场，而且有着不错的口碑。这也让李晶和徐工团队收获了一个意想不到的 "果实"。哈萨克斯坦建设部的官员多拉提慕名来到徐工。多拉提在哈萨克斯坦可是响当当的人物，作为当地摔跤项目的国宝级运动员，他曾先后获得过 7 次世界冠军和 1 次奥运冠军，担任过哈萨克斯坦体育部部长的职务。

"他当时准备采购一批设备，来到我们这里考察。"李晶本以为多拉提之行只是一次商贸往来，没想到多拉提却有着更多的想法。"他通过徐工，想多了解徐州和中国，打算在经贸之外，加强在体育、文化等多方面的交流。"李晶说。多拉提来到徐工的四大基地参观后，更坚定了这一想法，还提出要把自己的家乡塞米伊市推荐给徐州建立友好城市，架起了友谊的桥梁。

徐工对海外市场的开拓如火如荼，年轻的李晶将全部精力投入工作，长期在海外奔波，注定与家人聚少离多。还在哺乳期的她，也因一场大型市场活动而远离了嗷嗷待哺的孩子。对于家人和孩子，她深感愧疚。但为了肩上的责任，为了企业的发展，为了国家对 "一带一路" 的建设，她无怨无悔。

人与人的认知共鸣非常重要。李晶一直认为行胜于言，以榜样力量带动团队。在同事们眼里，李晶是带头人更是实干家，俄语专业出身的李晶，不仅精通产品专业知识，还掌握了高超的谈判艺术和谈判技巧。她勇于探索、锲而不舍的钻研精神，身先士卒、敢为人先的硬朗作风，深深地感染和带动了身边的同事。提到李晶，同事们都钦佩不已，笑着夸赞：

"李晶是我们海外团队的'天花板''No.1'!"

海外销售的性质和特点，对市场开发人员素质能力提出了更高的要求。只要有时间，李晶就带领团队一起探讨发展经销商、海外业务开拓、综合分析中亚市场等，并把多年来积累的经验毫不吝啬地分享给大家，她一手带出的几个徒弟，都成了独当一面的业务骨干，打造出一支业务精干、技术过硬的市场开发团队。

子公司在当地的团队也快速地成长起来，哈萨克斯坦子公司，从最初的三四个人到现在已有员工 20 多人。同济大学毕业的新疆小伙海纳是一名共产党员，他从一个管理"小白"，成长为徐工在海外工作的精英骨干。"真的很感谢师父对我的言传身教，让我不断成长。"现如今已经成为徐工哈萨克斯坦子公司总经理的海纳，谈到师父李晶对自己的培养时，发自肺腑地感激。

授人以鱼，不如授人以渔。在工作中，为了全面提升团队的战斗力，李晶还为团队成员们专门开设了俄语班，聘请会说汉语的海外员工利用休息时间为中方员工补习语言课。忙里偷闲时李晶也成了语言教员亲自上阵，双语教学的效果很快就得以凸显：中方员工对异国他乡不再陌生，语言不通造成的基本生活问题迎刃而解，海内外员工文化交流、情感沟通交汇融合。

"这种学习既是对知识的追求，也是对异乡文化的融入，对于和海外同事共同作战的渴求。我们的情怀也感染着外国同行。"李晶很满意这个培训班的效果。

在合作期间，外方对徐工品牌、产品，对中国制造的认可，增添了李晶团队的信心。"这种认可激励我们克服困难，撸起袖子加油干！尽管市场竞争非常激烈、非常残酷，但我们有信念有底气也有实力，在异国他乡，遇到一个问题解决一个问题。"

面对冰刀雪剑风雨多情的陪伴，

珍惜苍天赐给我的金色的华年，

做人一地肝胆，做人何惧艰险，

……

我真的还想再活五百年。

很多年前，李晶看过电视剧《康熙王朝》，电视剧主题曲的歌词令她印象深刻。李晶带头建立了一个个分公司，整日忙得不可开交。时光流转，一个月、两个月转瞬即逝，一年、两年也是很短的时间，有太多的事要做，有太多的责任要担。海外有多么大的市场！打造一个百年品牌，需要一代又一代徐工人的努力，李晶真的是争分夺秒、全力以赴。市场的作战能力，模式体系和成果，是需要投入全部的心血与智慧来拼搏的。

二、海外市场开疆拓土，"徐工金"在丝绸之路上闪耀

只有在困境中，才能锻炼提升自己，才能斩获新的机会。

——李晶

丝绸之路，是学生时代的李晶一直向往的地方。那里有"大漠孤烟直，长河落日圆"；有驼铃叮当，夕阳如锦，在漫漫黄沙间铺开一幅油画

质感的画卷；有面纱掩面的大眼睛姑娘与英俊的西域汉子纵马疾行的浪漫风情。但当肩负使命来到中亚区域，面对开疆拓土的重任，李晶的那点"小心思"荡然无存，取而代之的是让中国制造迈出国门、享誉世界的壮志与豪情。

中亚区域是丝绸之路经济带的重要组成部分，乌兹别克斯坦地处中亚交通要冲的十字路口，是"一带一路"向西延伸的必经之路。在乌兹别克斯坦建立合资公司，是徐工集团辐射中亚的一项重大举措，也是徐工"从产品走出去，到人员走出去，再到企业、资本和文化走出去"国际化征程的重要一环。然而，徐工在乌兹别克斯坦推进建立合资工厂的过程中，困难重重。当时乌兹别克斯坦没有中资企业建厂的先例可循，从投资规则到政府协商，从工作流程到规范要求，都要从"零"开始，作为项目主要负责人之一的李晶遇到了前所未有的困难。

"我要感谢困难，只有在困难中，才能锻炼提高自己，才能斩获新的机会。"面对困难，李晶的词典中从没有"后退"这个词。

人生也好，事业也罢，令人难以忘怀的也许并不是掌声与鲜花，而是那些艰难坎坷甚至以为过不去的沟坎。最终，以意志与智慧化解困难后迎来的"柳暗花明"——与乌兹别克斯坦的合作，成为李晶在中亚市场上难以忘怀的经历之一。

"我们与乌兹别克斯坦的合作，正如唐僧西域取经一样，一关又一关。"徐工是从 2015 年开始与乌兹别克斯坦进行合作的，回想在乌方设立徐工生产基地时的情景，李晶感慨良多。

乌兹别克斯坦在中亚是人口最多的一个国家，潜在的市场潜力亟待开发。在这种情况下，乌兹别克斯坦来中国找合作厂家的时候，与正奔跑在国际化征程上的徐工不谋而合，集团领导果断拍板。

"你们大胆地去跟他们谈，这个是中亚人口最多的市场，是有内部需求的，我们要坚定不移地去深挖这个市场。在坚持维护徐工利益原则的前提下，尽可能保证谈成。"

在谈判过程当中，乌兹别克斯坦合作方代表与团队拉扯了几个回合，李晶始终微笑着娓娓道来，给对方留下了深刻的印象。

谈起往事，李晶笑了："那次合资协议谈了一天一夜。我们从早晨谈到晚上 10 点多还没有结果。"夜色茫茫，但李晶和同事们心中通透清楚，合作尽最大可能争取，但原则问题一丝一毫不能退让！

不打无准备之仗。李晶在谈判之前已做了各种权衡和充足的准备。从最初接触到谈到最后一个条款，法务、财务、运营、管理、生产等环节的谈判，全程都是由李晶来组织和翻译的，对很多内容把握得比较精准。关于乌兹别克斯坦的各种资料不完整，李晶带领大家千方百计收集整理。没有规则，就建立规则。她打破常规，从源头入手，从高端切入，与乌兹别克斯坦政府主管部门展开"教学式谈判"。她指导业务人员编写了有关项目的合资企业计划书，并翻译成英、俄两种文本交给合作方，帮助他们进一步理解其中的内容。期间，对方提出诸多问题，李晶凭借出色的业务能力、高超的商务谈判水平，运筹帷幄，决胜千里，把控节奏，使当地政府人员逐步理解并接受了徐工的投资理念和规则。

当年，在时任乌兹别克斯坦第一副总理兼经济部长阿济莫夫的见证下，徐工集团与乌方达成合作，成功建立了合资公司。在签约仪式上，身着宝蓝色连衣裙外罩白色西装的李晶自信地笑着。

"困难是成功的基石。"李晶感慨万千。

当李晶谈及徐工哈萨克斯坦公司的成立时，说总体顺利，但同样有过被经销商"放鸽子""甩单"甚至毁约的经历。经过这些曲折甚至可以说是"劫难"，李晶及其团队拓展了思路、锻炼了队伍，哈萨克斯坦市场的运营也发生了质的变化，从以前一味依托经销商，到自己成立销售子公司，实现全款销售，现金流得到了大大的释放。哈萨克斯坦子公司到目前为止仍是徐工在海外高质量运营的一个非常好的平台。

逢山开路，遇水架桥。历尽千帆，苦尽甘来。有些路，走下去会很苦很累，但是不走会更后悔。没人心疼，也要坚强；没人鼓掌，也要飞翔；越努力，就越幸运。这是李晶的理念，也是李晶团队一直的坚持。

李晶

合资公司从零开始建设，到现在拥有 200 余人的生产队伍，徐工派了技术主管和财务主管去把握核心，哈萨克斯坦、乌兹别克斯坦作为整个中亚市场的两大核心市场，截至 2018 年基本定型了，而且运营得很稳定。

在乌兹别克斯坦共和国公路委员会和国家道路基金采购项目中，该国一举签订了价值3000万美元的成套道路产品采购合同。国家的"一带一路"倡议，为中国制造转型指明了新方向，也为徐工集团全面推进国际化发展带来了良好机遇。李晶作为一名海外市场开拓负责人，对于共建"一带一路"的美好前景，充满了信心与期许。

李晶对"一国一策，一品一策"的战略把握得非常到位，在实践过程中起到很好的效果。每个海外市场哪怕再小的国家都是一个国家，语言不同，风格各异。"我们必须从只是向他国卖产品到理解他国的文化，融入他国的体系，打造出属于我们徐工集团的一个模式。要兼顾这么多产品，要兼顾竞争对手的变化，每一个市场真的都值得派驻一个团队，稳定地投入很多年。"李晶的稳健与成熟超出她的年龄与外貌。

"对于中亚来说，我们在哈萨克斯坦、乌兹别克斯坦的市场占有率都达到了百分之六七十。"李晶的喜悦之情溢于言表。

"李晶同志在负责'一带一路'中亚区域的海外业务开拓中，对负责区域市场的维护和经营业绩成绩突出。其负责的哈萨克斯坦、乌兹别克斯坦等中亚独联体国家，是中国工程机械的传统市场。海关数据显示：哈萨克斯坦、乌兹别克斯坦、蒙古、吉尔吉斯斯坦、阿塞拜疆、塔吉克斯坦等国家位居品牌出口第一位，其中乌兹别克斯坦、吉尔吉斯斯坦、阿塞拜疆保持了品牌与自营出口双第一。"

上面的这段文字是徐工集团在李晶的先进事迹材料中对她的综合评价，也是年轻的李晶用心血与生命迸发出的灼灼光华。

三、 不惧风险运筹帷幄， 祖国是我们强大的后盾

> 在海外工作，真的需要关键时刻站得出来，危急时刻豁得出去的精气神。
>
> ——李晶

2022 年 2 月，俄乌战争突发，爆炸、袭击、战争的残酷与冰冷让大家猝不及防，更让在乌克兰开拓市场的 3 名徐工人陷入困境！

怎么办？全力干！战友在战火中煎熬，唯有全力以赴！

战友受困，此时的中亚大区负责人李晶心急如焚。徐工进出口、徐工挖机、徐工矿机三家公司立刻成立了临时指挥部，稳定大家的情绪，并积极协调当地大使馆、经销商等相关资源，对前方人员展开营救。

2022 年 3 月 1 日，在中国驻乌克兰大使馆工作人员的帮助下，徐工的三名员工解立靖、房增虎、邢通撤离。他们终于顺利地登上了前往乌克兰西部边境城市利沃夫的列车。然而，如何从利沃夫安全撤离乌克兰，是摆在面前如巨山般的难题！

李晶揪心，李晶心疼，李晶带领团队成员夜以继日，以公司为家，24 小时不分昼夜求援协调，电话打到烫手，眼睛红肿充血。李晶和战友们用仅存的手机电量，分秒必争、综合分析、分头求援、全力协调、八方求援——

波兰方面有回应了！但那儿有几十万难民，怎么撤?!

摩尔多瓦终于联系上了！但路途太远了。

匈牙利有消息了！可那全是无人烟的崎岖山路！

李晶脑海中翻腾不已，还有斯洛伐克！就剩斯洛伐克了！只有前往斯

洛伐克是目前最好的选择……她拼尽全力，调动所有渠道和当地客户资源，挨家挨户问，终于找到了一台车，经过漫长的 8 个小时，一路坎坷，终于抵达了匈牙利边境，让 3 名战友安全撤离！

确认战友们终于安全撤离，李晶和同事们的心慢慢地放了下来，紧绷的思绪一下子放松了，放心了！

有一种感动叫祖国接我回家！在整个撤侨过程中，大使馆的全力协助、公司临时指挥部的协调调度、当地友人的千里相送，这些都让身为事件当事人的解立婧感动不已，也深深感受到祖国的强大。

乌克兰撤侨，只是徐工人奋勇开拓市场的一个缩影，事件的背后，是强大祖国的支持，是徐工人攀登世界产业珠峰的梦想，是徐工人对生命与使命的全新诠释，"生命可贵，使命更高！"生命是实现使命的基础，使命让生命得到升华。哪怕荆棘满地，但徐工人勇立潮头，誓攀顶峰的初心永远不会改变！时隔两年多，提起此事，李晶依然激动不已。

撤侨事件是特殊案例，而在日常的海外工作中，各种困难和险境，若干意想不到的问题会一下子摆在眼前。"不慌，不着急，我们来梳理一下，世上无难事，只要肯登攀！"李晶对自己说也是对团队成员说。涉危河过险滩，为了祖国的利益，为了徐工集团，再苦再累再委屈，这一切都值得！

"我们也有开心的时候。"李晶自豪地说，"我们在徐工文化的引领下，在海外定期组织活动。"

1928 年 6 月 18 日至 7 月 11 日，中国共产党第六次全国代表大会在莫斯科近郊兹维尼果罗德镇 "银色别墅" 秘密召开。为了让海外党员同事们感受革命先辈为国为民的奋斗历程，李晶在中共六大会址组织了专题党日活动，大家重温入党誓词、庄严宣誓，回溯百年党史，不忘初心，徐工海外将士们更坚定了为祖国为徐工拼搏奋斗的信心。

四处奔波之时，李晶心中也常闪过家乡山东宁阳。"旖旎汶河风光好，绿水青山入画来。"歌词中就是这样唱的呀，宁阳处于泰山、曲阜、水泊梁山旅游三角中心，一方水土养一方人，李晶的家乡有山有水，山的雄浑坚毅与水的灵秀婉约，经年累月汩汩渗进了李晶的血脉。

从孩子在襁褓中嗷嗷待哺，到孩子牙牙学语，再到蹒跚学步，小女儿今年上了小学一年级，驻外工作注定了难得和孩子在一起。多少个夜晚思亲难眠，多少次出差途中看着窗外，一想到孩子李晶就会潸然泪下，好在父母担起了教养孙女的责任。

"妈妈很辛苦，家里的事情你不用管，你放心！"孩子在视频中懂事地问候。李晶欣慰地笑了。

"妈妈，我今天写作业时偷偷哭了。我突然想你了，妈妈！我好想你！"看着孩子盈盈欲滴的泪水，李晶心酸心疼，热泪盈眶。

好在，孩子也很独立很能干。李晶很是欣慰。

奶奶告诉孙女："你妈妈这样忙，是因为祖国需要你妈妈！"

四、矢志不渝、勇闯五洲，让"徐工金"在全世界闪烁

> 国际化是徐工的主战略，我们要让"徐工金"洒满世界的每一个角落。
>
> ——李晶

国际化是徐工的主战略，海外工作团队的战场是全世界，让"徐工

金"洒满世界的每一个角落，是徐工人踏上国际大舞台的心声和呐喊，是李晶们矢志奋斗的目标。

"我们是站在前辈们垒成的阶梯上前行的。我们上一辈的徐工人，用自己的苦干、实干和拼搏，已经把徐工的设备带入了这些市场！"李晶刚刚来到徐工国际化战队开拓中亚市场之时，徐工品牌在中亚已有了一定的知名度和市场，整个业绩体量在工程机械出口板块里面，处于绝对领先位置。

新一代徐工海外人的使命和职责，就是把徐工的生产制造技术推向世界。从最初的产品销售到整个生产布局的谈判，从"卖产品"到在海外市场纵横捭阖，有多少坎要跨，有多少事要做！需要打通价值链的上下游，需要有生产布局的意识，需要有子公司运营管理的主导意识……从无到有的摸索和探求，由此出现的一系列问题、难题摆在了 30 岁出头的李晶的面前。

万事敢为先，成事勤为首。

文静秀气的李晶骨子里有一股坚韧不拔的气质：必须做的事情想尽办法也要达成！

学习摸索、市场调研，经过了多少个不眠之夜，推翻了多少个方案构想。领头人殚精竭虑、冲锋在前，团队成员齐心协力、攻坚克难，"就是遇水蹚水，过河搭桥"。李晶不愿多讲，"在那几年里，我们整个中亚市场一直保持了这种行业领先的优势，从简单的产品走出去的阶段，转向了建设高质量发展运营平台的阶段。"这个过程，李晶是指挥者也是执行者。2015 年徐工在中亚设立物资合资生产基地，对于徐工保持在中亚的优势地位，具有突破性的意义。

2017年徐工成立哈萨克斯坦子公司，这不仅仅是一个子公司的成立，更是李晶三十载生命与一个先锋团队的淬火成金！在异国他乡开疆拓土、扩展业务，有挑战，有机遇，更有着难以想象的困难。有过误解，有过不信任，更有过叫板，还有过被困在乌铁的一夜无眠。

商战、商战，既然是"战"，就有着"刀光剑影"，就有着兵来将挡、水来土掩。李晶刚去之时，首先就面临着经销商的各种不理解："直接和工厂和本部对接，我的利润空间更大，来设立子公司，你们徐工到底想干什么？"

面临着经销商诸多的质疑和各种不理解，李晶带领着团队成员，说服、动员、解释，最终还是把子公司平台建立起来。对沟通渠道的拓展，对商务政策的管控，对终端大客户的把握……李晶和团队成员的努力，最终让所有经销商打消了对徐工设立子公司的疑虑，成为徐工更坚实的同盟军！

为市场赋能，给体系赋能，让"徐工金"在自己所负责的区域华彩绽放，在全世界熠熠生辉，是李晶心底的渴望也是职责使命所在。这个15年前从山东大学俄语系毕业的年轻姑娘，不曾想过，如今，每年经她手出口的工程机械就达2万多台。徐工机械产品已经销往全球190多个国家和地区，更在当地建设工厂，招聘当地员工，盖学校、建公路……产品赢得国外客商的肯定，徐工，赢得了世界的尊敬！

李晶以其敬业表现与出色业绩，先后获得徐工集团优秀共产党员、徐工集团劳动模范、徐州市"三八"红旗手等荣誉。

作为最早走出去的中国工程机械企业，早在20世纪70年代，徐工就已经开始了国际化道路的尝试。花开花落，风霜雨雪，半个世纪以来的岁

海外建厂

月镌刻着徐工人将自营产品和国有品牌打进国际市场的闪光足迹，国际市场的大门向徐工敞开。从中国制造到中国创造，从中国品牌到世界名牌！在全世界机械行业，徐工是个闪亮的名字。

"每次看到五星红旗因为徐工在国际展会上空飘扬时，我们徐工人都热泪盈眶。"李晶动情地说，而这些产品在全世界 190 多个国家，受到国际业界的肯定和外国厂家的欢迎，徐工海外征战的将士们功不可没。

走向 "五大洲"，是徐工成为世界级企业的必然路径。徐工坚定地把国际化升级为主战略，取得了显著成效。中国的工程机械企业已经在激烈的竞争环境中，在世界工程机械领域有着不可或缺的地位！这是徐工几代人的奋斗目标，也是徐工海外员工拼搏奋斗、砥砺前行的动力！

中秋国庆双节期间，徐工人迈向全球的脚步毫不停歇，他们坚守在海外岗位一线，抢抓订单服务客户，演绎着徐工国际化大发展的动人故事。

在土耳其，充满年轻朝气的徐工土耳其团队"火力"全开，他们举办徐工泵车新品推介会，参加中国—土耳其共建"一带一路"合作论坛，立志要将更多的徐工产品带给当地客户，共建美好家园。

在狮城新加坡，假日前夕就赶到这里的徐工当地国家经理小张正忙着和同事们一起，组织两场徐工产品推介会。大家分工明确、忙而有序，只为徐工产品在展场上的精彩呈现。

有徐工设备的地方，就有徐工海外服务工程师的身影。节日期间，在哈萨克斯坦、乌兹别克斯坦、蒙古、墨西哥、澳大利亚等全球近百个国家，徐工全球服务万里行活动正如火如荼地开展。维修、操作、保养培训，徐工将及时高效的服务"大礼包"送到各国客户的身边。

"但愿人长久，千里共婵娟！"非洲大区驻外员工欢天喜地包饺子迎中秋的同时，收到了来自徐工总部杨东升董事长致徐工全球同仁的中秋、国庆慰问信。每次中国传统佳节前夕，驻外员工们都会收到集团董事长致徐工全球同仁的慰问信，还有月饼等节日礼物。来自自己公司的祝福和关心，令徐工海外人高呼："祖国万岁，徐工 Nice！"五大洲四大洋，在海外的徐工人举起了酒杯、饮料，共同祝愿"祖国好，徐工好！"再拿起手机，与父母与爱人、孩子连线视频。

"徐工集团祝海外华人中秋快乐！"美国纽约时代广场大屏幕上打出的真诚话语，令无数行人游客驻足仰望。中英文的祝福语在三块巨大的金色月饼上相映生辉！这是徐工最真挚的节日祝福，更是勤劳勇敢而又志在千里的徐工人把"大国重器"带向全球的誓言与信心。

　　春风十里，景色宜人，千年古城徐州绽放出姹紫嫣红的笑容。徐州国际马拉松赛暨多哈世界田径锦标赛马拉松选拔赛，正在美丽的云龙湖畔激情上演。

在这场盛会上，有一支 70 人的队伍，格外引人瞩目。他们胸前都有一个金色印记——XCMG。身着世界各国民族服饰，代表着徐工与世界各国友人参加徐马赛事。在这支队伍中，不仅有在海外打拼的徐工员工代表，还有徐工的海外友人。

蓝天高远，树木漾出宜人的绿波，花朵儿绽放明媚的笑颜。明媚的春光里，徐工海外贸易人雄健地迈开大步奔跑在马拉松赛道上，挥洒着汗水与激情，向着终点奋力冲刺！

"水千条，山万座，我们曾走过，每一次相逢和笑脸都彼此铭刻……"这是李晶很喜欢的歌曲。无论在徐马赛道还是在徐工国际化道路上，徐工海外将士们同样精彩！

阳光春色中，被誉为徐工国际化尖刀班的巾帼女将李晶，秀丽妩媚的面庞溢满了笑意：加油！加油！我们一起奔跑吧！

李栋

初心如磐，肩负使命，做一个合格的徐工人

波光如镜，湖泊静谧，绿树红花相映生辉，南京紫金山庄尽显秀山丽水、清逸灵动。

2020年9月22日上午，这里的工作人员脚步匆匆，这里的电话铃声此起彼伏。下午四时，徐工集团工程机械有限公司混合所有制改革战略投资者签约仪式将在这里隆重举行。届时各级政府、行业协会、战略投资者代表等都将集聚于此，全球装备制造行业的目光也将投向这里，各路媒体的镜头将闪烁于此！

此时，某投资方与徐工的谈判却紧张激烈、剑拔弩张，甚至放出了"不解决，下午就不参加签约仪式"的话，谈判陷入了僵局。距离下午的签约仪式只有不到3个小时了……

如果对方不参加下午的签约仪式，那么，后果不堪设想，也将对中国工程机械行业造成严重的影响。如何在维护徐工利益的同时满足对方的要求呢？这考验着徐工的智慧和勇气。

"要不我们换个思路，请大股东作出承诺！"一个清朗的声音在会议室中响起。面对这么多市领导和集团领导，李栋站了出来坚定地提

出建议："这样就可以解决对方所担忧的问题。"

诧异、惊奇甚至不解的眼光投向了这个俊朗秀气的年轻人，有人小声问："这小伙子是谁呀？"

一、我自豪，我幸运，我是徐工人！

我幸运来到徐工，参与这么多重要的工作，是我生命中宝贵的财富。

——李栋

当列车缓慢地停下，李栋知道，徐州站到了。

这个大学毕业后已经工作了几年的北方小伙子，第一次来到徐州。这个位于四省交界处的城市素有"兵家必争之地"之称，同时也是重要的交通枢纽和全国著名的重工业基地。

徐工，李栋儿时就知道，经常在电视机屏幕上看到"徐工徐工，助您成功"的广告。想不到，"徐工"成了自己从江南来到苏北的目的地。只是，当时的李栋还没想到，徐工，就此成了自己人生、事业的发展基地，来了以后就再也没有想过离开的"风水宝地"。

出生于东北的小伙子李栋大学毕业后，先后在唐山、江阴从事上市公司和拟上市公司证券业务工作，一切也是顺风顺水。随着全国经济形势的变化，李栋面临着更多的选择，譬如投行或者上市公司。思虑再三，李栋锚定自己最擅长的已上市公司证券业务领域，在几家上市公司中选择了徐工。"徐工徐工，助您成功"再次响彻心中。

"阿姨，请问我应该坐哪路车到徐工啊？"第一次来到徐州的李栋，坐公交找不到去徐工的路，便向一位年长的女士问路。

"喏，就是你刚才坐的那辆车！"女士走了几步又返了回来，"不要坐过了，再有三站路就到了。"早春三月乍暖还寒，看着热心人远去的身影，李栋的心中暖暖的，似有着回到家乡故土的感觉。

这次他来到徐州，是为了参加徐工招聘人才的面试。说实话，徐工的名气很大，离山东日照的家也近，李栋心中很是向往，在接到面试通知后，做了充足的面试准备。

进入集团总部 412 房间，董事会秘书费广胜，人力、法务、投资公司等部门和单位的负责人，齐刷刷地坐在对面。

"那是一场既专业又欢快的面试。"尽管李栋在面试前做了很多准备，也想象了各种可能的情况，但他没有想到这场面试会如此特别，李栋至今记得每一个细节。

"从事上市公司证券部工作最重要的是什么？"

"母亲和媳妇掉河里先救谁？"

"井盖为什么是圆的？"

······

面试官们的试题既专业又活泼，不仅体现出徐工的专业水平和实力，还展现出浓浓的人文情怀。

李栋在众多面试者中脱颖而出，入职徐工。李栋记得很清楚，2013 年3 月 18 日，是自己正式加入徐工大家庭的日子，值得纪念。

进入徐工之初，李栋是有些许忐忑的。作为一个从外地来的年轻人，没有任何背景和基础，面对一个全新的环境，特别是这样一个大型国企，他担心会遇到一些"排外"的情况。然而，事实证明他是错的。徐工的大

李栋

器文化和像黄河般辽阔绵长、兼收并蓄的胸怀，给年轻的李栋带来了无数次惊喜："只要你付出了组织会看见的，同事也会认可的。他们在劳模评选中还给我投了很多票。"

这也再一次证实了李栋对这座城市天高地阔、大气包容的印象。"大风起兮云飞扬，威加海内兮归故乡！"报到的那天，出了徐州东站，李栋看到了这座城市独特且闪耀的标签：豪放的汉风、淳朴的民风、悠久的汉文化，李栋很是喜欢。他联想到自己的东北老家和父母现在所在的山东日照，同样的民风淳朴，徐州人和家乡人性格中都有着同样的大气豪放。

"我幸运地来到徐工成了徐工人，今年是我入职第十年。这十年，参与了徐工资本市场的多个重大事件，这些经历不仅锻炼了我，也让我成长了许多，是我生命中宝贵的财富。我有成功的喜悦，也有背后的艰辛，更有因为工作受到的不为人知的委屈。"李栋是个理性与感性兼具的人。

二、攻坚创新， 无畏险阻， 不达目标誓不罢休

> 创新就是锚定瓶颈，死盯目标且穿透到底。 ——李栋

在和平的日子里，资本市场就像是一个险峻的战场，虽然没有硝烟却充满了"刀光剑影"的你来我往，甚至"你死我活"。而在资本市场中，创新思维何其重要！创新就是为企业创造价值。当前传统制造业和工程机械产业都面临着滚石上山、爬坡过坎的关键瓶颈，徐工的目标是实现产业珠峰登顶，这就要求徐工在传统产业转型进程中不能因循守旧，必须改革创新。围绕产业链部署创新链，围绕创新链完善资金链。

在这没有硝烟却又危机四伏的商海战场摸爬滚打，关于创新，关于坚持，李栋有太多刻骨铭心的回忆。

2022 年 5 月，徐工集团工程机械有限公司整体上市已顺利通过并购重组委的审核，进入了倒计时的关键阶段，社会各界都在高度关注。

"叮……"徐州市驮蓝山路 26 号，徐工机械总部大楼 612 办公室的一台传真机，收到了江苏证监局发来的一份实名举报信。612 办公室，是徐工机械证券部原办公室，也是李栋日常办公的地点。

举报信上，举报者实名举报徐工塔机相关事项。

事出反常，循之有迹。每一个环节都必须清晰明了，每一步都要能站在阳光下说话。

李栋立即组织徐工法务部、财务部、徐工塔机、独立财务顾问和律师

召开专题会，对徐工塔机历史沿革进行核查。随后联系徐工塔机的书记，前往徐州法院调阅了当时的 3 次判决书，并联合团队对原徐工塔机大股东进行电话访谈。通过调阅法院判决书和多次沟通访谈，确认核查结果为徐工塔机股权清晰、不存在资产瑕疵。在北京、深圳、南京，经过多方协调和多次汇报，最终取得了证监局、交易所对证监会的正面反馈，顺利拿到证监会核准批文。

拿到批文后，李栋组织部门全面、深入、细致地研究现金选择权规定及操作细则，并与登记公司恳谈、沟通，在现金选择权实施期间，带领舆情顾问在股吧等论坛进行舆情维护等工作，终于在 2022 年 8 月 29 日完成了新增股份上市，整体上市工作圆满完成！

紧接着，李栋带领部门按照"一拉就响"的原则，提前起草公司换届方案模板，换届启动后提交公司党委会、董事会、监事会和股东大会审议通过。

李栋说到"一拉就响"的原则，令人想起徐工集团的前身——80 年前成立的华兴铁工厂（八路军鲁南第八兵工厂）。在抗日战争中，兵工厂制造了令日寇魂飞魄散的地雷、手榴弹，也是一拉就响。徐工人提出的"一拉就响"的原则，赓续着徐工的红色血脉。

在非独立董事因差额选举存在不确定性时，在杨东升董事长的领导和部署下，李栋带队多次前往北京、上海、南京，拜访股东并现场沟通寻求支持。最终在股东大会上，争取到了 37.44 亿股表决权，占出席会议股东有效表决权比例的 48.05%，徐工集团推荐的五名非独立董事均高票当选，徐工机械换届工作也圆满完成！

每一段经历都增长了搏击商海的经验。

每一次风险都必须拿出全部的智慧和功力来应对与消解。

早在 2020 年 6 月，在全球疫情肆虐的大背景下，面对国际国内经济和产业发展的不确定性，徐工有限混改增资项目挂牌后，很多投资者都持观望态度，你看我，我看你，就不做"第一人"。半个月、一个月过去了，仍旧没有一分保证金进来！

怎么办？寻找资本市场战略投资者是李栋团队的首要任务。被动等待不是解决问题的办法，主动出击却常常被投资方告知"我们先看看别人，等等看"。

在集团杨董事长的掌舵操盘和董事会秘书费总的直接指导下，李栋耍起了"大聪明"：选择一家意向强烈的银行合作方，率先让其缴纳保证金，然后将这个信息通过产权交易所以所谓"内幕信息"的方式向市场扩大传播，不断向市场吹风，饥饿营销，引导额度紧张、早缴纳、早得份额的形势。

博弈无处不在。在推动投资者摘牌的过程中，李栋及其团队既敏锐又谨慎地一步步向前，在公司领导的运筹帷幄下，将徐工从被动方变成主动方。在接下来的短时间内，各路投资者纷纷涌入江苏省产权交易所摘牌。

"成功就在这么一瞬间，要瞄准时机主动出击。其实这就是一种策略，是我们快速实现突破的一种方式。"李栋说道。

这种智慧和坚韧也体现在集团重大项目徐工机械定向增发项目上。

2017 年 6 月 18 日，中印洞朗对峙事件发生，尽管后来中印结束对峙、止损修好。但是，金融市场依然受到不安情绪的影响。距离洞朗四千多公里之外的徐工，因洞朗对峙事件，定向增发项目也随之波折起伏。

徐工机械于 2016 年 12 月 13 日发布了定增预案，拟向特定对象募集

51.56 亿元资金，用于投资公司高端装备智能化制造项目、环境产业项目、工程机械升级及国际化项目、徐工机械工业互联网化提升项目等。其中"国际化项目"就是拟在印度建厂，扩大徐工产品的国际化市场份额。

2017 年该项目进入了监管部门的审核阶段。2017 年 2 月 5 日，春节刚过，李栋就踏上了开往北京的高铁。寒风凛冽，地上还散落着火红的爆竹屑，此时的北京还弥漫着节日的喜庆氛围，在董事会秘书的带领下，李栋和券商团队一起走进位于金融大街 19 号的证监会大门，专项汇报徐工机械定增方案，终于在 2017 年 2 月 17 日新政出台前拿到了受理函，搭上了三年期定增政策的"末班车"，避免了项目"流产"的风险。

然而突然爆发的中印洞朗对峙事件，让前期命运多舛的定增项目又蒙上了一层阴影，印度建厂项目也被建议取消。资本市场对定增项目能否顺利发行充满疑虑，甚至连券商中介机构也出现了畏难退缩的情况。

不能退！决不能退！李栋信念如磐。

徐工是国家支持的国有企业，生产的是大国重器，其募投的项目绝对符合国家对实体经济的支持政策。在集团领导的前瞻判断和把控指导下，李栋带领团队第一时间多次组织中介机构、投资者会议，对外传递徐工良好的经营业绩和信心，激发了中介机构的积极性和必胜的信念，使其全身心投入项目中。

有着发散思维的李栋破天荒地邀请到了军事、政治专家给大家分析中印对峙事件，判断未来走势，坚定中介机构和投资者信心。他还聘请了印度国际法领域的专业律所，出具了符合监管要求的印度建厂无障碍法律意见书，进一步打消了中介和监管机构的疑虑，最终推动了定增项目向前推进。

"这就是资本市场的魅力！在资本市场工作，不仅要懂产业、懂金融，也要懂政治、懂军事、懂一切需要懂的东西，包罗万象，十分锻炼人！"李栋如是说。李栋对政治、军事一直很感兴趣，这也是从事金融证券工作的需要。政治与经济互为风向标，对时局必须关注、必须敏感。

"徐工必须摘牌，徐工利益高于一切！"2016年，李栋就是以这种信念推动了两家合资公司资产整合事项。

为履行承诺、优化集团内资产，集团作出了徐州罗特艾德和徐州力士两家合资公司进行资产整合注入徐工机械的重要决定，并列为集团2015年度重大工作项目。作为具体承担该项工作的责任人之一，李栋与财务部等向公司提出合资公司分红建议，在公司领导的指导下于2015年1月取得德方关于两家合资公司分红3亿元的董事会决议，实现合理避税约3000万元。

2016年，为达到集团领导要求的"徐工必须摘牌"的目标，在两家合资公司股权即将在产权所挂牌期间，李栋与市国资委进行了多轮沟通，反复研究法规和案例，最终取得徐州市国资委的技术支持，确保了徐工机械成功摘牌。两家公司资产注入于4月完成，提前两个月完成年度重大项目。

创新就是锚定"瓶颈"，死盯目标且穿透到底，在徐工可转债和公司债券项目上，李栋也以不断创新、坚韧不拔的精神开展工作，不达目标誓不罢休。

2015年初资本市场迎来"大牛市"，徐工股价上涨，2013年发行的可转债首次触发转股条件，李栋与部门同事组织券商等中介机构一同研究并抢抓难得的时间窗口，顺利完成转股工作，使公司节省了后续五年待支付票面利息和本金，仅票面利息就节省了 2.58 亿元。参照金融机构一年期人民币基准贷款利率（4.35%），每年为公司节省财务费用 1.1 亿元。面对行业下游需求不足、产能过剩的现状，在公司领导的统一部署下，李栋组织协调财务、战略等部门于 2015 年 5 月完成关闭可转换公司债券募投项目，未使用的募集资金全部补流。

2019 年 8 月，"16 徐工 02" 15 亿元公司债券即将到期。李栋带领团队精准研判资本市场行情，向公司提出选择续期公司债。公司决策选择续期 "16 徐工 02" 15 亿元公司债券。

为争取债券投资者尽可能多地续期，同时落实利率"能降一点是一点"的指示，李栋带领团队立马投入了工作之中。在梳理债权持有人信息后，李栋将有业务合作的中信证券和南方基金作为首选的重点公关对象进行重点突破。说走就走、北上南下，李栋和证券部的同事，带领主承销商前往北京、上海等各地一一拜访债券持有人，全力争取投资者续期或同意转售，同时极限施压，降低债券发行利率。

在证券市场纵横捭阖，需要深厚的专业功底，也需要智慧和谋略。

田野、河流、村庄、城市，伴随着高铁外景色的变换，李栋和团队成员在列车行进中开始了热烈的讨论与布局分工：到持有人现场后，我唱白脸，你来唱红脸，然后让主承销商充当中间人的角色，主承销商作为双方之间的桥梁，可以发挥"调停"和"敲边鼓"的作用。这样才能给对方施压，利用"囚徒困境"，各个击破，不断降低持有人的心理预期。李栋回忆起当时的情形，脸上依旧洋溢着笑容，神采飞扬，宛如昨日重现。

李栋和团队成员充分利用公司的项目资源，对拟回售 2.3 亿元的中信证券和南方基金进行重点公关，率先完成与这两家的谈判协商。然后逐一突破其他家债券持有人，最终完成"16 徐工 02"公司债的顺利续期，续期利率下调至 3.55%，较当时银行基准利率降低了 1.2 个百分点，每年可为公司节约财务费用 1800 万元。

"资本市场是中国特色社会主义市场经济最直观、最民主的体现，同时在最大程度上体现出了个人价值、团队价值。"谈起这段经历，李栋深有感慨。

一位优秀的知识分子，一位有情怀的金融证券人，李栋就这样日复一日、年复一年地将个人的智慧与才华融于集体利益、社会价值之中，服务、贡献着"我们的徐工"，成就了人生事业征程上的闪耀篇章。

三、 肩负使命担当， 为了集体利益， 关键时刻得站出来

> 有理想、有担当、有激情、有耐力，要对得起岗位职责、不辜负徐工的信任。
>
> ——李栋

一个优秀的证券从业者，必须具备良好的思想、道德、业务等综合素质，还要具备广博的知识架构、丰富的金融专业知识、熟练的实务技能、不断创新的能力。

"其实，做我们这行的，还需要具备广泛获取大量信息的能力，眼观大局有前瞻性，在涉及的领域能够专注、独立研判。此外，还需要具备理性思维并且思路清晰，不带任何情感风险因素等。"李栋的这些认识都是从跨出学校大门后在行业中摸爬滚打得来的。

徐工混改是个大决策、大问题。

从行业至顶层，徐工的改革被定位为全国国企改革的示范标杆，是2020年中国混改第一大单，也是近三年来中国装备制造业混改的第一大单。作为徐工混改的主要参与者之一，李栋深刻地感受到了资本市场的瞬息万变和不确定性，也体会到了国家对国有企业改革的决心和智慧。其中的风雨波折，甚至"惊心动魄"的一幕幕历历在目。

谈起这些，李栋说："毕生难忘！荣幸之至，幸运之至！这就是大国重器的魅力，这就是资本市场的魅力！"

2020年9月22日上午，江苏南京紫金山庄，工作人员脚步匆匆，电话铃声时而响起。会场里，屏幕、座位、话筒、鲜花……一切都在有条不紊地进行着最后的准备。下午四时，徐工集团工程机械有限公司混合所有制改革战略投资者签约仪式将在这里隆重举行。届时各级政府、行业协会、战略投资者代表等都将集聚于此，全球装备制造行业的目光也将投向这里，各路媒体的镜头将聚焦于此！

然而在此时，在南京某投资者的办公地，徐工市委、市政府的领导和徐工集团、徐工机械的领导却正与投资者代表进行着紧张激烈的谈判，或者不如说是"争吵"。双方剑拔弩张，对方代表甚至放出了"不解决，下午就不参加签约仪式"的话来。

空气中弥漫着严肃而紧张的气氛，谈判陷入了僵局。

徐州市委、市政府和徐工集团、徐工机械的领导们走出了谈判室，到休息区稍事休息。

距离下午的签约仪式只有不到3个小时了……

如果对方真的不参加下午的签约仪式，那么，徐工集团甚至徐州市都将在全中国甚至全世界面前丢一次大脸，也将对中国工程机械行业造成严重的负面影响。

如履薄冰，如临深渊，这个责任，谁也承担不起！

在场的每个人心里都深深地知道：这件事必须解决！

然而该给投资者一个怎样的答复？

如何在维护徐工利益的同时满足对方的要求？这考验着徐工人的智慧和勇气。

嘀嗒、嘀嗒，时间一分一秒地过去，时钟的嘀嗒声让空气中弥漫着焦灼、紧张的气氛。在场的所有人员都面色凝重，没有任何人说话，没有任何声音发出。

作为现场的一名工作人员，李栋目睹了整个过程。

"要不我们换个思路，请大股东作出承诺！"李栋清朗的声音在会议室中响起。面对这么多省、市领导和集团领导，虽然只是一名普通的徐工中层副职，李栋坚定地提出了自己的建议："这样就可以解决对方所担忧的问题。"

诧异、惊奇甚至不解的目光投向了这个年轻人，有人小声问："这小伙子是谁呀？"

在当时紧张的情形下，能够站在维护双方利益的角度，提出有效的解决办法，李栋得到了省、市和集团领导的一致认可，也得到了对方投资者的认可。

这不只是李栋一时的急中生智，更是基于他多年来对徐工产业的深切了解、对资本市场的深刻认知、对专业知识的长期积累，还有作为一个优秀徐工人的使命担当！

这样的大事、难事、急事，各路诸侯已到，万一半途而废，造成的影响和后果将不堪设想！必须把这件急事先挺过去，解决眼前的问题。客观地说，李栋提出的解决办法既具备专业性、原则性又不失灵活性。

下午 4 点，徐工集团工程机械有限公司混合所有制改革战略投资者签约仪式如期举行。各家投资者代表齐聚一堂、满面笑容，在各级政府人员、行业协会专家、各方媒体、供应商、经销商等的见证下，徐州工程机械集团有限公司与 3 家国有控股企业成功签订总额为 54 亿元的股权转让协议，徐工集团工程机械有限公司与 12 家战略投资者和员工持股平台成功签订总额为 156.56 亿元的增资协议，标志着徐工向混改成功迈出了坚实的一步，具有里程碑式的意义。

董事长笑了，同事们拍着李栋的肩膀，竖起了大拇指！

四、坚守价值创造，不辜负职责与岁月，做一个合格的徐工人

> 做一个合格的公民，做一个合格的徐工人。　　——李栋

"大学毕业时，老师让我们每个人写上自己的目标理想，说 20 年聚会的时候还给我们。我现在挺期待 2029 年的，那时候我就毕业 20 年了，我就可以回看当时写下的那句话，肯定感慨万千，也肯定会更加坚定。"作为兰州大学经济学专业的优秀毕业生，担任徐工机械证券部副部长的李栋语速很快，说着一口带有东北口音的普通话。

李栋写的是"做一个合格的公民"。"我一直在思考何为合格的公民。我的理解就是做好本职工作。学生就是要好好学习，作为职工就是要做好本职工作，坚守价值创造，为企业也为个人创造价值。"

"我现在追求的就是做一个合格的徐工人，对得起这个岗位和职责。"李栋说得很真诚。

十年前，李栋凭借出色的表现和丰富的工作经验，在众多应聘者中脱颖而出，进入了徐工机械证券部工作，担任投资者关系岗位主管，同时承担着证券业务岗位的许多工作。

投资者关系岗位的工作繁重而敏感，作为徐工机械和外界投资机构、监管部门之间的交流沟通渠道，其一言一行都代表着徐工机械。李栋的工作不仅需要收集公司自身的经营、财务、融资状况，还需要了解行业的状态、竞争对手的情况、宏观经济形势、资本市场现状、监管部门监管动态以及投资者的信息。此外，他还要与投资者进行及时、有效的信息沟通，要维护公司良好的资本市场形象，并与投资者及相关各方建立互信互利的关系。同时，他还需要将工作中获取的各种信息进行筛选和归纳，整理后报送公司。

从投资者关系做起，到徐工机械 30 亿元公司债项目、25 亿元可转债项目、上海机构设立项目、徐工集团资管计划项目，再到 25 亿元定向增发项目、徐工有限混改项目、徐工有限整体上市项目等多个分量极重的资本运作项目，李栋都参与其中并起着重要的作用。

尤其是，李栋全程见证、深度参与并推动了 2020 年最大规模的国企混改项目徐工有限混改和装备制造业至今最大规模吸收合并案例徐工有限整体上市项目，掀开了中国装备制造业波澜壮阔的混合所有制改革和资本运作的序幕，也树立了实体经济克服阻力、积极拥抱资本市场的成功典范！

"既然选择了远方，便只顾风雨兼程。"

喜欢时政、喜欢军事的李栋也喜欢汪国真的这句诗。

面对如此繁重的工作，加班已经成为李栋的家常便饭，有时甚至要工作到深夜，且由于公司在工业区，李栋自己没车也不好打车。"但这是我的职责，工作没干完，加班加点也得完成。"李栋义无反顾。"周日休息不保证，周六保证不休息，这是徐工人的工作常态。"李栋笑着说，语气里是满满的自豪。

付出总有收获，奋斗成就人生。

驻足回眸岁月的堤岸，李栋有成就感，更增添了使命与担当。

2017年12月12日，习近平总书记走进了徐工。"我一直关注着徐工集团"，"徐工集团战略思路很清晰、目标定位很提气、发展路子正确"，习近平总书记殷切寄语徐工集团，"有光荣的历史，一定有更加美好的未来"。李栋记得清清楚楚。

2018年8月，徐工被列入国家"双百行动"综合改革试点企业，也是江苏省首批6家混改试点企业之一。2018年8月和2019年6月，徐州市委、市政府分别审议通过徐工混改试点的总体方案和实施方案，改革方案从顶层设计阶段就定位为全国国企改革的示范标杆。

2019年7月，徐州市国资委审批通过，标志着徐工混改正式步入了落地实施阶段。徐工按照"完善治理、强化激励、突出主业、提高效率"总要求，有序推进混改。

2020年6月24日，徐工机械有限公司混改涉及的增资项目在江苏省产权交易所公开挂牌。2020年8月20日，徐工有限混改增资项目实现摘牌。在挂牌后的2个月内，最终共计14名战略投资者报名摘牌，对应认购额也远超计划募集资金。

2022 年 5 月 27 日，徐工有限整体上市顺利通过并购重组委的审核。
2022 年 8 月 29 日，徐工有限整体上市工作圆满完成……

无数次的重大举措，每一次的重大变革，李栋是策划者、组织者、直接参与者；

每一段岁月，每一个人的奋斗，成就着历史的航程波澜壮阔；

每一次的拼搏，每一个团队的砥砺前行，汇成了时代的大潮奔腾不息。

"关键还是徐工本身就具有极高的价值，这是我的幸运，到徐工这样的上市公司工作，并且能够参与这么多重要的工作，也是我人生的宝贵财富。"李栋成长前行的进程中有着很多的忘不了——

忘不了在混改的紧张阶段，分管市长因伤刚打完点滴，缠着绷带参与混改项目调度会和投资者谈判；

忘不了杨董事长每次大战，都殚精竭虑全盘把控，甚至夜以继日、身体力行冲在最前方；

忘不了身兼两职的费总手把手地指导，还有团队并肩作战、心手相牵，亲爱的战友们患难与共的真情；

忘不了 2016 年的冬日天寒地冻，李栋骑着电动车从家半夜赶到酒店，晚上 12 点在投资者住宿酒店谈判，饿了吃奥利奥饼干，渴了烧杯开水喝，一直谈到凌晨两点。第二天，酒店 7 点供应早餐，一边吃早餐一边继续谈判……

创业创新成就事业的过程，有苦有累也有辛酸，甚至有被业务客户"放鸽子"的委屈，但为了集团利益，血气方刚的李栋咬住牙忍了、吞了，不愿多讲；

李栋更忘不了大学时期到农村义务做"水窖"工程，村长带着村民送别时，自己热泪盈眶。

李栋十几次去杭州与定增投资者交流，但没去过钱塘江，没去过西湖。听说西湖很美，有雷峰塔、灵隐寺，但没时间去欣赏。李栋天天跑去与投资者沟通，最后投资者办公大楼的门卫都认识李栋了，不用签到就放行……

"做一个合格的公民，这个社会需要很多人的努力；做员工要对得起岗位职责、要有担当，才能是一个合格的员工。""做一个合格的公民，做一个合格的徐工人。"是中共预备党员李栋的心里话，也是他的座右铭。

看似寻常最奇崛，成如容易却艰辛。对于一个公民、一名员工来说，"合格"是最基本的、最朴实的要求，却也是高标准、最难坚持的原则。李栋坚守着这份初心，践行着一位优秀的金融证券人在徐工珠峰登顶征程上披荆斩棘、百折不挠的使命担当。

李栋与儿子合影

十年了，今年是李栋入职徐工的第十年。

十年时间，株株小树挺拔葱郁成长为伟岸大树，丛丛月季繁茂蓬勃，开出四季花朵万千。从 2013 到 2023，十载青春岁月，十年硕果累累。李栋以智慧、心血、才华还有做一名"合格"徐工人的执着信念，唱响了一曲激情豪迈的青春之歌。

李栋的微信头像是父子俩的合影，清秀俊雅的父亲和可爱的儿子依偎在一起，醒目亮眼的是父子俩都穿着徐工蓝服装。善良美丽的妻子马楠是李栋大学的同班同学，研究生毕业后被李栋"忽悠"来徐州的，现在徐工国际事业部工作。父母妻儿在一起，李栋有一个相互理解、彼此关爱的幸福家庭，也是徐工表彰的新风文明家庭。7 岁的儿子蛋蛋一定要穿着妈妈的工作服和爸爸合影："我长大，也要做徐工人！"

谁不说俺家乡好！李栋深情地爱着东北老家那片有着野鸡、狍子奔跑的山林，爱着日照那片"比夏威夷沙滩沙子还晶莹闪亮"的沙滩。现在，李栋也深爱着徐州这块浸润汉风古韵的土地，每一块青石板都沉淀着岁月的印记，每一座古建筑都讲述着属于它们自己的故事。

李栋更深深地爱着徐工这个集体，培育和锻炼着许多和自己一样的青年学子，在这个锻就大国重器的舞台上，承载着责任使命，闪烁着生命的价值和光华。李栋心中思忖：若干年后，我们徐工会更加辉煌、更加巍峨，后来人会知道我们一代又一代徐工人的拼搏奋斗吗？会的！

我所站立的地方，就是我的中国；

我们每个人怎么样，我的国家就怎么样。

岁月漫漫，前程可期。为"做一个合格的公民，做一个合格的徐工人"，年轻的李栋将会付出更大的努力。

李攀攀

因技能成材，秉匠心筑梦

身着蓝色工装、白衬衫，搭配蓝框眼镜、白色手套，清爽干练的李攀攀走上了台。一个厚度仅 0.7 毫米的灯泡，一根直径为 1 毫米的铁丝，呈现在工作台上。

李攀攀将灯泡固定在夹具上，将那根铁丝横架在灯泡上。自信满满、挺拔秀气的李攀攀举起一把普通的工具锤，对着架在灯泡上的铁丝稳稳地錾下去，见证奇迹的时刻到了——铁丝一分两截，而灯泡却完好无损，依旧散发着圆润剔透的光芒！

如此精湛的技术，这样神奇的绝活，令我这个外行目瞪口呆，一阵寂静后全场爆发出雷鸣般的掌声。李攀攀微笑着高举右手，比出"OK"的手势！成功了，胜利了！

灯泡上錾铁丝！

这需要怎样的手感和控制力？

这需要如何精准地发力和改变力？！

一、从 "学一技之长安身立命" 到 "练一身硬功涵养匠心"

> 工程机械设备是个大家伙，看上去十分粗线条，但是关键零部件精密度要求相当高，一点不能疏忽。
>
> ——李攀攀

"积财千万，不如薄技在身。" 17 岁时，李攀攀一门心思想要学一项能够安身立命的 "手艺"，那一年他进入徐工技校（现徐州工程机械技师学院），成为装配钳工专业的一名学生。

初次站在钳工台前，锉刀、锤子、锯子……整齐摆放在桌上的钳工 "百宝箱"，看得他既着迷又兴奋。对于从小就喜欢拆拼组装的李攀攀来说，好似鱼儿入海般，终于有机会能一展拳脚、大显身手了。

从踏进徐工技校，成为装配钳工专业的一名学生开始，李攀攀就和技能结下了不解之缘。在校 5 年间，凭借肯吃苦、勤钻研、不服输的精神，在学校竞赛团队老师的辅导下，拿下江苏省职业技能竞赛钳工组一等奖等诸多奖项；在学院老师的悉心指导下，李攀攀不断精进自主学习、自主管理、政治素养等能力，逐渐成长为学生中的 "领头羊"。思想过硬、技能过硬、综合素质过硬的李攀攀在校时就光荣地成了一名学生党员，并被徐工起重机械事业部提前锁定，凭借过硬的综合能力成功入职徐工。

进入企业，他如同一头吃不饱的牛犊，很快便在分厂 6 个工段全部轮岗一遍，机、电、液全部过手，成了分厂里数一数二的技术大拿。2013 年末，刚订婚不久的李攀攀突然被公司选拔备战 "第二届江苏状元" 大赛。繁杂琐碎的婚礼筹备，繁重紧张的备赛训练，折腾得他瘦脱了相。两家父母看在眼中、疼在心里，便主动承担婚礼操办的种种事宜，亲朋好友们也跟着忙前忙后，整场婚礼办得十分妥帖喜庆，主宾尽欢。李攀攀挨桌给亲友们敬酒答谢后，这个"不合格"的新郎官就匆匆换下西服，套上工装，返回训练基地，一练就是三个月。"苦心人天不负"，此次比赛他获得钳工项目全省第二名。

备战 2018 年"振兴杯"全国青年职业技能大赛期间，儿子住院十多天，他和家人分工轮流照看。孩子输液时，他一边注意着吊瓶，一边掏出笔记本复盘训练得失。离开医院后，他就直接赶到训练场地，把落下的训练进度争分夺秒补回来，每天坚持练到夜深灯灭。终于，他将全国第三名的奖牌送给儿子小石头做礼物。这个技能赛场上的"拼命三郎"，将自己的全部热情投入技能竞赛中，绘就从"工"到"匠"的华彩篇章。

徐州工程机械技师学院是徐工集团于 1992 年兴建的学校。学院通过构建高技能人才培养体系，从技校入门到生产岗位实践，再到大赛练兵，融会贯通，紧密结合，走出了一条独特的高技能人才培养道路，擦亮了大国工匠名片，打造了企业办学徐工样板。

回忆起自己的求学生涯，李攀攀坦诚地说："在这里我深切地感受到工匠精神的内涵，激发了自己内在学习动力，更为日后快速适应工作岗位打下了坚实基础。"

世界上没有一蹴而就的成功，人生的精彩从来都是如蚌壳中的珍珠，无数次海水的冲击与砂石的磨砺才闪烁出夺目的光芒。

"攀攀，手上怎么啦？"刚进公司不久，李攀攀有次放假回家，母亲看着儿子端着饭碗布满疤痕的双手，心疼不已。

"妈，没事的。"毛刺、伤口、虎口的层层老茧、手臂上的瘢痕，这些对李攀攀来说早已是家常便饭。

学习技能没有捷径，唯有靠日复一日的积累和苦练。

切、削、锯、锉……是钳工的基本功，也是机械制造中最古老的金属加工技术。对于这些"手艺"，李攀攀始终心怀敬畏。"虽然工程机械设备是个'大家伙'，看上去十分'粗线条'，但是一些关键零部件精密度要求却是相当高。"李攀攀说。

精益求精打磨零件的过程，其实就是在夯实自己生命底气的过程。早上班晚下班，精进技术，工作时一丝不苟，下班后总结得失，反复琢磨，李攀攀就是这样行必专精、工求粹美。

在车间，李攀攀常常端详着手中的产品，线条圆润，纹理整齐，刀刀錾錾一分不多一分不少，迎着光看上去像是一件绝佳的艺术品。李攀攀很是喜欢。必须的！大国重器上的必备部件，只能一分不多一分不少！

看着自己制作出的完美的产品，李攀攀会想到"百炼钢化作绕指柔"。每每摸着这些与自己同呼吸共命运的刀錾工具，李攀攀又会想到"兄弟同心其利断金"！工匠与工具的关系是一个相互成就的关系，是兄弟也是知心朋友，携手前行，向顶峰攀登。

李攀攀喜欢站在操作台前的感觉。眼前这些虎钳、量尺、钻头、手锤、锉刀、丝锥、板牙、錾子等如知心朋友一样与他合作交流，相伴相随；錾削、锉削、锯切、划线、钻削、铰削、攻丝、刮削、研磨、矫正、弯曲和铆接等操作深深熔铸在他的骨血里，每一次操作都标准严整，每一次装配都严丝合缝，每一回调试都规范准确。

一块块平平无奇的钢铁，在这双巧手中神奇地变为"大国重器"身上的一个个重要零件。不！在李攀攀心中，这就是一件件艺术珍品。

在李攀攀心中，徐工就是他逐梦的舞台。

为推动技能人才从"工"到"匠"再到"金工匠"的成长提升，徐工集团以全生命周期理念打造"金工匠"产业工人队伍，构建关爱、尊崇人才的良性生态，这为李攀攀成长为技能型企业专家奠定了坚实基础。

在企业工作期间，李攀攀在改进工装、改良工艺方面深耕精钻，他在扬弃中继承、在转化中创新，转台伸臂线体优化、大吨位起重机电气系统可靠性提高、卷扬修复再利用……一项项 QC、"八小"项目被攻克，车间生产效率不断优化升级，企业降本增效持续做深做实，助力产品的质量、效率、效益不断提升。日拱一卒，功不唐捐。在拼搏与奋进中，李攀攀被聘任为企业最年轻的工段长。

二、从 "大工匠" 到 "好老师"

> 是老师们成就了今天的我，我希望自己的肩膀也可以成为学生们成才的阶梯。
>
> ——李攀攀

遥望星空天际，仰视日出朝霞，从大沙河走出的李攀攀从小学到中学可以说是品学兼优，一直是父母的骄傲，也是邻居口中"别人家的孩子"。

为什么不报考高中、上大学？李攀攀在中学班主任惋惜的目光中，以第一名的高分考到了徐工技校，但他从未后悔过没有上大学。少年李攀攀对自己的前程和未来是有设想的：做一名响当当的技术能手，直至做一个技术大咖、大拿，这是聪颖好学且不怕吃苦的李攀攀的志愿和理想。

老话说，达者为师。李攀攀学着前辈，在工段里手把手教授新员工工艺规范。他总是能回想起母校老师们授课时的场景，于是一个站上三尺讲台的梦逐渐展开。

　　徐工技师学院依托徐工企业办学，深度实施校企合作，畅通与集团企业之间的师资互聘互任机制，积极引进集团企业一线技术专家、工艺师到校任教，40％的一体化教师为企业专家。同时，集团打通高技能人才和技术人才序列的横向流动通道，越来越多的高技能人才带领团队创新、参与科研攻关，向技能工艺师、服务工程师、生产管理岗位转型，在生产一线发挥更大作用。这也为李攀攀重新开启技能育人、传道授业的新征程提供了契机。

　　"小李，到技师学院做教师怎么样？"白天领导找到李攀攀征求意见。已是工段长的李攀攀愣了一下，看着车间，看着操作台，还有和自己已密不可分的工具，要和他们分开？李攀攀有点不舍，也有点犹豫。离开自己熟悉的工作环境，离开车间那么多好兄弟，李攀攀还真是有点舍不得。当然，从企业到学校收入也会有所减少。

　　李攀攀在星光月色下徘徊，看着路边高高的香樟树，望着天上清朗的月亮和闪烁的星星，他想了一个晚上。想到自己前行与成长的途中，老师对自己的教导和指点，尤其是参加省赛、国赛集训时，技师学院的老师与教练团队对自己的悉心指点，没有这些优秀老师与教练的指点，我李攀攀又如何能一次又一次站到领奖台上！

　　"同学们，大家好！今天我给大家上课。"忽地，李攀攀停顿了一下，脸上泛起了红晕。第一天走上讲台，一贯自信的李攀攀感到了不适应和不自信。

　　但李攀攀很快找到了路径。

　　不会授课，他走进课堂，同学生一起听课做笔记，拆解工艺，讨论分析；

不懂教学，他深入装配、液电、数控、焊接专业课堂，多专业、多渠道、全方位汲取教学经验；

如何给自己的学弟们授课，李攀攀认真听经验丰富的老师讲课，他仔细观察老师的语气、表情还有手势……

"技能大师"站上三尺讲台，身份变了，熟悉的工作环境变了，但不变的是李攀攀迎难而上、敢打敢拼的精神。"自己干得好未必教得好，会教学是一项有更高要求的本领，这是我要攀登的另一座高峰。"

在徐工技师学院特色师资培养模式的有力推动下，李攀攀迅速成长为"教育教学、专业发展、企业实践"三种能力过硬的一体化教学名师，获评江苏省一体化名师工作室领办人。此外，他还在学院承担的国家一体化教师师资培训中担任培训师，为来自全国各地的工程机械运用与维修专业的教师授课，收获优秀同行教师的点赞。学院第三方督导高度评价："李老师的每节课都让学生收获满满、成就满满。"

"是老师们成就了今天的我，我希望自己的肩膀也可以成为学生们成才的阶梯。"多年的实际操作与多次参加大型赛事，李攀攀无论是实操经验、知识积累还是心理素质，都具备成为一名好教师的实力和底气。

李攀攀从前辈手中接过竞赛育人的"接力棒"，毫无保留地把自己的经验传授给学生，开启了技能育人、传道授业的新征程。

备战大赛，他和学生学在一起、干在一起，吃住在一起。面对面、手把手，钻研问题、攻克难关，不放过每一处细节，不绕过每一个难点。

李攀攀是学院许多学子的偶像。高级钳工班的李万里备战第十五届振兴杯大赛时，李攀攀一直陪伴左右。

李攀攀工作照

太阳才在东方露出一丝绯红，学校的操场上就出现了并肩奔跑的两个身影，每次大赛总共 6 个小时，不仅需要毅力，还需要足够的体能。于是，李攀攀带着李万里，每天迎着初升的太阳奔跑锻炼，体能越来越强。

夕阳西下，暮色笼罩着大地，车间里还有两个身影，弓步开搓，手上的老茧长了又破、破了又长，手越来越巧。锉刀打磨，配合间隙从一根头发丝直径一直到1/3根、1/4根头发丝，手法越来越准；俯身案台，一门心思一挫一磨每日重复近十万次，手感越来越稳。

专注、集中、凝神在一次次对眼力、耐力和定力的考验中，李万里的目光越来越敏锐，技艺也越来越精湛，匠心火种燃烧得越来越旺。最终李万里获得全国大赛第四，并被评为"全国青年岗位能手"。

李万里感谢兄长般的老师、教练李攀攀，曾经，成为似李攀攀这样的"技术大拿"，只是李万里心中可望而不可即的梦想。现在，李万里正和李攀攀一起，在徐工的广阔平台上一步一个脚印地向上攀登。

攀登路上，还有李慧轩、杨长健、董波、刘继平、陈晨……这些都是全国、省、市技能大赛上斩获奖项的技能精英，是活跃在徐工生产一线的岗位技术能手，他们都是李攀攀的学生。李攀攀很有成就感，每次学生站到领奖台上，他使劲鼓掌，比自己得奖更高兴、更开心。

爱动脑筋、爱钻研的李攀攀，总结的"四阶段九步训练"冠军培养"宝典"，成功将数十名选手送上国赛舞台。几载风霜雨雪寒暑更迭，在李攀攀的带领和指导下，3名国赛冠军、7名省赛冠军、6名"全国技术能手"、1名江苏省技能状元，这些优秀的高手能人从"冠军工厂"徐工技师学院，走向徐工的各条战线。星火炽旺，发热发光，汇聚成能工巧匠的灿灿星河，为承担铸造大国重器的时代重任贡献青春、智慧与才华。

偶尔，李攀攀会想起当初"是继续留在企业还是去学院做教师"的犹豫，想起星光月色下自己徘徊的身影。他庆幸自己的选择，给自己的人生打开一扇新的窗口，自此开启了技能育人的广阔道路。

"作为徐工的教师，我们要做的不仅仅是传授技能育人智慧，更要传承大国工匠的精神。技能改变了我，我也想用技能影响更多人。"这是李攀攀的心里话，也是他的志向。

扎实的专业功底、丰富的企业实践，加上勤学苦练和刻苦钻研，李攀攀很快形成了自己独特的授课方法——他将企业案例融入教学，让典型产品走进课堂，使工艺流程嵌入教学过程。在"发动机系统安装调试与检修"课上，他引入25K全地面起重机整车无法启动故障案例，采用视频动画讲解起动系统原理，通过"连连看"游戏将电器符号与实物对应，并亲自示范每个电器元件的规范测量方法，再以问题导向启发学生分析故障原因，最后梳理出对应的规范检修流程。生动有趣、循序渐进、突破难点的教学方法很受学生欢迎。

刻苦钻研、身体力行，迎难而上、敢打敢拼。李攀攀身份变了，熟悉的工作环境变了，不变的是他的精神，还有，对技能事业的情怀。这样的精神与情怀令李攀攀在教学与教研的岗位上精耕细作再立新功。

李攀攀积极带领团队，全身心地投入由学院牵头主持的第三批全国技工院校工程机械运用与维修专业一体化课程教学改革试点工作，推进工程机械运用与维修专业一体化课程开发，形成《技能人才培养标准》等 12 本部颁教材，并在全国技工院校中推广使用。带领团队开发校企合作实训设备 4 台，主持（参与）开发行业标准 2 个。

李攀攀还带领团队完成了全国技工院校第三批一体化教改工作，申报获批"工程机械运用与维修"为江苏省示范专业，主编国家基本职业培训包（高级工）1 个，出版部颁教材 10 部，教研成果获省级以上奖项 100 余个。他承担的第二次全国工程机械运用与维修专业一体化师资培训课程教学，受到人社部及授课专家的高度赞扬。

"李主任好！李老师好！"一群学生见到李攀攀，热情又尊敬地打着招呼。已是工程机械装配与调试技术教研室主任的李攀攀微笑着向同学们打着招呼。

从"担一份使命传道授业"到"赛教研融合育树精兵"，35 岁的李攀攀与徐工相伴相守了 18 年。从学生到江苏省特级技师，从教学新手到江苏省一体化教学名师，从技能新兵到徐州市劳模创新工作室领办人，他在徐工文化的浸润中成长，扎实践行"技能强企""技能报国"初心，将精益、专注、创新、奋斗的"徐工工匠"精神刻入骨髓。

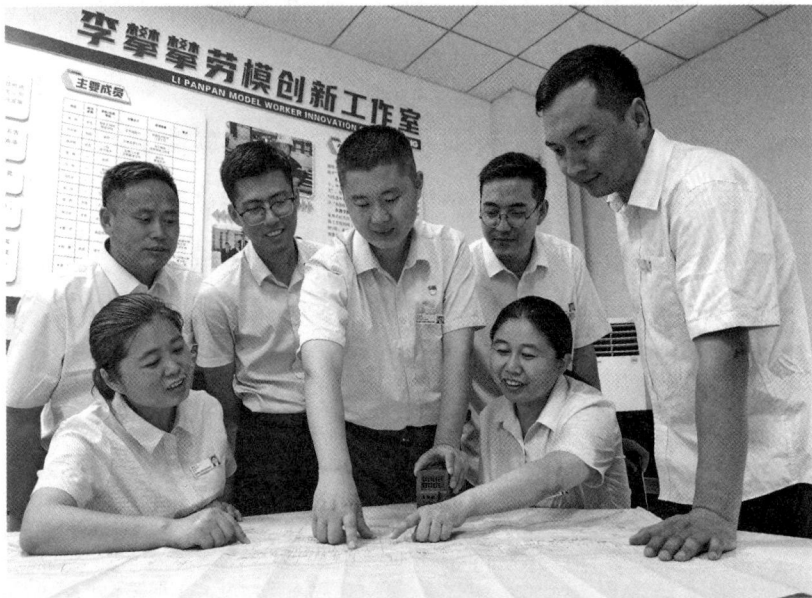

李攀攀与团队成员讨论交流

三、将"一体化"课堂搬到加蓬，将徐工技能育人的智慧传播到世界

> 我们要做的不仅仅是传授技能育人智慧，更要向世界展示中国制造的智慧、大国工匠的精神。
>
> ——李攀攀

有人说：李攀攀的路走得很顺，不管在工厂还是在学校。

李攀攀说：自己得益于徐工这个广阔的平台，在技能成才的道路上走得很稳。

2021 年 6 月初，李攀攀接到去非洲加蓬援教、出征加蓬的命令。工作室带头人李攀攀带领团队做好各种准备，带着殷切期盼，怀着必胜决心，冒着疫情风险，毅然决然踏上奔赴非洲加蓬的征程。

出国援教，其实并不像年少时想象的那样充满兴奋感和新鲜感。那一阵，李攀攀日思夜想的是到非洲去援教要做好哪些准备工作，会面临着多少困难。

"我们在承办援教任务之前，思想上做了足够的准备。我们是代表中国、代表徐工集团去的。我们前期要做好多相关配套的工作。援教的学校，我们要给它提供基地的建设规划，还要开发设备、开发教材等。我们给他们配套了15门课程。这些课程的教学大纲、教材和教学资源，整整放了几大箱子。"

在加蓬首都利伯维尔国际职业培训中心，李攀攀团队面对的是酷热的天气，是简陋的食宿条件，是语言不通的环境，更有新冠疫情肆虐、疟疾感染高发、参培学员接受能力差等多重压力。

"但我们一定得克服困难完成任务。再说，我有底气，我们的身后是徐工、是祖国！党和国家对我们的期盼和信任，不能辜负！"李攀攀给同事们鼓劲、打气。

到了加蓬，隔离一结束李攀攀便戴着口罩带领成员开始安装教学设备、布置教学场地。李攀攀与团队伙伴咬紧牙关严格防疫，全力以赴潜心施教，将原汁原味的一体化课堂"搬"到加蓬。

面对着加蓬当地的大学教师和政府官员，李攀攀开始了在异国他乡讲授中国工程机械操作理论和技能，向他们分享中国工程机械技能育人的智慧。

李攀攀和同事围绕9种机型、22个产品向当地近30名大中专院校教师讲授了工程机械运用、工程机械维修两个专业的课程，赢得满堂喝彩，获得加方盛赞。"老师们上课时，除了用实际案例讲解专业知识，还带领我们模拟操作各种工程机械设备。理论和实操考核时，再次让我们了解到中国职业技能标准和徐工技能人才评价标准。"在加蓬国际职业培训中心参加培训的加蓬 Masuku 技术科学大学教师 Kassa 充满感激。

理论课堂上，李攀攀深入浅出点对点剖析工程机械装调概念；实训场地里，李攀攀反复示范、手把手讲解设备运作、保养知识。

课余时间，李攀攀创新思路分享中国制造特色文化，用心搭建中加技能教育交流平台，通过播放精心准备的微视频、微动画，举办"今日我讲徐工故事"等特色活动，积极宣传以大器文化为代表的中国制造业先进企业文化，展示中国制造、中国创造的典型案例，在"一带一路"上用真情、真心、真秘方让中国技能育人种子落地生根。

"因为是在疫情防控期间，教学授课等整体都在封闭的状态。讲课任务重，饮食也不习惯，我在整个过程中瘦了 21 斤。我 5 岁的儿子在视频中都看出来了。"提到儿子小老虎，李攀攀笑了。

"妈妈，我好想爸爸呀，我们可以与爸爸视频一会儿吗？我就看看爸爸，我就说一句话，真的！就一句！求求你了！"

"宝宝，爸爸那里很晚了，这个点他早都该睡觉了。宝宝乖，咱们的点滴很快就打完了，睡一觉，起来你就又是活蹦乱跳的小老虎啦。"

"可是，我真的好想爸爸呀！"

"那我试着打一个电话，如果爸爸没接，那我们就乖乖睡觉，好不好呀？"

"谢谢妈妈！妈妈万岁！能看看爸爸，我就觉得我的病能好一半啦！"手臂上插着输液管的儿子精神了起来。

远在加蓬的李攀攀手机响了，是妻子的。

"娟子，怎么了？"

"咦！你怎么还没睡呀？这才两个星期你怎么瘦那么多？"

"你之前不一直让我减肥么，这不，刚好！"李攀攀笑了，他怕妻子担心。妻子又要上班又要照顾上幼儿园的儿子，不容易。

"宝宝在打点滴，很想你，你和他说几句吧。"

"爸爸，我好想你呀，我都好长时间没有看到你了，你现在怎么变得这么黑呀？"看着躺在医院病床上的5岁的小老虎，李攀攀的眼眶湿润了。

"小宝，爸爸也好想你呀。"李攀攀拉下口罩，"你看爸爸现在是不是像戴了一个墨镜？咱们好好听妈妈的话，乖乖打针，好好睡觉，多多吃饭，等爸爸回去了带你去买个帅气的墨镜。"

"爸爸！前天老师还让我在班里给大家介绍徐工的擎风4号呢。同学们都听得可认真了。等我长大了，我要给全世界的人介绍徐工的产品！"

"那小老虎要乖乖听妈妈的话啊，咱们以后父子上阵，一起建设徐工！咱们不仅要向世界介绍徐工，还要发明创造更多的徐工产品，让全世界都爱上徐工制造！"

"宝宝乖，让爸爸赶紧备课，早点休息吧。说最后一句！"看着又黑又瘦的丈夫，妻子很心疼。

"爸爸加油！早点休息！我和妈妈等你回来！"

李攀攀想念家人，想念孩子，几个月不见，宝贝儿子又长大了些。感谢娟子，她是一位好妻子。在加蓬的夜色中，李攀攀不止一次地想到这些年来通情达理的妻子为支持自己所做的付出。

2022年，李攀攀带领的徐工技师学院加蓬培训援教项目团队，获评徐工集团国际化突出贡献集体。这背后支撑他们的正是徐工坚定国际化主战略的决心，还有在"一带一路"上贡献中国技能育人智慧、展现大国工匠风采的远大抱负。李攀攀露出了欣慰的笑容。

从学生到一线职工，从技能新兵到全国技术能手，从教学新手到教研名师，李攀攀将"技能强企"的铮铮誓言铭记于心，将精益求精的工匠精神刻入骨髓，将"严格、踏实、上进、创新"的徐工精神转化成教书育人的实际行动，用行动和荣誉谱写出徐工高技能人才培养的华章。

"严格、踏实、上进、创新"8个大字，与李攀攀培养的十余位冠军选手照片，在墙上组成一幅缤纷多彩的群像。李攀攀和他的同伴们，以专业技能为根基，练就一身绝活绝技，与行业领域内的行家里手以赛育才，打破工人技能等级的"天花板"，为打造"大国重器"攀起重要人才支撑。

走进李攀攀劳模创新工作室，李攀攀略带腼腆地笑着，厚重坚实的是李攀攀身后的一面书墙，闪亮勃发的是李攀攀眼中自信的光芒，鲜艳耀眼的是李攀攀胸前熠熠生辉的党徽。

"技能，给了我人生的另一种可能。"李攀攀说。从一名初出茅庐的技校生成长为"塔尖技能人才"，从同行者变成领路人，李攀攀因技能成才，秉匠心筑梦，以心血与智慧培养知识型、技能型、创新型的技能人才，在攀登技能高峰的道路上绽放华彩。

杨裕丰

坚守创新拼搏不已，让世界听到中国的声音

那天，晴空万里。那天，春风和煦。

2018年4月2日，700吨液压挖掘机下线啦！徐工集团挖掘机械有限公司广场前人声鼎沸，喜气洋洋。

"中国终于有了属于自己的超大型液压挖掘机！"在700吨级超大型液压挖掘机下线仪式上，时任徐工集团董事长的王民激情四溢，台下的杨裕丰热泪盈眶。

"中国，有了！"为了这四个字，作为总设计师的杨裕丰，带领他50人的技术团队，为之拼搏了1800多个日日夜夜！700吨液压挖掘机成功下线，首次实现中国在超大吨位液压挖掘机领域关键核心技术的集中应用突破，在全球矿业机械领域，擎起了"中国臂膀"。

那天，杨裕丰打扮得似"新郎官"一样，笔挺的西装、蓝白条纹的徐工领带，胸前一束红绿相间的鲜花。杨裕丰想起了走过的近二十载的徐工路，想起了不分昼夜设计的三万多张图纸，想起了从边陲南国到风雪北疆调研的日日夜夜……

一、 心无旁骛攻坚克难， 吹响进军矿业机械的嘹亮号角

搞技术这一行，一定要耐得住寂寞，坐得住冷板凳。

——杨裕丰

"搞这一行，一定要坐得住冷板凳。"这是杨裕丰初入公司时一位前辈说的一句话，杨裕丰一直铭记。

"开始时还没觉得，做得越久，感触越深。搞技术是幕后工作，没有闪光灯跟着你，而且这是个慢活儿，没有耐心是绝对不行的，一定要耐得住寂寞！但是，话又说回来，当你真正全身心投入时，是不会感到枯燥，不会感到寂寞的。"杨裕丰爽朗地笑了起来，"这不，转眼间都 24 年了！"

1999 年，燕山大学一毕业，杨裕丰就加入徐工集团，并在技术岗位上牢牢扎下了根。

上班第一课，是导师宋玉平给上的，杨裕丰铭记在心。时隔这么多年，杨裕丰记得他刚进徐工时遇到的第一位导师是宋玉平。他交给杨裕丰的第一个任务是设计并不很复杂的"单向阀"。年轻的杨裕丰兴致勃勃，画了 10 张图纸，很快完成并交出了作业。

"知道吗？宋老师审看了我的图纸之后，竟然提出了很多问题。"他细致地从线的粗细、倒角、尺寸等各个方面提出问题并逐条列了出来。

"小杨，你的问题出在不是很认真上。"杨裕丰脸红了，自己的确不大认真，以为如"单向阀"这样简单的设计，应该是毫无问题的。

当宋玉平认可了杨裕丰反复修改的图纸后，杨裕丰很激动也很振奋！

但更多的是不安！为什么？因为这意味着要为自己的作品负责了，如果在设计过程中存在疏漏，那么一旦走下生产线，损失就不可挽回了！"比如，像700吨挖掘机这样价值几千万的设备，可能给你试错的空间吗？"

正是第一件作品，让杨裕丰产生了深深的触动，从此"细心"和"认真"二词，深深地刻在了年轻的设计师心底。当在宋玉平指点下修改的图纸，从车间里下线变成了实物，杨裕丰很是喜悦，这是他的第一件作品。

杨裕丰勤奋努力、认真执着，不管是在车间装配还是在现场调试，他总会第一时间出现，想方设法把问题迅速消灭掉。短短几年，他便参与了旋挖钻机、水平定向钻机、叉车和液压挖掘机等多种工程机械的开发设计工作，积累了丰富宝贵的设计经验。

2005年，挖掘机产品开发这个大课题摆到了杨裕丰面前。在这个过程中，杨裕丰深入一线，从技术设计、样机试制到售后服务，到处都能看到他清瘦而忙碌的身影。

2018年徐工矿机独立运营后，杨裕丰又开始了他研发事业的新征程。他牢牢盯住用户和市场，刻苦钻研新技术，对市场进行了数不清的电话调研和多次实地走访，聚焦产品系列化和成套化能力打造，提高技术领先性、产品可靠性和使用经济性，提升产品综合性能。在他的带领下，徐工实现了全系列、成套化的矿用挖掘机、矿用自卸车和破碎筛分产品线开发，形成了国内唯一成套露天矿业机械产品群，并成功切入全球高端市场，吹响徐工进军矿业机械的号角。

"一个技术人员，要想成功就得耐得住寂寞，做到心无旁骛。"作为徐工矿业机械产品研发的领头人，杨裕丰经常这样告诫年轻一辈，这也是杨裕丰自己的座右铭。

杨裕丰工作照

从 1999 年大学毕业至今，二十多载岁月对于杨裕丰来说，是执着坚守，吹响徐工进军矿业机械的号角；是立足高端，开创国内最大吨位液压挖掘机研发先河；是创新突破，填补了国内技术空白，打破了外资品牌在大型矿用挖掘机高端市场的垄断；是攀峰不止，奋力进军矿业机械行业顶峰，让全世界听到中国机械的声音，"让中国矿业机械在世界上有话语权"！

扎根深耕徐工 24 年，杨裕丰早已把徐工当成了自己的家，徐工"担大任、行大道、成大器"的核心价值观也已深入骨髓。

二、"矿山双雄"联袂亮剑，开创国内最大吨位液压挖掘机研发制造先河

> 我非常乐意去做一些有挑战的、创新性的工作！　——杨裕丰

2014 年，第七届上海宝马展上，徐工"矿山双雄"——自主研制的大型成套设备 400 吨矿用挖掘机和 240 吨矿用自卸车"亮剑"，成为中国工程机械制造企业比肩全球优秀企业的突出例证和显著标志。这台填补了国内空白的 400 吨矿用挖掘机，背后凝聚着杨裕丰一往无前的勇气和艰难求索的韧劲。

大型露天矿业机械是高端装备行业"皇冠上的明珠"的核心组成部分，代表着行业最高的技术水准，而其核心技术长期被国际巨头公司所垄断。作为中国工程机械行业的开创者和领导者，徐工必须扛起引领中国矿业机械发展的大旗，攻克壁垒、打破垄断，然而这一切并不是靠敲锣打鼓就能实现的。

2008 年，大型露天矿业机械研发大战正式打响！

在公司领导的支持下，杨裕丰组建团队，研发挖掘机产品。从小吨位产品起步，21 吨、45 吨、70 吨、90 吨……一个吨位一个吨位地增加，这不仅仅是量的积累，一步步走来，团队拥有了更多大型露天矿业机械方面研发知识、制作经验的积累。

2012 年，杨裕丰开始研制超大吨位产品，带领团队最先做的是 300 吨挖掘机，然后是 400 吨挖掘机。

400 吨挖掘机是当时国内最大吨位的液压挖掘机产品，对于只做过 120 吨产品的杨裕丰他们来说，要设计这么大的产品，压力很大。跟 120 吨产品相比，400 吨挖掘机产品的整机结构、整机布置完全不一样，系统更加复杂，系统匹配等很多难题也是从没碰到过的。

400 吨挖掘机是压在杨裕丰身上的重担，早也想晚也思，如何将这么大的任务完成。他知道，组建这么大的团队，投入了那么多资金和时间，如果失败了，损失很大。

"我们不能失败，我们不敢失败！"杨裕丰对团队说，对自己说。这句话记在了他的笔记本的扉页上。这是杨裕丰真实的想法。

多少个日日夜夜，多少次测算论证，经过严谨的设计、数不清的调试，杨裕丰牵头自主研发、设计、制造的400吨挖掘机终于迎来亮相之日。

2014年的上海宝马展，中国工程机械领域规模最大的展会，徐工大吨位产品即将实现突破性的时刻，万众瞩目。

第一天，试验操作。在点火启动之前，杨裕丰带领团队对设备进行了全面详细的检查，每一个部件、每一道环节逐一排查。没有问题了吧！杨裕丰一遍遍问自己，也问团队的同事。没有问题！大家都认为应该没有问题了。万事俱备！

但是，怕什么就来什么。现场第一次点火，发动机一点反应也没有！再点再启动，还是没有反应！怎么也启动不起来！失败了！年轻的杨裕丰黯然离开现场，转身时多少年没流过的眼泪止不住了，心里失落极了。

可是，杨裕丰没有放弃，而是重整旗鼓。第二天，杨裕丰带领团队很早就到达了现场，经过仔细排查，很顺利地找到了问题所在，原来是发动机启动线路虚接。再一次打火，挖掘机"突突突"地启动了！成功啦！杨裕丰眼眶又湿润了，同事们紧紧地拥抱在了一起。

为什么如此在乎成败？仅是一个项目成功与否吗？

这是一次只能成功不能失败的战斗，这也是一次代表徐工、代表中国颜面的战斗！

上海宝马展，不是一次简单的工业展览。在德语中"bau"是"建设"

的含义，"ma"是"机器、设备"的意思，连在一起的"bauma"本意不是很多人直接音译过来的"宝马"，也不是一般人认为的 5 个单词的首字母组合，更不是一个凭空创造的名称。恰恰相反，它的意思非常准确且简单——工程机械。"bauma"是在欧洲有 50 余年历史的品牌工程机械展会，"bauma China"则是该品牌在亚洲市场的延伸，从 2002 年至今，每隔两年举办的中国宝马展为国际买家提供了绝佳的采购机遇，也为中国企业创造了展示自我的空间，更成了亚太地区首屈一指的最大规模的专业展览。

400 吨挖掘机是当时国内最大吨位的液压挖掘机产品，在上海宝马展上亮相，能否成功点火，标志着中国能否制造出这种吨位的产品。中国瞩目，世界瞩目！

"自助者天助也，我们成功了！"谈起 400 吨挖掘机，谈起 2014 年上海宝马展，杨裕丰依旧激动不已。

回望大型挖掘机漫漫研发过程，杨裕丰感慨万千。

徐工 XE450 是杨裕丰开发的第一台大型挖掘机。45 吨挖掘机项目完成后，2010 年徐工集团又同时启动了 70 吨、90 吨挖掘机研发项目。有了第一次的成功经验做基础，杨裕丰在 70 吨、90 吨产品研发上进展得格外顺利。产品在试用过程中，获得了客户的认可，为之后的销售打开了市场。

为了使自己设计的产品在同类产品中更具竞争优势，抓住用户的心，抢占市场，他加班加点，夜以继日地查阅各种相关技术资料，经过不断地对比分析，终于确定了开发的总体思路。

在产品开发过程中，面对项目中遇到的困难，他凭借着一股冲劲和韧劲迎难而上。经过对方案无数次的修正完善，终于创造出了多个独创性设计，成功突破了多项关键技术，带领团队在超大吨位挖掘机技术创新方面申请了几十项专利。经过不懈努力，顺利完成了产品开发。

在产品试制过程中，他更是连续几个月带领团队，忘我地扑在车间进行技术指导。月亮作证，朝霞作证，公司门前的树木花丛作证，这个叫杨裕丰的人经常踏着深夜的星光回家，东方发白又出现在车间内。

功夫不负有心人。2014 年 8 月，在一片欢呼声中，400 吨超大型挖掘机成功下线，中国挖掘机的产品型谱上又增添一名超重量级的新成员。它的成功开发，为中国工程机械行业进军高端成套化矿山机械领域奠定了坚实的产业基础。

三、千山万水只等闲，让青春在矿机研发旅途中闪烁光华

我是从农村走出来的，为打破垄断填补空白，吃什么样的苦都值得。

——杨裕丰

杨裕丰出生在徐州一个普通农民之家。

"父亲和邻居们时常抬着石头，不断夯实家门前的土路，但每逢下雨，小路总会泥泞不堪。"有一天，一台印有徐工标志的压路机缓缓驶来，小路不再难走，父辈们也不用那般辛苦。这台有着徐工标识的压路车雄壮威武，在年幼的杨裕丰心中激荡起阵阵波澜："原来，机械设备的力量如此伟大。"此后，被雨淋过的乡间小路，在杨裕丰的记忆里变成"一条闪闪发光的绸带"，载着他的梦想。十多年后，杨裕丰跨进了徐工的大门，蓝色的工作服上也印着鲜明的徐工标识：XCMG……

"2000 年以前，国内使用的挖掘机 95％以上都是外资品牌，几乎看不到国产品牌的身影。"杨裕丰说，当时尽管也有国有企业与外资企业合作，但根本得不到真正的技术。这次，研发超大型挖掘机的任务落到了自己的肩上。"明知山有虎，偏向虎山行。"超大型挖掘机的设计制造，没有任何可以借鉴的经验。杨裕丰憋足了劲：自己干！筹备之初，为了全面掌握大型挖掘机施工的性能特点以及用户的工作习惯，他带领技术人员多次深入全国各大矿山进行调研，整理了一千多页的测绘材料。

从林海雪原到大漠戈壁，从云南与越南交界的文山，到内蒙古的锡林浩特，大江南北、塞外边疆……杨裕丰带着不足 20 人的团队，深入露天矿区实地调研，不到半年的时间，他们的足迹遍布甘肃、内蒙古、新疆、西藏、山西，行程超过 10 万公里，分析不同环境下大型挖掘机的性能参数，了解用户的各类需求。"大型挖掘机的使用和当地的施工工况有很大关系，比如在煤矿上，设备的配置是一种情况，到了金属矿，设备又得换成另外一种配置。"杨裕丰他们几乎跑遍了中国大地。目的只有一个：什么样的产品是客户需要的？必须为新产品定位、画像。设计者心中必须有数。

寒冬酷暑，高山沙漠，有的矿区环境恶劣得超出了他们的想象。

沙尘暴肆虐漫卷，头发茬中、耳朵眼里直至牙齿缝里，全是黄沙，不能张口，但总要交流、总要说话呀！

沙漠一望无际无遮无挡，太阳热辣辣地照射着大地，辐射太强，在外一天就能晒成红脸关公；还有饮水，水壶也好水杯也罢，一打开漫天的黄沙无处不在，于是饮水只能喝满是矿砂的"矿物质水"，很有"质感"……

这些还只是生活上的不便与艰苦，大家都能扛，更难的是与人打交道。

为了了解不同矿区、矿山的要求，杨裕丰坚持要深入一线，才能有针对性地研发客户所需的产品。

当时国内使用的矿业机械基本上是国外产品。可是，进入矿山不是件容易的事，尤其是进入挖掘部位。与矿上没有业务合作，想进去？没门！保安、站岗的人员将他们轰得远远的。

硬闯肯定不行，说软话也没有用。但办法是靠人想的。"我们冒充过供应商，也有送几包烟给当地人请人家带我们进去。"清高的研究人员为了调研，将身段放得低低的，这对于杨裕丰来说，非常不容易。心中更不舒服的是，在许多工矿，用的全是进口设备，但保养维护设备的还是中国人。

在包头的包钢铁矿附近，在一个小饭馆吃饭，看见几个穿包钢工作服的人也在吃饭，三言两语就热络了起来，聊天侃大山。包钢人讲："什么时候我们用自己的设备就好了！我们中国企业为什么不能生产呢？"在外资企业工作的这几个年轻人的话语，更激发起杨裕丰他们做自己产品的信心。

杨裕丰如遇知音：我们就是来调研，看看各地的工矿需要什么样的设备和产品。我们必须也一定能够做到！

杨裕丰在各地留下了自己的足迹，也增进了对进口挖掘机的了解：德国的产品可靠，日本的产品更为轻巧。对设备需求也有了更为清晰的了解。200吨以上和以下，整机布局都不一样，吨位的增加绝对不是原来产品的放大与叠加。

跑了大半个中国的杨裕丰有很多捉摸不透的难题，当时，横亘在他面前最大的"拦路虎"，便是挖掘机的核心部件——"四轮一带"。杨裕丰把"四轮一带"比喻为液压挖掘机的大力"金刚腿"，这也是他必须攻克的技术瓶颈。他说，国外的"四轮一带"不仅采购价格高、配送周期长，售后服务也跟不上。

"必须实现'四轮一带'的自主研发!"这是杨裕丰给自己下的军令状。他带领研发团队潜心研究，不断模拟分析、对比、再优化，一步步地实现了目标性能参数，选出适合制造"四轮一带"的材料。"我们的'四轮一带'成本仅是国外引进价格的三分之一，制作周期也缩短到3个月，并提供全面的售后保障服务。"

调研以后就是复杂又漫长的研究、设计、推翻再重新研究、设计这样一个精益求精的过程。

难吗？苦吗？当然。但是杨裕丰从来没有想过放弃。"科学的道路上没有捷径可走。"这是在燕山大学读书时就知道的名言。逢山开路，遇水架桥，研发设计就是一个不停地遇到问题、解决问题的过程。

"职业生涯前20年的青春，我将之倾注在挖掘机产品上，下一个20年，我还会继续这样做。让别人提到挖掘机产品，首先想到的是中国品牌，这是我追求的生命价值。"杨裕丰将个人价值融入社会价值中，让有限的生命迸发出无限的光华。

四、立足高端，锐意拼搏，奋力摘取工程机械"皇冠上的明珠"

> 每每想到，要代表中国民族品牌，在国际舞台上发声，我就
> 热血沸腾！一定要干点什么出来！
>
> ——杨裕丰

回想起来，那是在 2014 年底，杨裕丰正式接到了 700 吨液压挖掘机立项的指示。

"领导安排下来了，还能怎么想？干呗！"回忆当时接到指示时的感受，杨裕丰爽朗地笑着，开起了玩笑。

"作为技术人员，我内心其实是非常乐意去做一些有挑战的、创新性的工作的！而且，最重要的是，在那之前，我们已经取得了 400 吨级挖掘机的重大突破，因此，趁热打铁，顺势攻坚 700 吨级，也算是顺理成章吧！"杨裕丰是个有情怀的人。

挖掘机被称为工程机械"皇冠上的明珠"，是工程机械里面销量最大的产品，广泛使用在基建、水利、农田、矿山等领域。全球每年有 50 多万台的需求量，中国挖掘机市场大概占全球市场的 1/3。但是在 2000 年以前，在国内看到的挖掘机产品 95％以上都是外资品牌，几乎看不到国产品牌的身影。

从 45 吨到 70 吨、90 吨再到 120 吨、300 吨，直至 400 吨液压挖掘机的成功研制，这些成果更加坚定了杨裕丰"珠峰登顶"的决心，他再次踏上了中国最大吨位 700 吨液压挖掘机的研发征程。

700 吨级液压挖掘机是大型露天矿山开采的主要挖装设备，是集机、电、液为一体的高技术产品，其体积庞大、结构复杂、总功率大、载荷工

况复杂、操控难度大，必须具有高安全性、高可靠性和较高的智能化水平，在此基础上还要满足高效节能的要求。因其核心技术被外资品牌垄断，产品开发需要突破整机模块化布置、双动力匹配、强电控制、大型承载构件设计及制造等关键技术，开发难度巨大。

这个项目的调研与准备工作持续了两年之久，之后的产品设计又耗时接近两年，直到 2016 年底，才开始由方案一步步落实到图纸上，又经过约一年的试制，才终于迎来了 2018 年 4 月份 700 吨液压挖掘机的正式下线！

有一组数据足以让我们看到其中的复杂与不易，3 年的花落花开、斗转星移，50 余名工程师，其中党员 37 人、高级工程师 6 人，平均年龄为 33 岁，平均工龄为 5 年，先后画出图纸 3 万多张！……这组数据告诉世人，这台中国人自己设计的迄今为止全球最大吨位的挖掘机，其诞生的过程有多么艰难！背后有着怎样的一支想打仗、敢打仗、能打仗且年轻的团队……

同事们都说杨裕丰工作中有股"轴劲"，而这股"轴劲"在 700 吨液压挖掘机的研发过程中，更是展现得淋漓尽致。他和团队始终秉承"一根筋"的工匠精神，大胆想象，勇敢尝试，小心求证，不但充分发挥专业能力和特长，还从日常生活中汲取智慧和创意。调研材料整理了一摞又一摞，技术方案写了一份又一份，提出设想、进行论证，否定或者改进方案……就在这样一个不断循环的枯燥过程中，杨裕丰和他的团队设计出了具备完全自主知识产权的 700 吨矿用挖掘机。

2018 年 3 月，700 吨液压挖掘机首次点火。"点火前那一刻，我的心情如同当年在产房外等待孩子降生一样。"杨裕丰紧张又兴奋。一次成功！

4 月 2 日，伴随着热烈的掌声，中国最大吨位 700 吨液压挖掘机成功下线，被誉为"神州第一挖"。但它绝不仅仅是"中国最大吨位"这么简单，它还拥有自主专利 52 项，在中国超大型液压挖掘机领域首次实现了关键核心技术的集中应用突破，打破了外资品牌的长期垄断，改变了全球矿业机械竞争格局。

在徐工 700 吨液压挖掘机下线的同一天，代表着中国工程机械智能制造先进水平的徐工矿业机械产业基地正式培土奠基。该基地建设用地 570 亩，投资约 18 亿元，设计配置大型镗铣加工中心、智能化焊接机器人、大型结构件整体去应力设备、大型结构件激光跟踪测量仪等先进工艺装备。项目投产后，将成为国内唯一具备全系列 90 吨到 1000 吨液压挖掘机、110 吨到 360 吨电传动自卸车、30 吨到 60 吨铰接式自卸车、40 吨到 91 吨机械式自卸车、系列破碎筛分机械等成套矿业机械产品研发制造、销售服务一体化产业基地，为打造中国第一、全球前三的大型露天成套矿业机械产业奠定坚实基础。

在 2018 年 11 月举办的上海宝马展上，徐工集团派出了阵容庞大的全系列产品参展，而最受关注、最引人注目的无疑是这款 700 吨液压挖掘机。这台由中国人自主研发的最大吨位、比肩世界先进行列的双动力液压挖掘机的诞生，再次向世界展示了中国制造的强大力量。

随着"神州第一挖"的荣耀下线，中国一跃成为继德国、日本、美国之后第四个具备研发制造 700 吨级以上液压挖掘机的国家，这在中国露天采矿装备发展史中具有里程碑式的意义。它采用双动力组件耦合控制系统、高压系统智能监控及故障自诊断技术、模块化双动力液压驱动系统、自补油自适应底盘涨紧系统等诸多独有技术。在矿用挖掘机领域，徐工先后填补了 300 吨、400 吨、500 吨、700 吨的产业空白，书写出属于中国的超级矿业装备的辉煌发展历程。"在高端装备领域，我们有资格、有能力也有实力，与世界级高手展开竞争。"

"一根筋"精神画出跨越式发展曲线，高端产品群重塑全球竞争新格局。

徐工用十年时间走过了国外企业三十余年所走过的路，在全球巨头云集、竞争程度最激烈的矿业机械板块画出了一条"看似不可能""远远超乎行业想象"的成长曲线，形成了全系列的矿业机械产品线，让中国制造的高端矿业机械支撑中国矿业开采、支撑"一带一路"建设的愿望成为现实。

徐工人有着很强的民族情结。"每每想到，要代表中国民族品牌，在国际舞台上发声，就感到振奋，感到热血沸腾！徐工人一定要干点什么出来！"看上去平和、儒雅的杨裕丰心中有着澎湃的激情。

"为什么我的眼里常含泪水？因为我对这土地爱得深沉。"在与杨裕丰交流的过程中，耳边常回响起著名诗人艾青深情的诗。

被誉为"神州第一挖"的徐工 700 吨液压挖掘机，由两台 1700 马力的电动机驱动，超过了两台 99 式主战坦克的动力。产品重量相当于 500 辆普通小轿车，总长 23.5 米的机身接近地球上最大生物——成年蓝鲸的身长。斗宽 5 米，斗容 34 立方米，一铲斗能够挖煤 50 余吨。铲斗最大推压力达 243 吨、斗杆力达 230 吨。徐工 700 吨液压挖掘机可与徐工 240 吨或 300 吨矿用自卸车配套使用，这组"矿山巨无霸"8 小时便可完成 3 万多吨煤的装载和运输任务，高效的作业效率对于中国矿山开采行业来说，无疑是一项重大突破，彰显了"中国制造"深度重塑全球产业格局的实力和魄力。

2020 年 8 月 14 日，"神州第一挖"徐工 700 吨液压挖掘机 XE7000 在内蒙古成功交付，首台 XE7000 矿用挖掘机成功下矿后，凭借一铲斗 60 吨煤的"巨无霸"装载量、近 30 辆家用小轿车的动力，一举成为内蒙古煤矿的"当家装备"，获得矿区负责人"超越想象、超越信赖"的认可。

"这台设备的性能和外观我们都非常满意，设备智能化、自动化程度高，操作灵敏、响应速度快，极大地提高了作业效率，在大型矿山是非常理想的高端矿业开采设备。"XE7000 的表现超出了客户期待，再次证明了超级露天矿用装备的品质与实力。

从青春年华到不惑之年，杨裕丰把生命中最美好的岁月献给了研发事业。他凭借"一根筋"的工匠精神，十几年如一日，与机械为伴，与图纸为友，用虔诚坚守诠释了对徐工登顶事业的忠诚和担当。

"也就是在我们徐工，作为国企，可以集中力量干大事！拿这个项目来说，有集团层面的大力支持，我们可以从各个板块抽调技术精英，同时还有物力、财力的支持，让我们得以放开手脚去干！所以，才有了后面的厚积薄发，有了包括高压强电控制技术、液压系统及交流电驱动系统等各种相关技术上的一系列突破。"这是杨裕丰的肺腑之言，也是 700 吨液压挖掘机研发团队的集体心语。

2000 年以前，外资品牌一度占据了国内挖掘机市场 95％以上的份额，但是在那之后，越来越多的民族品牌逐步崛起，一步步虎口夺食，到今天已经合力拿下了整个国内市场的半壁江山！

一路攻坚克难，一路高歌猛进，一路华彩绽放。

杨裕丰主持研发的产品多次获得徐州市科学技术进步奖、江苏机械工

杨裕丰与团队成员进行产品技术分析

业科技进步奖、中国机械工业科学技术奖等多项奖励，并获得国家专利170余项，参与制定多项国家、行业标准，个人于2015年荣获江苏省五一劳动奖章荣誉。

9.5米，是一台700吨级液压挖掘机的爬梯高度；6.8秒，是设计师杨裕丰从地面攀登到操控室的时间。一年的调试期，杨裕丰早已数不清自己在这台大家伙上攀爬了多少次，每一节履带的编号，他都了然于胸。跟着杨总的步伐，我们爬上有三层楼高的XE7000，那个操作的小伙子个儿高高的，长得有点像演员王凯，很自豪地指着挖掘机的车斗说："您看，我们这个车斗里可站100个人！"

"有些东西啊，一定要掌握在自己手里！否则就会受制于人！在超大吨位挖掘机这一领域，徐工矿机将继续集中力量，全力去实现更大的突破！"蓝天白云下，杨裕丰将目光投向更高更远的地方。

有一种责任是使命担当："时不我待，不能受制于人！"

有一种情怀是恢宏阔大："为中国发声，让全世界听到中国机械的声音！"

习近平总书记视察徐工时指出："关键技术、一些基础性的东西，人家是不会给你的，你跟人家要，有句话叫与虎谋皮，所以这些，还要立足我们自身，这方面要有耐心，要有定力去发展，这个是创新驱动。"

十年磨一剑铸就"神州第一挖"，自主创新问鼎世界技术前沿。

机械市场竞争依然激烈，杨裕丰有紧迫感更有使命感，杨裕丰带着他的团队，又将目光瞄向了更大级挖掘机的研制！对永不止步的徐工矿机而言，拿到了700吨级挖掘机俱乐部的入场券，更要拿到在世界机械行业更多的话语权！

夕阳绚烂，金黄、青蓝、橙红，为矿机基地铺染油画般的光泽。轻抚着挖掘机的操纵杆，杨裕丰抬起了头，目光投向操控室外整齐停放在场地上的一排排不同型号的挖掘机。远处的厂房里流水线上的轰鸣声，是杨裕丰心中最悦耳的声音。

"在我们这个行业，就是要让世界听到中国机械的声音！"

张军

—

以科技照亮生命之光，以创新守护美好世界

"扬帆把舵，重器强国，利剑出鞘，再创新高！"100 名头戴金色安全帽、身着蓝色工作服的徐工消防人激昂的呼喊声在绿树红花间回旋震荡。

16 辆徐工新一代登高平台消防车、成套应急装备披红戴花，华彩灼灼、雄姿勃勃，气势豪迈、整装待发！

蓝天白云下，"徐工金""徐工蓝""消防红"耀眼又和谐，在天地之间绘就了一幅壮美豪放的雄浑画面。徐工消防安全装备有限公司消防车研究所所长张军眼眶红了，这些高科技含量的成套应急装备是他和研发团队的心血凝就，是公司所有职工拼搏奉献的成果，这样的出征仪式是他心中曾无数次设想的画面……

"我宣布，发车仪式开始！"

2023 年 10 月 6 日上午 9 时，徐工消防总经理李前进一声令下，披着阳光与彩花，徐工消防人与凝聚着他们智慧心血的最新科技成果热血出征，奔赴北京，奔向 2023 年中国国际消防展！

一、 研发擂台上的 "拳击手", 奋力打出 "创新组合拳"

身高一米八五的张军, 架着副黑框眼镜, 书卷气十足。而就是这样一位 "书生", 却在消防车这些硬邦邦的钢铁机械中摸爬滚打了整整 16 年。

1. 勇担大任, 不畏艰难搏击市场

"即使从 0 开始, 也要交上 100 分的答卷", 这就是张军请缨领下 "军令状" 后给自己和团队定下的目标。

"必须行, 我们必须行!" 2021 年, 面对大跨度高喷消防车在市场上一片空白的情况, 公司决定进军大跨度消防车领域。张军给自己也给团队领下了 "军令状"。

"市场的竞争就是拳拳到肉的搏击, 不想被动挨打, 就要抢占先机。" 张军这话说得实在又到位。

有多少光鲜亮眼的创新产品, 就有多少倍的苦思冥想、日夜钻研, 还有多少个食不能安、夜不能寝的日子。

创新, 需要业务精深;

创新, 需要劳累奔波;

创新, 更需要责任担当。

JP51G1 项目研制过程中, 张军向施维英技术专家虚心求教, 优化设计, 将多节折叠臂臂架动作时间缩短 50%。

张军积极寻求合作, 创新突破多关节臂架主动抑振、智能臂架虚拟墙防碰及定点空间轨迹规划等多项专有核心技术。

为解决高空救援的瓶颈问题, 通过细致入微的深入思考, 张军和团队成员首创举高消防车配备远程气动玻璃幕墙破拆系统。

张军带领项目团队展开工作, 创下了 9 天、6 地、4200 公里的出差纪

录，南下北上深入调研，挖掘出奇制胜的产品差异化亮点。

张军的床头总是放着笔记本，星星点点的创意在脑海中闪烁时，张军会立即起身用笔记下……

一年365日风霜雨雪、花落花开，从无到有，从有到精，张军打出的这套"创新组合拳"，迅速打开了徐工消防大跨距高喷车的市场局面。

2. 创新引领，精益求精铸就精品

"一个问题，两套方案。"这是张军在工作岗位上说得最多的一句话。国六产品升级不单单是内核信息化、智能化的升级，更要从消防车外观找到提升产品价值的突破口。张军充分利用外部优质资源，联合中国矿业大学工业设计系共同开发新一代登高车外观方案。

通过对不同风格的外观方案反复对比讨论，结合消防车产品具体的布局特点、功能要求和工艺条件，无数次推倒重建，终于确定了外观方案。媲美跑车的后尾轮廓设计、全铝合金型材无骨架走台板架构、越野车改装工业级侧梯应用，车身环绕灯带设计。就这样25款举高消防车产品完成信息化、智能化、精品化的全面升级，最终成功惊艳亮相北京消防展。

3. 凝心聚力，坚定目标矢志登顶

面对市场需求迫切，公司制造调试周期紧、任务重，针对云梯车梯架导轨一次焊接成型高度一致性差、宽度尺寸超差等问题，张军带领团队对生产流程易发故障点进行全面排查，创新设计导轨焊接定位工装并反复试验验证，经过一年时间持续跟踪改进，将滑车导轨偏差由>15毫米减小至<5毫米，平均修形次数由4—6次降低至1次，消除了原夜班整体修形工序，显著提升产品制造及生产资源使用效率，解决了制约产品可靠性提升的瓶颈问题。

效益对技术而言，最直接的问题就是研发成本控制，针对进口奔驰底盘成本偏高，张军团队统筹实施系列产品断轴取力配置方案，整机成本降低 25 万元，底盘统型更有利于生产组织，减少底盘库存占用，提高生产周转率；同时在保证安全、可靠性的前提下，推行电气等系统统型降本，显著提升产品盈利能力和综合竞争力，助力打造徐工举高消防车成为真正的"拳头产品"。

在领导眼里，张军是一个能挑重担的技术骨干；在同事眼里，他是一个直率果断的榜样。他主持开发的 JP51G1 一次性实现了徐工消防大跨度高喷车从无到有的产品阶段跨越，以紧贴市场需求的绝对创新优势成功亮相北京消防展，并获得了一致好评。他带领团队，扎根生产一线为 25 款国六产品进行信息化、智能化、精品化全面升级。他就像研发擂台上的"拳击手"，用他的速度、全面和坚定，助力徐工举高消防车以高歌猛进的强势姿态闪耀行业舞台。

二、 向海而行， 从燕山大学到徐工集团的双向奔赴

有幸生在这和平年代，有多少值得自己学习和求索的知识。

——张军

大雨落幽燕，

白浪滔天，

秦皇岛外打鱼船。

一片汪洋都不见，

知向谁边？

往事越千年，

魏武挥鞭，

东临碣石有遗篇。

萧瑟秋风今又是，

换了人间。

毛泽东的这首《浪淘沙·北戴河》，少年张军一直刻在心中、记在脑海，为之所动，甚至浮想联翩。

于是，2000年，在填写高考志愿时，第一志愿，张军填上了"燕山大学"。

是因为喜欢伟人的这首诗而奔向了秦皇岛？

还是因为喜欢北戴河而选择了燕山大学？

张军笑了：都喜欢！也算得上是一场"双重奔赴"吧！

张军向往大海的辽阔浩渺，喜欢山海关的巍峨壮观。作为河北保定重点高中一中的优秀毕业生，2000年高考是先出分后填志愿，依张军的考分，他有着更多的选择。张军在考分出来以后，毫不犹豫甚至喜滋滋地填上了"燕山大学"。

为什么是燕山大学？张军看向我笑了："您知道哈工大吧？"

当年18岁的张军仔细查过，燕山大学源于鼎鼎大名的哈尔滨工业大学，是河北省人民政府、教育部、工业和信息化部、国家国防科技工业局四方共建的全国重点大学，也是河北省重点支持的国家一流大学和世界一流学科建设高校、北京高科大学联盟成员。

张军还有自己的小心思，燕山大学就在那个"秦皇岛外打鱼船，一片汪洋都不见，知向谁边？"的秦皇岛，靠着北戴河哦。出生于河北保定望都县的张军，自打在小学课本上见到蔚蓝的大海，就一直忘不了：啥时能与大海来一次亲密接触？

"北戴河是河不是海！"有同学说。

"北戴河是渤海最大的海湾，怎么说不是海呢！"张军认真地查了资料告诉同学。

燕山大学！张军在填完高考志愿表以后才告诉爸妈，父母非常支持：男孩子应该走得远一些！

在燕山大学的四年本科加上三年硕士，整整七个春夏秋冬，懂事优秀的张军，刻苦学习，精进钻研，在专业领域打下坚实的基础。优秀的大学生张军一笔一画写下了入党申请书，慎重地呈交给了老师。他的硕士毕业论文是《六自由度并联机器人》，通过设计六自由度运动机构，从模型建模到运动分析再到计算求解，这里面需要扎实的专业领域知识，需要力学性能分析，更需要求新求变的思路与创新意识。

"上大学后去过北戴河吗？"

"心向往之，怎能不去！我去过不止一次。"张军笑了。

辽阔的海面，广袤的沙滩，立在鸽子窝，仰望伟人毛泽东的雕像，爬上山海关，回溯历史的苍茫风云……海风拂起大学生张军的黑发，当眼前的景象与自己魂萦梦绕的北戴河完全契合，张军心中是满满的感动与豪情：有幸生在这和平年代，有多少值得自己学习和求索的知识。

硕士毕业那年，许多知名企业来燕山大学招聘，张军毫不犹豫地站在了徐工的展位前。

徐工的名气大，徐工的业绩好，这里是自己可以得到锻炼和施展才能的地方。张军甚至都没和父母商量，就填写了求职表格。他没想到的是，当日就接到电话："是张军吗？我是徐工负责招聘的工作人员，请到我们这儿来签订入职合同。"

品学兼优的硕士生张军，不仅是大学生党员，还年年都是奖学金的获得者，这样优秀的学子是越多越好。徐工迅即与张军签订了合同。

告别秦皇岛，告别北戴河，告别望都县，告别将自己送上火车的亲爱的爸妈，张军跨进了心仪的徐工大门。

从 2007 年至今，张军在徐工整整工作了 16 年。从一个青涩的硕士研究生到业绩优秀的消防车研究一所所长。16 载岁月在历史的长河中只是一瞬，对于张军来说，16 个春夏秋冬凝聚着青春的璀璨光华。

三、匠心作魂，纵横驰骋消防产业新征程

> 必须有洞察发展规律的思辨精神，敢于刀刃向内的革命精神，识变应变求变的创新精神，聚力攻坚克难的登顶精神。
>
> ——张军

"英雄有用武之地"自古以来是件幸事。

近年来，徐工消防锚定"高端化、智能化、绿色化、服务化、国际化"方向转型升级，为张军这样的研究型人才提供着施展才华的广阔舞台。张军一路披荆斩棘，不断攻克"卡脖子"难题，在科技自立自强的道路上坚定前行。

"苦干实干、担当作为，务实落实、敢为善为"，张军带领团队进一步

夯实徐工举高消防车行业领导者地位。这 16 个字是公司在劳模先进事迹申报材料上的评价。

16 载风霜雨雪、花落花开，绘就了多少张图纸？翻阅了中外业内多少资料？奔波了可说是千里万里，在消防机械领域里深耕细作，张军将坚实的知识基础、开阔的视野结构、求新求变的创新精神，还有深厚的人文情怀融入自己的事业中，将个人价值融入社会价值中，为徐工也为中国消防机械作出了杰出的贡献。

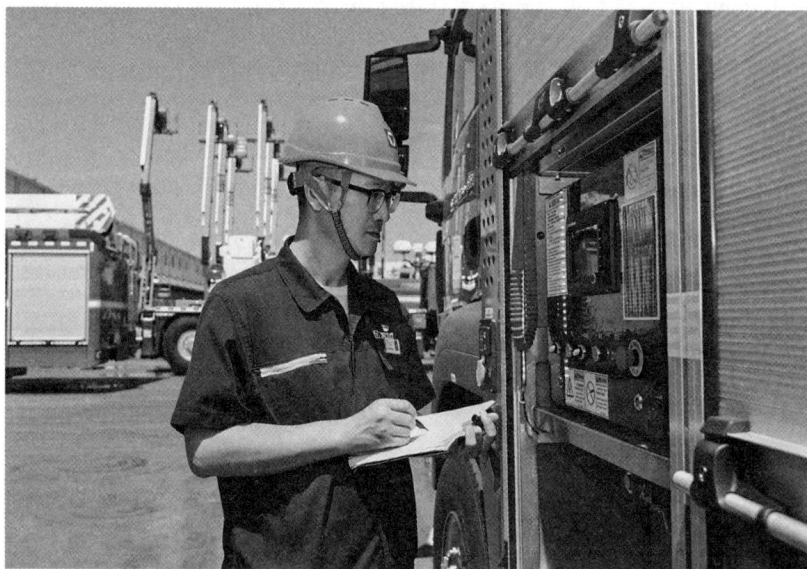

张军工作照

让我们将目光回溯到 28 年前。

登高平台消防车，是高层建筑的安全卫士。

53 米，是徐工消防研发的第一款登高平台消防车的工作高度。经过两年的艰苦攻关，53 米登高平台消防车 CDZ53 被成功推出，打破国外技术垄断，一举创造了当时的"亚洲第一高"，填补了国产 50 米以上登高平台消防车的空白。

在张军看来，徐工消防的起步，其实就源自国内企业向国际垄断的一次"较劲"。

"那时候，登高消防车大多依赖进口，市场定价权也牢牢掌握在别人的手中。一辆 53 米登高平台消防车的售价，当时高达近千万元。"实现了登高平台消防车的国产化生产，徐工挖掘出产业"开疆拓土"的新路径，也将登高平台消防车的市场售价以"半价模式"大幅降下来。

此后，这样的"较劲"仍在持续进行。

"华夏第一高"——2005 年，徐工推出 DG68 登高平台消防车，打破国内 60 米以上登高车基本依赖进口的格局；

"亚洲第一高"——2010 年，DG88 登高平台消防车诞生，刷新"亚洲第一高"，进一步推动了我国超高米数消防装备行业的发展。作为 88 米巨型登高车设计师的张军心中最高兴的不仅是巨型登高车成了国内行业的"天花板"，更高兴的是这款产品打破了芬兰等国外企业的垄断。"我们的88 米登高车已销售 20 台了。"

"世界第一高"——2012 年，JP80 举高喷射消防车问世，再一次突破超高米数高喷车国内市场，并稳居"世界第一高"；JP80 举高喷射消防车集水罐车、泡沫车、高喷车功能于一身，最大作业高度 80 米，最大作业幅度 26 米，并设有齐全的安全保护装置、百米无线远控、火场实时监视系统等先进功能，为消防救援提供强有力的保障，是城市高层建筑消防、保护人民生命财产安全的精良装备。

刷新"亚洲第一高"——还是 2012 年，DG100 登高平台消防车下线，再次刷新"亚洲第一高"，竖起我国巨型消防车的新标杆。一次次较劲，一次次超越，徐工消防日益坐稳行业龙头地位：举高类消防车持续保持国内行业的领导者地位，高空作业机械快速挺进全球一线阵营，位列高空作业平台制造商中国第一、全球第三。

还有 JP63G1 举高喷射消防车，囊括了徐工消防的多项优势技术。它的长臂架，可以伸到 57 米的地方，直接将消防炮伸到着火点上方，从高处灭火。上面有防火涂层，还有喷淋保护，不怕烧、不怕烤，真正做到了与火情近距离肉搏。如果往上伸，消防炮可以达到 20 层的高楼，灭火覆盖区域可以到 30 层高楼。每分钟可以喷射将近 5 吨的水，堪称扑救高层火灾和石化火灾的神器。

每一个传奇背后，都承载着坚守和执着；

每一件创新产品中，都蕴含着智慧和心血。

这十多年来，根据国内城市快速发展、高层建筑日益增多的消防特点，徐工消防立足于强大高效的消防性能，满足高层和超高层火灾的灭火需求，不断研制开发新型产品。"做美好世界的守护者"，徐工消防人以顽强拼搏的精神，殚精竭虑、刻苦钻研，将这句口号落实到图纸上，践行在登高产品的研究制作中。徐工消防发展势头高歌猛进，经历了怎样艰苦的爬坡过坎？

张军不愿多讲，只是微笑：工作需要，城市安宁需要，人民安全需要！

靠什么"翻山越岭"？

靠什么保持进击的姿态？

对徐工消防而言，创新是最佳路径。在徐工，这样的"突破"几乎随处可见。对张军来说，除了精研业务、攻坚克难，还需要勇挑重担、冲锋在前。

"九节臂！"同事杨超群介绍说，"我们张总那次可算是惊心动魄"。

在高空消防应急救援车辆的调试过程中，张军发现救援车的超长臂架在高空作业时轻微晃动。这个臂架是九节，操作中分级伸缩，一组臂五节，另一组臂三节，外加一节飞臂，一共九节，在作业时出现晃动，对操作员来说会产生恐惧心理。同时，直接影响救援的效率与效果，影响到安全系数。

作为登高消防车最关键部件臂架系统的设计者，张军勇挑重担："我上！"

正值炎炎夏日，骄阳似火。张军攀爬到另外一台登高车上进行观测，可是看不清楚。张军索性借助登高车，小心翼翼地爬到了离地面 60 多米的救援车上。

怕吗？说不害怕是假的。但问题到底出在哪里？不入虎穴焉得虎子！紧张与着急让张军满头大汗，谈及彼时状态，张军有点不好意思。

高空中张军的身影就是一个小小的黑点，同事们看着心都提着。这样庞大的登高车，需要精细和一丝不苟。张军针对超长柔性臂架高空作业晃动抑制的难题，带领技术团队首创了基于非线性逆补偿的多级消防臂架混合抑振控制方法，并修改与制定了产品调试指导书等，实现了高空作业的安全可靠。

"人命关天，这是我们从事救援工作的重中之重。"张军语气凝重。

目前，徐工在消防车领域拥有高空救援、高压灭火、智能控制、安全保护等六大核心技术，在高空作业平台领域拥有高空作业安全控制技术、自行走轮边驱动地面适应技术、远程高速响应节能液控系统、智能远程管理技术等九大核心技术。靠科技创新，徐工消防继续向顶峰攀登。

2022年年初，100辆带有"中国援助"和徐工标识的消防车整齐列阵，汇聚成一片红色"海洋"，出现在中国政府援助吉尔吉斯斯坦消防设备的交接仪式上。徐工机械总裁助理、徐工消防党委书记、总经理李前进表示："徐工依靠出色的产品性能以及强大的品牌影响力，产品出口量迅速增长，全球市场占有率持续攀升，出口大幅领先于同行，稳居行业榜首，我们有信心继续助力中国经济的增长。"从依赖进口到产品出口，徐工消防兑现了当初誓言的2.0版本。

不仅在国际市场上"开疆拓土"，在扩展产品边界上，徐工消防也开始"八面驰骋"——上线JY20G2多功能抢险救援车，成为行业首创的适用于地震、塌方、洪水、泥石流等多种自然灾害应急救援的高机动、多功能救援车辆；研发XQC700重型救援器材车，可承担救援现场照明、开辟救生通道及进行全装备器材运输……

"作为徐工应急救援产业发展的主要落地企业，徐工消防面对国家应急救援的新要求、新形势、新使命，契合抢险救灾及应急实战需求，正不断探索新技术、新产品与新领域，着力打造了一批涵盖系列消防车、大流量应急排水车、多功能应急救援车等具有国际先进水平、系列化、成套化、智能化的应急救援装备，立志成为中国应急救援装备制造的领军企业。"徐工消防总经理李前进自信满满。

珠峰登顶，就要有敢于跟难题较劲的勇气，就要有沉下心专注创新的态度。这，就是徐工消防高质量发展的"进阶密码"。

"我们正在全力备战2023北京国际消防展。"张军和他的同事很忙。第五次刷新"亚洲第一高"纪录的DG101登高平台消防车，集成了徐工五大核心技术，在臂架强度、伸缩效率、微动性和安全性等方面全面升级。40米级直曲臂云梯消防车 YT42G1，填补了中国40米级直曲臂云梯产品的空白。超高云梯梯架配合前所未有的4.9米曲臂长度，为解决高空救援"最后一米"贡献徐工力量。还有 JP21G2 压缩空气泡沫举高消防车、子母式大流量排水抢险车 PS50F 两款装备，均被评选为"创新产品"，尽显徐工综合实力。

2023年张军带领团队参加北京消防展（左八为张军）

"我们很期待，我们正在全力以赴。"张军兴奋地打开窗户指向远方，"看，那就是我们的最新产品！"

远处，高耸入云的登高平台消防车，以其鲜艳的红色与金黄的标识，在蓝天白云间显示出无可比拟的张力，将张军的视线扯得又远又长。

四、 逆行而上， "特种兵" 用钢铁臂膀守护平安家园

不负国家，不负时代，不负企业，不负自己。 ——张军

张军不愿意多谈自己。他讲团队的业绩，讲同事的付出，讲徐工消防，讲一次次临危受命，在灾难中为抢救国家财产、为保障生命安全付出的青春热血。

张军习惯主语用"我们"而不是用"我"，他指着蓝天白云下举高消防车的巍峨巨臂告诉我："我们做的是应该做的事情，力争做到'不负国家、不负时代、不负企业、不负自己'，为徐工珠峰登顶贡献出自己的力量。"

您知道 2019 年灌河边化工厂的特大爆炸吧？我们以最快的速度扑了上去。

那次走得很急，许多领导、同事从会议室出来就连夜上高速赶往爆炸现场，有的同事孩子生病住院，都没来得及去一趟医院就直接上了车。大家都知道出事故了，但不知道事故有多大，一路上一直嫌车速慢，恨不得马上就到达事故现场。

容不得半点犹豫，抢险救援就是与时间赛跑，当天晚上，我们徐工第一批挖掘机、装载机、起重机等共计 9 台救援装备及 20 余名救援突击队人员全部抵达爆炸现场，紧急驰援响水。

要高效沟通，要高效执行，要及时反馈，要及时对接！这是徐工消防党委副书记许涛到救援一线进行指挥时每天必提的工作要求。

此次徐工消防对江苏响水化工厂爆炸的救援可以说是倾力而出，摆在

我面前的是一份份材料记录，一张张照片，它们再现了抢救现场。

我看到徐工消防党委副书记许涛在指挥部中纵横捭阖；

我看到徐工救援队总调度朱奔一到目的地就冲进了爆炸核心区；

我看到一群人蹲在河沟边吃泡沫盒中的快餐、喝矿泉水，他们蓝色工装的胸前是金色的"XCMG"标识；

我看到徐工消防人戴着口罩在驾驶室里、在路边倚着树干打着盹。真的太累了！能睡就睡一会儿吧，哪怕只有几分钟……

人命大如天！

在最短时间内必须打通爆炸核心区道路，便于消防车辆进入爆炸核心区对爆炸形成的大污水坑进行排污处理；在最短时间内必须进行搜救障碍清除，必须进行危险环境排险，必须紧急处置危化品；尽管爆炸现场大火被全部扑灭，但仍有几处冒着浓烟，为把握 72 小时黄金救援时间，必须加快救援进度……

现场飘着黄色的烟雾，空气中弥漫着难闻的刺鼻气味，要对爆炸产生的直径 150 多米的酸水坑进行挖掘，爆炸水坑周边土壤非常松软，有 7 米多宽，挖机要强行进去挖掘很有可能有陷入的危险，酸水坑内的液体腐蚀性很大，操作人员很是忐忑，每一次操作都格外小心。

由于核心爆炸区情况复杂、受损严重、不明危化品多，根据现场救援的复杂情况，为快速高效地应对艰巨的救援任务，徐工又紧急增援了 6 台挖掘机参与救援。整个救援过程，徐工共组织了 15 台装备、40 多名救援队员参与一线救援。

为不耽误救援时间，徐工人和消防指战员几乎每天从早上 8 点开始救援工作，一直持续到夜里 12 点。遇到紧急特殊情况时，早晨 6 点就要开始救援，直至深夜消防队员结束救援行动才返回驻地休息。由于没有地方用餐，他们就把地面当作餐桌，有时食物供应紧张，就先让驾驶员们吃饱，后勤保障人员再想其他办法。

在灾情现场，随时都有险情发生！

"快跑！快跑！前方着火了！赶快灭火！"已是深夜 11 时，随着现场救援人员的一声大喊，不远处火光灼灼！徐工救援人员在对现场危废品进行挖掘作业时，挖斗前方突然冒出明火猛烈燃烧，火焰达到三米多高，整个挖斗陷入火焰当中。挖机驾驶员刘胜保持镇定，平稳操作挖掘机，快速将挖掘机撤回到安全地带。刘胜临危不惧的精神得到了在场消防指战员的高度称赞。

与险情作战，在废墟中查找，为生命竭尽全力奔跑！徐工人抢险救难的大无畏英雄气概，得到了来自方方面面的赞扬和肯定："徐工人，了不起！"

"徐工来了！""你们是徐工的！""徐工金""徐工蓝""消防红"，在险情迭出的厂房与砖瓦之间，闪烁着希望的光芒、人性的光辉。灾难无情，人间有爱，徐工的救援行动得到了当地群众发自内心的认可与感激，也让每一名徐工救援队员备受感染，争分夺秒、竭尽全力奋战在救援一线。

"救援期间，突击队全体人员充分发扬徐工人特别能吃苦、特别能战斗、特别能奉献、敢打硬仗、敢打苦仗的精神……在此，我们向徐工集团表示衷心的感谢并致以崇高的敬意！"一封来自徐州市消防救援支队的感谢信送到了徐工集团，对徐工全体救援人员为事故的成功处置发挥的重要作用和在急难险重环境下表现出的大无畏的精神，给予了充分肯定和高度赞誉。

"你们徐工救援队是来帮助我们的，这个药我们不要钱，赶紧拿去用。"现场附近一家药店老板得知来买药的是徐工救援队的，主动免费提供保障药品，在救援人员的一再坚持下，只好收了成本费。

在临时休息时，宾馆老板娘认出了胸前有着"XCMG"标识的蓝色工装是徐工工作服，宾馆原本没有早餐供应，但老板娘不仅每天早起为徐工救援队做早餐，还免费提供晚餐。

徐工救援队在事故现场连续奋战了160多个小时，每个人都克服了身体、环境等各种困难，冒着现场可能发生再次爆炸、毒气泄漏、废墟坍塌等危险，奋不顾身地冲在一线。

逆火而行，奋力鏖战，勇往直前，无所畏惧！徐工消防人在救灾前线，顶住饥饿、疲劳，争分夺秒抢险救援，奋战在爆炸核心区。

从开始时的主动报名，到过程中大家一起拼命干，从凌晨到深夜的连续奋战，徐工消防应急联动小组没有一人退缩。参与现场抢险救援的消防队员对徐工应急联动小组的专业素养，以及PL3500C大流量排涝车的"硬核"实力给予高度认可，"徐工蓝"与"消防红"，成为抢险一线最耀眼的组合。

"这样的临危受命，我们徐工人何止一次！"张军神色凝重。

2023年7月底，受台风影响，北京、河北、天津等地出现持续强降雨天气，多个地区发生洪涝和地质灾害，造成重大人员伤亡和财产损失。涿州告急！武安告急！保定告急！

灾情就是命令，抢险就是责任，时间就是生命！徐工紧急驰援京津冀！"闻汛而动，火速驰援，徐工排涝车使命必达！"挂着大红横幅的垂直排涝车，趁着夜色向北而去。徐工消防第一时间成立"2023排涝救援应急工作组"，成立了包括服务、技术、市场人员在内的救援小分队，前往涿州救援一线，8月3日上午全部到达指定现场，即刻投入救援工作。

还有几年前的阜宁大规模龙卷风，还有连云港重大爆炸事故，还有我们徐州市区的大型排涝……紧急调度！迅速组队！争分夺秒！起重机、挖掘机、装载机、排涝车等多台设备紧急驰援，全力以赴抗险救灾。哪里需要就驶向哪里！

徐工消防人，这群徐工的"特种兵"，以使命与担当践行着习近平总书记关于共产党员"平常时候看得出来、关键时刻站得出来、危急关头豁得出来"的要求。

夕阳在一台台"徐工金""消防红"的机器上盘桓，为这些即将出征的消防重器铺上了大气磅礴而灼灼耀眼的光辉，在天地之间绘就了一幅壮美豪放又和平安宁的和谐画面。

2023年10月10日，以"助力产业发展，服务消防救援"为主题的第二十届中国国际消防设备技术交流展览会在北京中国国际展览中心新馆开幕。

作为全世界规模最大、展品最全、影响力最广的三大消防展会之一，本届消防展共吸引来自全球40多个国家和地区的1000余家消防设备生产商、检测机构和科研单位参展，展览总面积超过14万平方米。

这是一场全面展现徐工具有国际先进水平、成套化、智能化应急救援装备突出优势的盛大舞台；这是一场向世界展示徐工强大的救援能量与极致工艺之美的豪华盛宴——

16 款应急救援装备、1 款模拟实战训练装置，行业最高、国内首台 40 米级直曲臂云梯消防产品惊艳亮相。YT42G1 云梯消防车，在本届消防展"C 位"出道，以 42 米的作业高度屹立行业顶端，向世人展示出正在全力加速发展的国产消防装备所蕴含的无限潜力。徐工为电影《流浪地球 2》影片制作的"钢铁螳螂"也亮相了本次展会，和其他高端科技产品一起，充分展现了国产尖端装备凝聚的科技实力与文化活力。

磨砺不舍昼夜，攀峰永不止步。"我们的职责就是，以科技之光护佑生命安全，以拼搏奋进守护世界的美好！"这是张军的肺腑之言，也是徐工消防人的职责、使命与担当。

张怀红

以焊花点亮人生，用焊枪为重器增辉

这是一场顶尖实力的巅峰对决！

这是一场高超技能的终极较量！

2016 年 4 月 24 日，第三届江苏省状元杯技能竞赛在江苏无锡如火如荼地举行。来自全省 13 支代表队、10 多个工种的 390 名职工选手同台竞技比拼争锋。

徐州代表张怀红在电焊操作台前全神贯注地操作，参赛者要在 7 小时内焊接出一个类似东方明珠造型的物体。

难吗？看上去不难，个头虽不大，成品出来一只手掌可以托起；

易吗？做起来不易。22 道焊缝、6 个位置、5 种焊法，高强钢、碳钢、不锈钢等多种材料，形状涵盖管道、球体等。

在 4 平方米的工作间，在规定的时间内，张怀红凭借独门秘籍——药芯焊丝大口径管垂直位置的单道盖面焊接技术，一举夺得冠军，站到了隆重喜庆的领奖台上！

戴上金色奖牌的张怀红面色平静，捧着大红证书的张怀红冲着镜头微笑。只有张怀红知道，在比赛的七个小时，自己经历了怎样的心理考验，甚至可以说是人生竞技赛场上的天翻地覆。

一、炉火纯青的焊接技艺令生命熠熠生辉

> 虽然焊枪只能擦出这么一点火花，但我坚信它足以照亮我的人生。
>
> ——张怀红

什么是生命的火花？你得有着将生命融化在烈日酷暑间的决心与意志，才能迸发出耀眼恒久的灿烂。

1. 不轻言放弃，将事情做到最好

电焊技艺精湛的张怀红是自信满满地走进这次状元大赛的赛场的，已在电焊岗位上历练摔打了十六年，走进过无数次赛场的张怀红是有备而来。

看图纸，看要求，看标准，看眼前的高强钢、碳钢、不锈钢等多种材料，经验丰富的张怀红笑了，他了然于心、胸有成竹。图纸上这个类似上海东方明珠造型的物件，多少道工序，多少条焊缝，哪几种焊法，瞬间在脑海中清晰铺陈。

一个小时过去了，又一个小时过去了，张怀红的手感很顺，已进入到焊接封头的盖面焊缝。不好！张怀红突然发现熔池冒了个泡，可能会是一个气孔，心里猛地一惊！出于本能反应，张怀红立刻停了下来，敲开药皮，只见气孔距离焊缝的端部大约 20 多毫米。张怀红感觉心跳越来越快，全身发热，不自觉地紧张起来。这怎么好！这怎么办！

摆在眼前只有两个选择：

一是不处理，继续焊接，但这条焊缝会因为气孔的存在而不得分，而且这条焊缝是探伤焊缝，属于大分值的那种，如果被判不得分，基本上就无缘好的名次了。

另一个选择就是进行修复，用錾子将这 20 多毫米的焊缝铲掉重新焊接，但这样会消耗更多体力，而且时间上会耽误 10 多分钟，比赛的时间本来就很紧张，这有可能会导致试件完不成。4 月乍暖还寒，但张怀红的额头沁出了汗珠。

"我当时第一个想法就是不处理，因为已经干了三个多小时了，体力消耗太大，太累了。即使去修复，也可能修复不好，还有可能导致整个试件不能完成。但是转念又想，为了这一次比赛，这么长时间的训练都挺过来了，付出了很多，在最后的关头做出来的竟然是一个带有焊接缺陷的试件，真的不甘心！"

两种想法在张怀红脑子里斗争了十几秒钟，张怀红主意已定，修复，拼了！既然是比赛就应该尽最大的努力去争取最好的成绩！

张怀红迅速拿起錾子举起工具锤子将这条 20 多毫米的焊缝铲掉，迅速拿起焊枪重新焊接，精神高度集中且加快速度，一个步骤一个步骤进行。终于在比赛时间结束的前几分钟，完成了整个试件。一场硬仗终于打完了！张怀红的心里终于松了口气，双手也由于握焊枪和使用锤子、錾子过于用力，已经麻木了。到了晚上吃饭时，去拿筷子时连掉了两次，双手都不听使唤了。

"第一名，张怀红！"在大赛成绩公布的那一刻，张怀红心里悬着的石头终于放下了。没有辜负自己这么长时间的努力训练，没有辜负企业和教练的期望，更庆幸自己在比赛时应对突发情况的正确选择：重新做起，拼了！

任何时候都不要轻言放弃，并且要尽最大的努力把事情做到最好。

2. 不放过自己，以超强的意志锤炼成钢

焊花飞溅，高温炙人。

8 月的彭城，进入一年中最热的季节。

走进高 17 米、占地 7200 余平方米的焊接车间。车间内焊花飞溅，刺得人睁不开眼睛，室内温度很高，只一会儿便汗如雨下。

电焊工是工作环境最差、工作强度最高、工作压力最大的群体，也是机械制造企业中最难招到人的工种。张怀红于 2001 年 1 月从徐工技校毕业，已在焊工的岗位上坚持了 22 年，并成长为产业工人中一面鲜艳的旗帜。

张怀红带领徒弟蒋威正在为即将实施焊接的 1100 兆帕高强度钢板烤火预热。"要达到 100 摄氏度，才能保证焊缝平滑，不开裂。"这是在为我国自主研制的全球最大吨位的全地面起重机焊接主吊臂。

要想提高焊接技艺，掌握平稳的持焊枪手法，是整个焊接环节第一道也是最重要的一关。为了让自己的技术更接近"完美"，张怀红为自己设计了一套练习方法，在焊枪自重已有 3 斤的情况下，在手臂上再绑 3 斤重的沙袋，连续坚持了半年时间，手持焊枪的稳定性有了质的飞跃，焊缝的误差已控制在 1 毫米以内。

张怀红每天第一个到岗，平焊、立焊、横焊、仰焊，一项一项地练；站、仰、蹲、趴，一招一式地做。为了增强焊接时的稳定性，他在手臂上捆沙袋、举砖块，以此增加胳膊的负重能力。弧光伤眼、手脚烫伤是家常便饭。

张怀红的胳膊上布满了斑斑点点的伤疤，左手的中指、指甲都被焊枪烧黑了。张怀红轻描淡写："我是电焊工，这很正常，没什么大不了的。"

"不放过自己！想要比其他人更加出色，那就要打造一张具有自身代表性的名牌。"张怀红在焊接领域打出了他的名牌——药芯焊丝大口径管垂直位置的单道盖面焊接技术，也是由于这一绝技，张怀红在第三届江苏省状元杯技能竞赛中一举夺魁！

这背后是他极其严苛"不放过自己"的苦练：为了保持手臂的稳定性，就在焊枪下挂铁块。焊接的过程中，焊渣飞溅到脖子和手面，顷刻间就和肌肤黏在一起，强忍着疼痛一口气把活干完。"大口径管单道盖面"技术就是这样烫出来、坠出来的。这些都是一个电焊工成长必须付出的代价，想成为技师，必须脱几层皮。

张怀红工作照

张怀红认为：工匠精神就是坚持将一件事做到极致。不仅要精益求精，更要与时俱进，穷尽一生磨炼自己的技能，赋予产品生命与价值。每一位从事起重机制造、从事吊装工作的人都应该有一种"一根筋"的精神，在自己的专业领域做到极致，成为冠军！

3. 修炼"魔法师"，以焊枪绘就壮美图画

电光石火，在16毫米高强钢板上做"手术"。

工友们形容张怀红的工作就像是在做一台精细的手术，甚至在某些方面比做手术还要更加细致。

生产大吨位全地面起重机，减轻自重、降低油耗都是极大的挑战，因此对焊接技术的要求更高。徐工3000吨全地面起重机在极限工况下实现自走，完成140米高的提升作业，整体轻量化设计下，1100兆帕高强度钢材焊接成为最核心的工艺。高强度钢材仅16毫米厚，最长的一节吊臂却长达18米。焊缝需要不间断一次成型，且焊接后和使用中下挠度不能超过4毫米。一条吊臂价值50万元，主吊臂上焊缝总长度超百米，两端还有圆弧形焊缝。对焊枪掌握稍有不足，就会焊穿钢板，损耗原料。

面对"急难险重"任务，张怀红凭借自己熟练掌握的氩弧焊、手弧焊、气保焊等焊接方法，创新推广单面焊双面成型新技术，使工友们不必再钻到直径仅1米的桶体内部作业，把焊接时间缩短了一半。他总结的分散焊新工艺，降低钢材变形可能，把吊臂下挠度控制在2—3毫米之间。

张怀红认真研读焊接学术论文和科技杂志，记满8本笔记本，一批批新的焊接工艺从中诞生。他带领的超大吨位机械焊接团队，以完美的质量保证施工安全，为徐工超级移动起重机获得第五届中国工业大奖作出了重要贡献。

二、一柄焊枪，璀璨绚烂二十余载春夏秋冬

> 电焊是良心活、技术活，容不得半点马虎，不允许掺一
> 点假。
> ——张怀红

什么是星星？你得忍受住宇宙中高冷寂寞的苦寒，才能成为持续发光发热、自转不息的永恒星体。

1. 专注执着，摸爬滚打二十二年

工作至今，经张怀红手焊过的焊道超过了 40 万米，相当于 45 座珠穆朗玛峰的高度，成为企业焊工队伍的领军人才。

总说是"功到自然成"，可这"功到"是一个漫长又辛苦磨砺的过程。1982 年出生的张怀红与电焊结缘已经超过了 20 个年头。在张怀红的成长过程中，他始终难以忘记第一次见到焊花、弧光时的情景。

初中毕业后，家人为了让张怀红学一门手艺好找工作，便把他送到徐州工程机械技师学院学习焊接。第一堂操作课上，老师为学生们演示焊接操作，少年张怀红看见一片灿烂的电弧光伴随着滋滋啦啦的响声形成一条优美的焊缝，这让他感到既惊奇又兴奋。他盯着看了很久，然而，电弧光辐射带来的紫外线、红外线，令张怀红的眼睛肿了好几天。

"从在徐工技校学习焊接时，我就喜欢上了焊接，闪烁的弧光下，一条完美的焊道简直就是工艺品。"张怀红微笑时有点像著名演员廖凡。

"有时焊接时的火花溅在脖子和手面上，疼得上牙碰下牙，愣是双手不敢有一丝颤抖，怕影响了手中焊接的质量。"

电焊是机电技术工种，一名优秀的电焊技术人员必须具备以下素

质——

精湛的电焊焊接技术；

全面掌握焊接材料，焊机准备，焊接工艺等基础知识以及操作的基本技能；

需要掌握焊接变形矫正与缺陷防治措施；

需要掌握焊接质量管理与安全措施在内的诸多内容；

更需要强大的体力与意志力……

焊接是个技术活，会焊容易，焊好却难，要焊出精品就更是难上加难。

20岁时的张怀红性格里有股拗劲。刚进车间操作时，他面临的最大问题就是焊接出来的焊缝不直，总是不直。张怀红下了狠功夫，每天花八个小时以上练习，一焊就是一两个小时不停。他还常常在地上画一条直线，对着这条直线一直练动作，来来回回，有的时候饭也忘了吃。为了增强焊接时的稳定性，张怀红在手臂上捆过沙袋、举过砖块，以此增加胳膊的负重能力。

"起初，心中还真是有点害怕的，焊花溅到手上一烫，本能地扔掉了焊枪。"说起刚入行的往事，张怀红有点不好意思。就这样反复练，练技术、练意志、练胆量，半年后，张怀红就已经可以把各项误差控制在一毫米以内了。

"其实，我初入企业时对实际操作所知甚少，尤其在复杂结构件焊接方面不是很熟练，真是纸上得来终觉浅。"但张怀红身上有一种徐工人特有的"一根筋"的执着精神，"执着"这个词是所有事业有成的优秀者必备的特质。

张怀红又是一个特爱钻研的人。如何将技术打磨得更好，怎样在工作中尽快提升自己的技能水平？不断揣摩，反复思考，每次焊接完工件，他都会仔仔细细琢磨焊条走向、焊缝大小、熔池及电流大小造成的结果。凭借一股韧劲，利用业余时间自主学习，他熟练掌握了氩弧焊、手弧焊、气保焊等焊接方法，同时将学到的知识运用到工作中去。

电焊工能够一直在一线摸爬滚打二十年的不多，二十来个春夏秋冬张怀红一路走来，从少年到青年再到如今的荣誉载身，张怀红总是每天第一个到岗，最后一个离开车间。

分寸之间见功力。一般人看来，只能看到焊枪工作时的火花四溅，但里面的技术要求是相当高，需要手、眼、脑的配合。好的焊工必须将误差控制在1毫米以内，而张怀红更希望自己做到零偏差，就像3000吨起重机，哪怕出现比头发丝还细的裂纹，都有可能让整台机器失控，影响施工安全。

正是这种对细节极致化的追求，让徐工的起重设备有了质的飞跃，也正是这种执着、专注与精益求精的态度，让张怀红成了一名全国劳动模范、工匠大师。

2. 责任鞭策，内外兼修筑精品

"时间紧，任务重，作为共产党员的我必须站出来！"

2015年，张怀红光荣地加入中国共产党，戴上党徽的那一刻，他感觉肩头的责任更重了、使命感更强了。"这枚党徽就像是一双眼睛，时刻监督着我，要比别人干得更多、干得更好才行。"

对于张怀红来说，从事焊接工作22年来，其中最有挑战的就是焊接3000吨起重机的吊臂，这是全球最大吨位的全地面起重机。现在张怀红和他的超大吨位焊接团队，正在向 1300 兆帕高强钢焊接技术迈进。

央视《新闻联播》曾播出了这样一则消息：2023 年 11 月 28 日，我国自主研制的大吨位轮式起重机，全球首台徐工 3000 吨起重机在辽宁营口完成首吊，实现了作业效率和起重性能的新突破，标志着中国继续保持着全球最大、吊装能力最强的轮式起重机研发纪录。

这则报道虽然篇幅不长，但它对于工程机械行业来说意义重大。徐州重型机械有限公司 3000 吨产品总体设计师张伟龙介绍，起重机由于规格较大，在研制时存在许多难点，其中由于很多板材无法一次成形，焊缝焊接的质量是关键所在，如果质量达不到标准，就会存在极大的安全风险。

一台 3000 吨的起重机，共有两万多个零部件组成，其中结构件有7000 个，焊缝将近 10000 条，即使有机器手的帮助，10000 条焊缝中还有将近 8000 条焊缝需要人工焊接。

这样一条看似简单的焊缝实则并不简单，它的焊接工艺与普通钢材完全不同，能够做到的人就像"魔法师"一样，可以实现集零为整，随意操纵热量，在电与火之间，将每片钢板严丝合缝，最终支撑起千吨的重量。张怀红似一位"魔法师"，他手中的焊枪就像一支画笔，空气中点燃的火花如同五彩的颜料，8000 条焊缝在电与火的交织作用下，呈现出一幅新的画卷。

江苏城市频道播出的《江苏最美人物》节目中，徐州重型机械有限公司电焊工张怀红被中共江苏省委宣传部授予江苏"最美基层共产党员"荣誉称号。主持人宣读了中共江苏省委宣传部关于授予张怀红江苏"最美基层共产党员"荣誉称号的决定：

徐工集团徐州重型机械有限公司的电焊工张怀红，扎根基层苦练技艺，言传身教带团队，是铸就大国重器的高级电焊技师。他干事创业敢担当，为民服务解难题，展现了共产党人的忠诚干净担当，是主题教育的生动教材，是身体力行社会主义核心价值观的先进典型。

而张怀红却这样说："荣誉就是压力，它时刻鞭策自己不能比别人干得差，不能比别人干得少。作为共产党员，没有克服不了的困难，没有完成不了的任务。"

3. 持续帮带，言传身教育桃李

"刚参加工作时，心里想着一定要青出于蓝而胜于蓝，我要赶上我的师傅。现在的我还是这样想，要让我的徒弟们比我干得更好。"张怀红笑道。

作为一名电焊工高级技师，张怀红长期担任企业电焊工导师。在企业人才梯队建设工作中，他组建电焊精英团队，不断创新培养办法，以"高技能人才培养"为导向，以"提升产品品质"为目标，组织各梯队技能竞赛和岗位练兵活动，提高帮带员工的素质修养和综合能力，培养了一批"专业精、技能强、素质高、能攻关、忠诚企业"的高技能人才队伍，满足了企业对高技能电焊工的人才需求。

"电焊是良心活、技术活，容不得半点马虎，不允许掺一点假。"这是张怀红对徒弟们的谆谆教导。

徒弟们焊完的活张怀红总要"批改"，发现问题，用笔圈出来，检查焊缝质量就像是鸡蛋里挑骨头。

"师傅，这样可以了吧？您查查，您可别要求太高！"徒弟们笑着说。

"要想做一个出色拔尖的电焊工，就必须严格要求。你是我的徒弟，我必须负责！"张怀红很认真地说，"这事没有商量的余地，錾掉重来！我和你一起来！"

工匠精神不仅能为企业"铸魂""塑骨"，更能为企业"造血"，而这些新鲜的血液就是传承了工匠精神的青年员工。

在张怀红面对面、手把手的指导下，如今，他的许多徒弟也已经成长为技能大拿，郑志愿、厉海伟多次在省级技能大赛上获得好名次，看到他们获奖，张怀红比自己拿大奖还高兴！

徒弟郑志愿说："师傅在开展培训的时候，首先会阐述'工匠精神'，帮助我们树立正确的人生观、价值观，引导我们干一行、爱一行、钻一行。"

张怀红还采用"培训＋辅导＋实战＋认证"的动态学习模式，实施具有"人课合一双认证"特点的内训师培训及"案例式教学""岗位匹配式教学"等多种教学方法。截至 2023 年底，张怀红在企业内共开展培训 24 场，帮带技能人员 350 余人次，培养技师 6 名、高级工 26 名、多能工 50 余名，为企业注入了更多的新鲜血液。

"好焊工，不仅要焊得好，还要把问题解决好。"尤其是产量提升时，张怀红更是紧盯问题不放，他经常将员工三五成群地组织起来，给他们讲要点、说难点，反复地提醒。他和他的团队都有这样的共识："没有质量的产品我们宁愿不干，绝不能'萝卜快了不洗泥'。"他们已将"质量就是生命"的工作理念深深植入内心。

"生逢伟大时代，唯有不懈奋斗才能不辜负时代重托。作为徐工一线的焊接技能工人，我也是一名普通的基层党员，在今后的工作中，我将继续扎根一线，苦练技艺，以永不懈怠的精神状态和一往无前的奋斗姿态，为徐工珠峰登顶伟大事业作出更大贡献。"

三、"一根筋"精神，大国工匠激情报国彰显使命担当

生逢伟大时代，唯有不懈奋斗才能不辜负时代重托。

——张怀红

什么是成功？世上道路千万条，这人世间有哪一条路比得上"成功"之路的曲折艰辛？

1. 勇挑重担，为国之重器竭尽全力

如果说 22 年如一日坚守平凡的岗位是职责所在，那么在关键时刻不计得失挺身而出，更彰显了情怀和担当。

2009 年起，张怀红和他的团队承担了大吨位起重机主焊缝高强钢的焊接工作。

而我国自主研制的首台全球最大 3000 吨全地面起重机关键焊缝的焊接任务就是在这支团队的倾力合作下完成的。

当谈到在焊接大吨位起重机结构件时遇到的困难和解决方案时，张怀红一改平日的沉默寡言，变得滔滔不绝，如数家珍。在焊接 3000 吨起重机变幅支座的外观焊缝时，由于板材厚、坡口深，焊缝首尾宽度不一致，焊接难度极大，导致每次焊后都需要对焊缝进行打磨、修整。

为了解决这一问题，张怀红细致观察，他先用石笔在焊道上进行演示或者标注，然后估算出焊接的层数和盖面的道数，确保绕过焊道拐角处或

张怀红与团队成员的合照

者让接头的数量最少。实践下来，大获成功，焊缝光滑完美，无须打磨。张怀红将这一方法传授给同事们，同事们很快掌握了这类焊缝的焊接技术，使产品的外观质量得到了极大提升。

超大吨位起重机的伸臂筒体由于加强槽钢板材较厚，焊道开坡口、焊缝的填充量和热输入都较大，按照常规的焊接方法和顺序，很容易出现焊接变形，影响装配的情况。张怀红经过仔细分析估算后，向工艺人员建议，焊前先对筒体内部进行刚性固定，在焊接时，应采用从中间向两端分段退焊的方法进行焊接，以减小焊道的收缩应力。对填充层和盖面层依次进行焊接，同时让焊缝的下焊趾落在加强槽钢上，以减少对筒体的热输入。这一方法经工艺人员评估后采纳，焊后经测量符合工艺技术要求，顺利完成了装配。

2015年至今，徐工重型进行智能工厂建设，6条生产线改造完成后，将使用 100 多台套机器人，全厂焊接工人从 900 名降至 300 名左右，对高技能焊工群体的需求更加迫切。张怀红和研发人员合作，无偿提供自己所掌握的高强度钢板焊接变形控制技术数据，帮助生成多项公式，为机器人提供操作模型，促进人机合作模式下的智能生产。

2018 年，徐工超级移动起重机获得第五届中国工业大奖，而张怀红带领的超大吨位机械焊接团队功不可没。

张怀红坚守大吨位起重机焊接 22 年，创新项目 72 项，他还编写了 13 套焊接标准及课件。

张怀红带领团队完成了降本增效项目 3 项，创新项目 72 项，分析制定了 27 项硅锰和高强钢的焊接规范，为企业创造经济价值 200 余万元。

随着新科技的迅猛发展，可再生能源得到广泛应用，风力发电受到了世界各地的重视。我们常见的风能发电机塔高都在 65 米以上，甚至数百米高的，也有很多地方在使用。

这样的庞然大物要如何站起来呢？答案只有一个："吊起来"！

于是，3000 吨起重机来了！徐工围绕千吨级以上轮式起重机开展自主研发攻关，目前已成功替代进口。3000 吨起重机起重量可达到 3000 吨，可覆盖 10 兆瓦以下的风电机组安装，特别在 160 米起吊高度下，可实现 190 吨的极限吊重，实现了高性能柔性臂架技术的再次突破，解决了高空起重性能衰减和大尺寸风机吊装钩下空间不足的问题，而这款起重机的主吊臂，就是由张怀红来焊接完成的。

经张怀红焊接的大项目、大机械还有很多，为徐工制造、徐工创造走向世界作出了卓越的贡献。

2. 真情温馨，军功章有我的一半也有你的一半

企业最佳员工、江苏省优秀共产党员、江苏省技能状元、全国劳动模范……这些年来，张怀红所获得的证书和奖章摞起来足有一米高。张怀红满怀感激："这与我妻子的全力支持是分不开的。"

张怀红给我看照片，妻子浓眉大眼端丽大气，可爱的小女儿坐在夫妻俩中间，很温馨很美好。

"我不能拖怀红后腿，家里大大小小的事情我做好了，他就可以全情投入工作中。"贤惠通达的妻子理解他对工作的执着和热忱。

儿子16岁了，张怀红从未参加过一次儿子的家长会。小女儿出生仅18天时，他接到了全国职工职业技能大赛集训的通知，看着经历了剖宫产生下女儿、行走还不自如的妻子，看着小小的婴儿，张怀红犹豫了，有不舍，有不放心。懂他的妻子支持他："怀红，你去吧！家中你放心。你注意身体，不要太累了！"

"这些年来对家庭确实亏欠太多了，里里外外全靠她。我没洗过一件衣服也没烧过几次饭。"张怀红垂下眉眼，言语中是深深的感激。

"我们相互理解、相互支持，共同把小家经营好，怀红呢，去忙大事。"妻子微笑着说道。

家是最小国，国是千万家。

张怀红很感恩，感激十多年恩爱相守的妻子，给了自己一个温馨舒适的港湾。每本鲜红的证书、每枚金色的奖牌带回家，他都是先交给妻子再深情地说上一句："这是我的也是你的。"

他更感谢集团："我很幸运，生在一个和平的国家和一个和平的年代。是徐工集团这个大平台给了我施展才能的舞台，才成就了今天的我。"

20 余年前，从贾汪区田野间走出来的农村少年张怀红，从最初希望凭自己一己之力，学一门技术脱离种地种棉花的生涯，到成为全国劳模、大国工匠，站到市、省、全国诸多大赛的领奖台上，直至走到了天安门广场的观礼台上，张怀红感慨万千："我的初衷是为了让家人过上好生活，但是，在工作中解决问题、打造完美的焊缝，为大国重器的制造出一份力，我很有成就感。只要我还能干，我就在这个岗位上永远干下去。"

3. 焊花飞溅，以执着铸就徐工机械的响亮名片

谈及电焊，张怀红说："这不是一份轻松的活。最重要的是要有职业认同感，然后要学精。在任何一个领域成为佼佼者，都要有不懈钻研的精神，最后要怀有对工作岗位的敬畏之心和感恩之心，干一行爱一行。电焊是我毕生的事业。"张怀红的语气很庄重。

张怀红敢于创新，一批批新产品从他手中诞生，不仅有效解决了焊接难题，还为企业创造了巨大的经济价值。在焊接 3000 吨全地面起重机吊臂时，他创新的工艺方法，让焊接时间缩短了一半；他总结的分散焊新工艺，把吊臂下挠度控制在 2—3 毫米以内……由张怀红带领的超大吨位焊接团队完成的系列超大吨位起重机，更以完美的焊接质量保证了施工安全，支撑了徐工超级移动式起重机在 2018 年获得第五届中国工业大奖。

工作 22 年，张怀红以忘我的工作态度和严谨的职业精神，在平凡的岗位上践行着工匠精神。现在，他主要负责大吨位起重机主焊缝高强钢焊接，他完成的焊接工作量始终名列前茅，值得一提的是，张怀红手工焊过的焊道始终保持着零缺陷的纪录。

"我们在他身上看到了对工作的执着、坚定、热情，对技术的精益求精、勇于创新，对同事的倾囊相授、无私帮助。如果说以前我觉得大国工

匠离我很远，那么现在我真切地触摸到了，他就是我们的榜样。"同事厉海伟由衷赞叹。

"我是一名普通的工人，唯一坚持的就是把每天的工作做好，为国家和社会多作贡献，这对我来说，真的就是一种满满的幸福。"张怀红说。

"岁月寒暑，焊花飞溅，你以精细呵护大国重器的筋骨；千度烈焰，万次攻关，以执着铸就徐工机械的响亮名片。为民族筑梦，为徐工登顶，你一往无前！"这是全国劳模表彰大会给予张怀红的致敬词，张怀红当之无愧。

2021年7月1日，庆祝中国共产党成立100周年大会在北京天安门广场隆重举行。张怀红作为全国劳动模范在现场聆听了习近平总书记的重要讲话。看着彩车与鲜花还有欢呼的人海，张怀红激动之情溢于言表："这是我毕生难忘的时刻！"

"我们是徐工产业工人，我们承诺忠于岗位、匠心智造。登顶珠峰，技能报国……"在徐工2022新型技能人才队伍建设推进会上，张怀红和各工种的优秀代表，高举右手、站在主席台上，作出了攀登者的庄严承诺。这是对岗位的承诺，对徐工的承诺，对自己生命的承诺，更是对中国的承诺！

以焊花点亮人生，用焊枪为重器增辉，激情报国，珠峰登顶，张怀红永远在路上！

陈志灿

以创新挑战超越自我，以气概成就使命担当

苍茫茫的蓝天，寒风凛冽，片片白云聚拢又分开。总设计师陈志灿自告奋勇爬进吊篮，吊篮吊在起重机臂上，向 50 米的高空升起，相当于十几层楼的高度。

上去了，上去了！不好！吊篮在高空中被初冬的寒风吹得左右摇晃。每晃一下，地面的同事与客户就发出声声惊呼！陈志灿的心情越来越紧张。

随着升起的高度越来越高，陈志灿的身影越来越小，在苍茫的天空中只能看到一个小小的黑点，地面上每个人的心都随着吊篮升到了高空……

一、敢于创新，昂首前行在别人走不通的路途上

其实地上本没有路，走的人多了，也便成了路。我就记着鲁迅先生的这句话。

——陈志灿

没有一蹴而就的成功，创新需要对业内经验的深厚积累，需要创新火

花的激情迸发。

"大吊车，真厉害，轻轻地一抓就起来！"这是陈志灿儿时就知晓的歌词。

以前只在照片上、电影里见过起重机，这次在徐工试车场地，见到金色的 XCA2000 全地面起重机，高高的臂架在高空中缓缓地下探，吊起庞大沉重的物件，再缓缓地吊起，开始进行各种工程作业，我们都被震撼到了。

在 100 米以上的高空吊载中，起重机的臂架均由可以伸缩的箱形臂架和不可以伸缩的桁架式附加臂架（风电臂）组成，以期综合利用伸缩臂的效率优势和桁架式臂架的高强度优势，使起重机可以获得相对更高的使用效率和起重性能。

一个风力发电场往往由几十台风机分散组成，在山地风场，每个风机机位之间相距 2 千米到 5 千米不等，往往要从一个山头开到另一个山头。起重机从一个机位到下一个机位的转移过程，业内称为转场。

在这个过程中，由于风电臂无法伸缩，起重机受到狭窄道路的转移空间限制，需要在转场前将风电臂拆除，等到达下一个机位再进行安装，一个风场有几十台风机，这个过程就要重复几十次，而且风电臂的拆装、转运，均需要额外的辅助车辆，严重制约了转场效率，提升了转场成本。据统计，在风电安装过程中，用户风电臂拆装、转运所用的时间占到了整个安装周期的 40%以上，已经成了困扰全行业的难题。

是否可以做到风电臂的免拆装？那将可以减少多少人力和物力，节约多少成本？这是陈志灿一直思索的问题。

专家们一致认为，由于风电臂长达几十米，重量几十吨，几百吨米的自重力矩，使得风电臂架的自动回收需要很大规格的辅助动力系统，而在起重机紧凑的整机空间内，实现这一目标几乎是不可能的。

"其实地上本没有路，走的人多了，也便成了路。"鲁迅先生的这句名言在爱读书的陈志灿心中常常回响。

"风电臂的免拆装"，这么多人走不通，这么长时间走不通，我能否再试试！

陈志灿站了出来。

面对难题，陈志灿再一次迎难而上，

既然动力来源是难题，那就从动力来源入手；

既然新增动力来源无法布置，就思考现有的动力是不是可以拓展利用。

有了这个基本思路，陈志灿每天看图纸、跑现场，并多次出差到风机安装现场去考察环境，思考各种可能性。

确定、置疑、推翻再确定、置疑、推翻，几十次的方案细化和讨论，一个个数据核算，一个个环节推敲。毕竟几百吨米的力矩，过程中稍有闪失就会造成无法估量的损失，谁来负这个责？谁来挑这个担？

两年 700 多个日夜，陈志灿经过了 10 余次走访调研和几十次方案的提出和推翻，最终，利用现有超起装置的动力，将臂架 180°翻转的过程分解的思路被确定下来。

"风电臂自翻转技术"横空出世！在业内叫响！

这是陈志灿为他的这一技术确定的名字，迄今为止，该技术已经上市 5 年有余，市场应用广泛。

"您肯定知道变形金刚吧。具备这一技术的起重机就像变形金刚一样，吊装作业完成后，所有的臂架都不需要拆除，而是通过变形、折叠等一系列操作放置到起重机的上方成为行驶状态。"陈志灿微笑着比画，有研发成功并落地运用的自豪。

这一技术的应用与推广，使起重机不再需要额外的辅助车辆拆装和转运，作业前后的占地面积大幅减少，机位的基础建设成本得到极大削减，并且为客户节约了租车费用。

而作业效率的提升更是极大地创造了经济效益。应用此技术后，起重机的风电臂拆装时间从 180 分钟大幅缩短至 20 分钟，单台风机安装时间由 3—4 天/台缩短至 1.5 天/台，单个风场可以缩短 30％的时间实现并网发电，每年创造间接经济效益达百亿元。

2021 年，凭借领先的技术以及创造的巨大经济效益，陈志灿的这项全球首创"风电臂自翻转"技术，荣获国家专利技术金奖。

二、挑战自我，全球最大吨位全地面起重机惊艳世界

> 国家需要、市场需要就是我们的职责，我们必须干。我相信，我们能干！
> ——陈志灿

既然入行，就必须全力以赴；

既然选择了远方，便只顾风雨兼程。

2017 年 12 月 12 日，习近平总书记来到徐工集团。

"创新是企业核心竞争力的源泉，很多核心技术是求不到、买不来的。"总书记语重心长。

　　"实现中国制造向中国创造转变、中国速度向中国质量转变、中国产品向中国品牌转变，必须有信心、有耐心、有定力地抓好自主创新。"总书记的殷殷嘱托是期待、是厚望。

　　陈志灿心潮澎湃，陈志灿激情满怀。

　　五年多来，陈志灿一直牢记总书记的讲话精神，坚守研发一线，求真务实，任劳任怨，勠力创新，先后完成创造全球高空吊载纪录的两款全地面起重机 XCA1600 和 XCA1800 研发，用实际行动为我国超大型起重机行业发展贡献自己青春昂扬的力量。

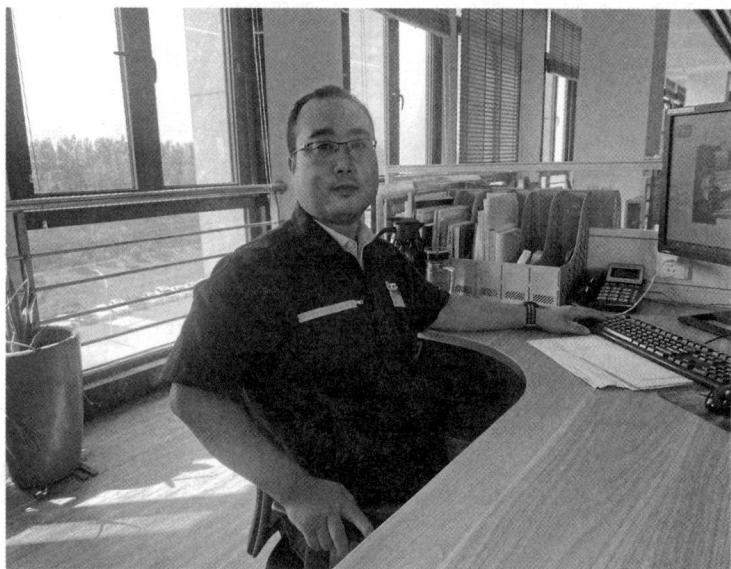

陈志灿

　　全地面起重机 XCA1600 和 XCA1800 的研发过程，既是应对起重机市场需求变化的必然过程，也是新时代优秀技术人员不断迎接挑战的过程。

　　经过连续十多年的飞速发展，我国"三北"地区风电建设发展趋于饱和。

　　2018 年，中南部一些低风速地区成为我国风电建设的新战场，由于该地区风速相对较低，为获得较好的风力资源，风机建设高度普遍超过 120 米，单机功率也从 2 兆瓦迈进 4 兆瓦。这些低风速地区多为山地丘陵地貌，这样的风场机位间，道路狭窄蜿蜒，路面崎岖复杂，全路面起重机以其高通过性、高适应性、高灵活性，原本是最适合在这一区域作业的起重机类型。但是全地面起重机属于道路车辆，需要符合道路法规对于车辆长宽高等外形尺寸的限制，设计规格无法进一步增大，因此起重机的吊装能力难以获得大幅增长。

此时全球行业内量产的最大吨位全地面起重机还是 10 年前德国利勃海尔集团的 1200 吨级起重机。而这款起重机只能安装 100 米高度 2 兆瓦左右的风力发电机，已经远远无法满足我国风电产业发展对于起重机吊装能力的新需求，风机安装只能依靠占地面积更大、作业效率更低的履带式起重机完成，风机建设成本居高不下，市场亟需一款作业效率更高、作业性能更强、场地适应性更好的全地面起重机。

超级移动起重机被工程装备行业公认为是科技含量最高、研发难度最大的产品之一，被誉为世界工程机械技术"珠峰之巅"。

难吗？肯定难！敢吗？必须敢！

"既然入行，就要踏踏实实将事情做好。"陈志灿是个对自己有很高要求的人，"当时，我们是与德国的利勃海尔集团有差距，但不能老是讲有差距，讲上个五年、十年，我们必须挑战自我、超越自我。"

"国家需要、市场需要就是我们的职责，我们必须干。我相信，我们能干！"陈志灿信心满满。

面对市场的迫切需求，陈志灿勇担大任，带领团队打破固有臂架结构，从起重臂架系统整体结构形式入手，重构受力模型，创新行业首款全封闭式起重臂架结构,实现起重性能大幅提升60%以上。同时行业首创了双动力八桥驱动技术,将起重机在崎岖路面行驶时的爬坡能力提升了1.5倍。

预研预判、重点攻关,陈志灿团队的研究让徐工抓住市场先机。2019年5月,团队花三年时间研制的全球最大全地面起重机XCA1600亮相,不仅使用便捷,安装时间还减少了一半,在市场一炮打响。

XCA1600全地面起重机首次吊装即完成了140米高度的风电安装,创造了轮式起重机风电安装的世界纪录,也使中国取代德国成为可量产全球最大吨位轮式起重机的国家,世界起重机业内的同行与专家为之震惊!

两年后的2021年,陈志灿团队进一步推出了起重性能更高的1800吨全地面起重机XCA1800,进一步巩固行业领先地位。两款产品以其优异的性能和卓越的市场表现,受到行业广泛认可,迄今为止两款产品累计销售量超过80台,累计销售额超30亿元。两款产品累计安装风机超1万台,为我国绿色能源建设提供了强有力的吊装设备,为我国绿色能源建设作出了巨大贡献。

"高空大吊载轮式起重装备自主研发与产业化"项目的成功研发,更是加速了国家风电能源建设,助力"3060"碳排放目标实现。同时使我国重型轮式起重装备的研制水平实现了由跟跑、并跑到引领的跨越,提升了我国在大型工程建设领域的全球竞争力。

一分耕耘一分收获,风雨兼程勇往直前,陈志灿技术研发硕果累累——

江苏省科学技术奖一等奖、二等奖,

国家专利金奖,

首届全国机械工业设计创新大赛金奖,

中国机械工业科学技术奖二等奖，

江苏机械工业科技进步奖一等奖，

获授权国家发明专利 14 件，美国专利 1 件……

2019 年 5 月，陈志灿团队花三年时间研制的全球最大全地面起重机 XCA1600 亮相，那年，他才 34 岁；2021 年陈志灿团队推出了起重性能更高的 XCA1800 全地面起重机，那年，他也才 36 岁。作为一名青年技术研究人员，陈志灿充分发挥了担当、奋进、创新、超越的奋斗精神，坚守在研发一线，不断为我国大吨位起重机产品综合竞争力的提升贡献着蓬勃昂扬的青春力量。

三、挺身而出，倾力保障大吨位产品市场竞争力

> 一出故障，我必须第一个站出来！8 月 12 日，是我的政治生日！我不上，谁上！
> ——陈志灿

没有谁自带铠甲，坚毅果敢来自风霜雨雪的历练，来自对自己生命质地的要求，来自对所从事工作的敬畏与尊重。

研发工作需要智慧和心血，也需要果敢与勇气。

那一次在陕西榆林对超大起重机 XCA1800 的高空检测，是陈志灿记忆中难以忘怀的时刻。

那是 2022 年 12 月，陈志灿正在宁夏银川出差，做吨级市场调研的第 2 天，突然接到电话，电话那边的服务人员着急地说道："陈工，XCA1800 车辆完成超起紧张，准备起臂时，用户感觉车辆臂架变形有点大，存在风险，不愿意继续作业，要找相关设计人员确认完才同意作业，你能来榆林

现场帮忙看一下吗?"

一路奔波,到达陕西榆林现场后,陈志灿立即和服务人员一一进行排查,公司同事也在同步进行模拟演练,在确认车辆可以正常操作后,客户依然有些不放心,提出想要查看臂架是否变形的要求。此时的 XCA1800 已经完成主臂伸展,想要查看,就需要用另一台远程操纵台起重机辅助,把人用吊篮吊到 50 多米的高空才能进行检测。

谁上去检测? 客户方征询意见,其自己的检测人员摇头不语。

我上! 陈志灿没有丝毫的犹豫。

总设计师陈志灿自告奋勇地爬到吊篮中,随着升起的高度越来越高,陈志灿的身影越来越小,在苍茫的天空中只能看到一个小小的黑点,每个人的心都随着吊篮升到了高空中。

陈志灿爬进吊篮,吊篮吊在起重机臂上,向 40 多米的高空升起,相当于十几层楼的高度,下面是施工现场,满目都是铁架、铁栓与铁桩。

吊篮在高空中被初冬的寒风吹得左右摇晃,每晃一下,下面的同事与客户就发出一声惊呼! 陈志灿的心情越来越紧张。此时吊在半空中的陈志灿胃部隐隐作痛,陈志灿不去想,只想着如何对付 XCA1800 这个大家伙。

一阵寒风吹过,载着陈志灿的吊篮在起重机的吊臂上左右摇晃,不好! 大家一声惊呼!

"紧张吗?"

"紧张!"陈志灿实事求是回答。

"想没想到万一?"

"想到,不是您讲的那个万一。当时我想的是万一检查不出 XCA1800 车辆为什么超起紧张,那这台机器就得返回我们公司或调整或退货。这是多大的损失！"

白云似乎越来越近了，蓝天越来越近了！

"稳住！稳住！"在 40 来米高空中的陈志灿对自己说，也对蓝天白云说。稳住自己的陈志灿在另外一台起重机机臂上逐渐靠近了 XCA1800 起重机吊臂。

稳住！稳住！陈志灿一把扶住了 XCA1800 起重机吊臂！

一个部件、一个部件仔细地观测查寻，一分钟、两分钟、三分钟、五分钟，经过近 30 分钟的高空确认，车辆没有任何问题，可以继续作业。陈志灿的心落下来了，在寒风中扬起手臂，在吊篮上给地面的工作人员做了一个"OK"的手势！

多么漫长的等待！这是仰望天空中陈志灿小小身影的同事们共同的感受。

"下来了，陈总下来了！"起重机吊臂载着吊篮缓缓向下，大地、建筑物越来越大了，陈志灿听到同事们的呼喊了！

下到地面出了吊篮，同事们一把抱住了面无血色的陈志灿，此时陈志灿热泪盈眶浑身疲软，全身心地投入、高度的紧张令他一下子瘫坐到了地上。

"谢谢陈总！谢谢陈总！太感谢了！"

看到用户满意的笑容，竖起来的大拇指，"这一刻，一切都是值得的！"陈志灿很是欣慰。

如果说，将产品研发生产出来，心中一块大石头落下地；那么"自家宝贝""亲生儿子"到了别人家发挥作用时，心中另一块石头就又悬了起来。

被大家称为"擎风勇士"的陈志灿，为"自家宝贝"不辞辛劳甚至冒着风险、危险前行，不止一次。

河南平顶山、山西忻州、陕西延安的三次救援，陈志灿同样记忆犹新、难以忘怀。

2020 年 4 月 26 日，夜幕降临，彭城万家灯火、安宁祥和。难得有个空闲，本来想陪爱人外出买菜的陈志灿，接到客户的电话，立即往公司赶。

此时，火车汽车都已买不到票了，公司找了一辆货拉拉，陈志灿就和同事李戈、赵磊一起往河南平顶山赶。

山路崎岖颠簸，天气乍暖还寒。到达现场的时候，起了大风，停留在 110 米高空的机舱在风速接近 20 米/秒的大风中晃动，无法开展救援。陈志灿和同事们只好在山上等风停，等了整整一夜。

夜漫长，寒风凉。

"那个透心凉的感觉，那夜我们几个是切切实实体会到了，脸上的皮都木了，搓搓手，捂住脸，手比脸更凉。"

陈志灿他们冻了一夜也扛了一夜。烟抽了一支又一支，记不得抽掉了几包烟。

天际寒星闪烁，照着这几个全身冰凉、手脚冻僵的汉子。

为什么不能等到第二天，白天过去呢？夜里赶山路很危险的。

"我们不能等啊！我们的 1600 吨起重机卖出去 60 多台，当时市场是一车难求。我们的售后服务必须跟上，每一台客户提出有故障或是有问题，我们技术团队都是争分夺秒赶过去。我们代表了徐工机械，产品质量是我们的尊严！"戴着眼镜的陈志灿语气凝重又自豪。

东方透白，薄雾迷蒙。早上风停了，陈志灿他们什么也不说，立即开展救援工作，4个小时后，当XCA1600顺利将机舱安装就位时。陈志灿笑了：我们看亲手研发的产品真的就是"自家的宝贝"一样。

"报告，救援完成，人车平安！"陈志灿用手机迅速向后方领导发去信息。

"辛苦了！"连着三个点赞的大拇指！手机叮咚一声，千里之外时刻牵挂着救援队的单增海副总裁，立即发来了祝贺信息。

单增海副总裁一直在等待着前方陈志灿团队的消息。不睡觉牵挂的又何止是领导！公司的领导、许多同事还有家人，都在等待，提着心在等待。担心的不仅是1600吨的大家伙，还有陈志灿他们。

喝酒！喝酒！喝胜利酒！

那种十几元一瓶的白酒，那一桌才几十元的菜肴，携手而行、并肩作战的同事，不，是风雨同舟、心手相牵的战友和兄弟！大家吃着喝着笑出了泪水。

这以后的日子，每每想起那夜色、那惊心动魄的场景，想起那崎岖的山路和轰隆作响的货拉拉，还有单总微信发来的三个点赞的大拇指，陈志灿心中还是热乎乎的。

还有山西忻州，还有陕西榆林，每一次都是争分夺秒，每一回都是险象丛生。但由于陈志灿高超精湛的技术与解决问题的能力和魄力，每一次都是有惊无险。其中的艰辛甚至危险陈志灿不讲，只是讲解决难题、险情的过程和成功后的喜悦。

"一出故障，所有的眼光都投向我，我必须第一个站出来！8月12日，是我的政治生日！"陈志灿的蓝色工装上是鲜红的共产党员党徽，"我不上，谁上！"

其实，有家有室的陈志灿每次冲到前面，面对艰难又有风险的救援任务，特别是在高空寒风中吊篮摇曳之时，心底也曾涌上"下次不干了"的念头。"但这也是刹那，真的是刹那。过了那个劲，再想起，心中还是满满的激情。"陈志灿平和的话语中，尽显一位优秀共产党员、总设计师的责任、使命与担当。

四、 初心不改， 将个人价值融汇于社会价值之中

> 在经典书籍中，我参悟人生的智慧与生命的真谛，还有为信仰、为值得做的事情如何去坚持。
> ——陈志灿

让我们一起来看看这位全球最大吨位全地面起重机总体设计师的辉煌业绩——

刻苦钻研，全球首创"风电臂自翻转"技术，每年创造间接经济效益达百亿元，荣获国家专利技术金奖；

勇担大任，主持研发全球最大吨位全地面起重机 XCA1600、XCA1800，助力我国绿色能源建设；

创新行业首款全封闭式起重臂架结构，实现起重性能大幅提升 60% 以上；

行业首创双动力八桥驱动技术，将起重机在崎岖路面行驶时的爬坡能力提升了 1.5 倍；

XCA1600 吨全地面起重机成功问世，首次吊装即完成了 140 米高度的

风电安装，创造了轮式起重机风电安装的世界纪录，也使中国取代德国成
为可量产全球最大吨位轮式起重机的国家……

罗马不是一天建成的。

哪一项创新背后不是智慧与心血的凝结；

哪一个奖项之中不蕴含着常人难以想象的艰辛与劳累！

陈志灿工作照

出生于河北邢台威县的陈志灿儿时家境一般，但他勤奋好学能吃苦，
寒门学子的钻劲、韧劲、拼劲令陈志灿从小学到中学，一直学业优秀、名
列前茅。

"我的母校是秦皇岛燕山大学，我所学的专业是工程力学专业。"母校
是陈志灿的骄傲，陈志灿也是母校的骄傲。在大学的学习经历，为陈志灿
打下了坚实的专业基础，山海关、北戴河的大气磅礴、辽阔浩瀚，浸润在
年轻的陈志灿的血脉中。

当初选择进徐工的动因，是因为一位学长对陈志灿的"诱惑"：我在
徐工，那是一个可以施展才华的好地方！工程力学专业，专业对口，于是

品学兼优的大学生陈志灿，欣然来到了徐工。经过十多年的历练与摔打，陈志灿看到了自己的成长。一位优秀的起重机设计师需要具备精湛的学识、丰富的实战经验、深厚的人文情怀、舍我其谁的气概担当，更需要具有大无畏的英雄气概，陈志灿一直在努力、在奋斗、在前行。

"爸爸，你真是厉害，连儿子也不陪！"十岁的儿子趴在陈志灿的肩头撒娇，笑着"埋怨"老爸。

陈志灿歉疚，说是每周休息半天，但任务在手，那半天又要泡汤。家中里里外外都是在街道做宣传的妻子一肩担。这陪伴孩子玩耍还真是个"奢侈品"，做父亲的哪里不想，很想。陈志灿只要有空回家，总是宅在家中尽力做家务。

儿子的名字是陈志灿想了又想起的，"少凡"，寓意为平凡的少年。儿子陈少凡出生的那一阵，陈志灿正在看路遥的《平凡的世界》。

陈志灿喜欢看书，奖励自己的方法是每月买两本书，每天再忙都要看上一章："在经典书籍中，我参悟人生的智慧与生命的真谛，还有为信仰、为值得做的事情如何去坚持。"

陈志灿读《月亮与六便士》，感叹"满地都是六便士的大街上，希望抬头还能看见月光"。理想是头顶上的月亮，现实是脚下的六便士，只顾着捡便士，容易忘记抬头看看月亮。人生处处面临着选择，尤其是梦想和金钱之间的冲突更令人难以抉择。

陈志灿读《老人与海》，老人说过："人可以被毁灭，但不能被打败。"人生来就是要接受各种挑战的，人可以被毁灭的是肉身，不可以被打败的是信仰。人的生命是因信仰坚持下去的。越是在经历磨难的时候，一个有灵魂的人就越要坚定自己的信仰。

这一阵他在看麦家的《人生海海》。"人生海海，敢死不叫勇气，活着才需要勇气。"在领略作家书中的要义后，陈志灿慨叹：看透在时代动荡中人的命运、人性的善恶。我们遇上的是一个多好的时代！陈志灿是个事业至上的人，但也生出一些生命感悟："人生啊，对自己重要的也就是几个人。"

"吾辈读书人，大约失之笨拙，即当自安于拙，而以勤补之，以慎出之，不可弄巧卖智，而所误更甚。"曾国藩的书是陈志灿的案头常备、心头之好。这段文字陈志灿记录在了工作笔记本的扉页上。

为什么记下这段话？

"我想啊，作为一名技术人员就应当这样要求自己。技术研发容不得一丝一毫的弄巧卖智，应该求真、务实，用精确的数据说话，创造实实在在的价值。这是对自己的提醒也是警示。"

"一代人有一代人的长征，一代人有一代人的担当！"陈志灿牢记着习近平总书记的话语。

攀登，攀登！

在国之重器的制造中，陈志灿有责任担当、敢创新奋进，更有挑战自我、超越自我的勇气和不懈的奋斗精神，为我国大吨位起重机产品综合竞争力提升，贡献着蓬勃昂扬的青春力量，也以智慧与心血演奏着一位年轻优秀的知识分子幸逢大时代、在徐工广阔大舞台上奋力拼搏的生命交响。

邵珠枫

———

"毛衣博士"，让世界没有难走的路

随着汽车工业技术不断创新，无人驾驶技术成为了现实。无人驾驶技术一直都备受关注，可是您见过压路机也有无人驾驶的吗？

开始！贾汪徐工综合试验场上数十吨压路机在工地上精准启动，压出"8字形"跑道，而这一操作应用的正是无人驾驶技术。在模拟各种工况的试验场，39吨重的 XS395 超大吨位振动压路机，通过无人驾驶技术进行展示，实现"路径规划"，具有自动变道、自动驶入施工区域、自动避障等多项功能。操作人员可以在5公里外，通过电台或者5G网络直接下发操作指令。全场300多名嘉宾和技术人员爆发出热烈的掌声。

这是全球首次在39吨单钢轮智能压路机上应用无人驾驶技术，这辆由徐工完全自主研发的压路机上路了！

那天，是2017年10月16日。邵珠枫记得清清楚楚。

一、激情果敢，道路施工智能化征程上的奋斗者

> 无人化是趋势，总会有人做出来，总有一天要实现，那为什么不能是我们？再难也要干！
>
> ——邵珠枫

浩瀚茫茫，渺无人迹，道路施工智能化曾是一条无人之路；

崎岖坎坷，艰难曲折，道路机械施工无人化注定了是一条布满荆棘的道路。

道路机械的无人化技术，一直是"无人区"，国内外都没有可以参照的基础。

徐工站了出来，在 2016 年组建专项研发团队，勇闯行业"无人区"；邵珠枫站了出来，作为团队核心骨干果断领下"军令状"，踏上了这条坎坷曲折又布满荆棘的"无人"之路。

从北疆到南国，从丘陵到平原，实现道路无人化施工，在 2016 年前，在世界上也是个无人涉及或是无人敢接手的难题，标准化的无人化机械施工注定了是一条布满荆棘的道路。

从 2016 年至 2023 年 7 年了，七载四季流转，七年花落花开。

七年，在漫漫的历史长河中，只是一瞬；对于人的一生说长也不长，说短也不短。但这七年对邵珠枫来说绝对不短，这是充实又艰难的 2000 多个日夜。

这七年是"浴火淬金"过程，是实现道路施工无人化施工的梦想、创造打破世界纪录的机械的光荣过程。

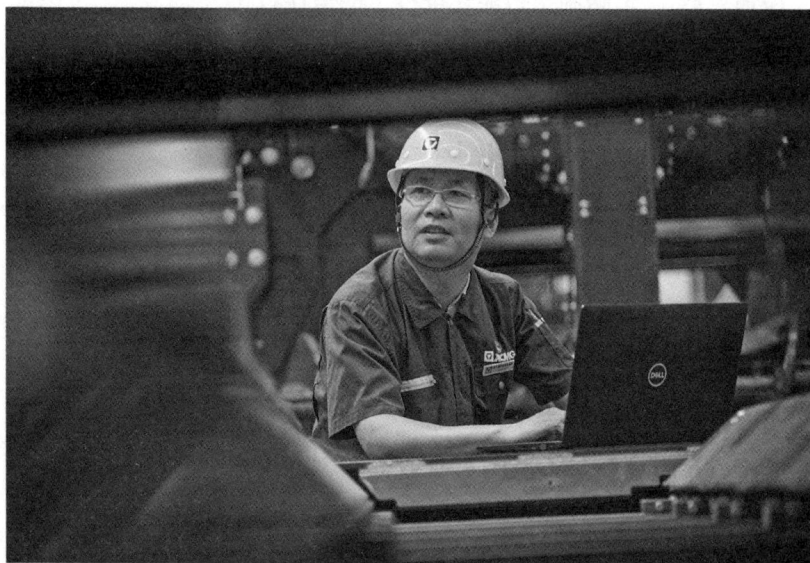

邵珠枫

今年 38 岁的邵珠枫，研究生毕业后一直在徐工从事道路机械智能化研发工作。为践行"技术领先，用不毁"的标准，他始终坚持"传承、超越、创造、奉献"的研发理念，带领徐工道路无人化团队不断加大技术创新，攻关智能化、无人化核心技术，带领团队在智能化开发、关键技术研究等方面，让道路施工无人化不再遥不可及。公司决定立项研发道路机械无人化集群后，邵珠枫带领团队立即展开技术调研、方案设计等工作。

"刚开始干的时候，由于没有任何案例可以借鉴，心里没有底，充满了不确定性。"从凌晨到深夜，从太阳升到星子落，邵珠枫一直在思考。

带着这份不确定性，他带领研发团队不畏艰辛、加班加点，积极投身于无人化科技创新和智能化推广应用的工作中，开始了艰难的研发征程。

要深入分析国家近年来交通工程的发展走向；

要了解全国交通产业布局；

要熟悉道路交通施工和项目管理方面的难点、痛点，反复进行研究和分析……

困难多、症结多、未知的技术难题太多。"别人都没干，说明太难。我们可否再等一等？"这样的话语从邵珠枫的耳边飘过。

"无人化是趋势，总会有人做出来，总有一天要实现，那为什么不能是我们？再难也要干！"邵珠枫舍我其谁的气概和担当，激发着团队创新创造的热情。

经过大量细致的调研与分析，凭借这股不服输的劲头，邵珠枫把心中的不确定变为了确定与笃定！再难也要干！

于是，带领团队紧盯施工现场；

于是，每天与机手、施工人员奋战在一线；

于是，结合集群施工要求快速解决问题，保障正常施工；

于是，积极推进通信断续、定位漂移、位姿计算偏差、轨迹入线偏差等问题的改进……

山千重，水万道，弯道和暗礁时隐时现。

志不移，信念坚，深厚的专业知识与顽强的意志相辅相成，唯勇者胜。

凭借这股不服输的劲头，邵珠枫带领团队于当年上半年，完成了集群样机改装及设计改进，并将设备投入市场进行工业性考核试验。带领团队最后梳理出超过 40 种施工工艺的工法流程，覆盖了不同气候、不同地质条件的不同施工工艺，包括水利大坝、机场、高速公路和高原高寒道桥施工等，将施工质量验收的方法和指标，作为无人化施工技术研发的重要参考。

终于，通过创新赋能促进道路机械产业升级，邵珠枫离道路施工无人化的梦想更近了一步！那是 2017 年 10 月 16 日。

那一日，徐工面向市场发布"无人驾驶压路机"，引起行业和用户的震动与广泛关注，成为无人驾驶技术的行业引领者。

那一日，在这条世界"无人"之路留下了第一个名叫"徐工"的脚印！

邵珠枫肩上的重担稍稍卸下，但只是稍稍卸下。

道路机械产业升级、道路施工无人化的梦想只是刚刚开始，另一份重担还留在肩上，那就是在实际操作和运用中道路施工无人化究竟如何，效果怎样。

二、风霜雨雪，"毛衣博士" 行色匆匆的春夏秋冬

越是艰难的环境，越能获得有力的研发数据。 ——邵珠枫

爱你孤身走暗巷，

爱你不跪的模样，

爱你对峙过绝望，

不肯哭一场，

爱你破烂的衣裳，

却敢堵命运的枪……

走近邵珠枫，耳边常回响着《孤勇者》的歌词与旋律。

这是您吗？我指着眼前这张照片：烈日炙烤下，沥青路面上蒸腾的热

气依稀可辨，一个身穿毛衣双肘交叉抱着胳膊的人站在施工的摊铺机旁边。

"是我，那是两年前在河南老君山。"邵珠枫笑了。这张在道路事业部广为流传的照片，拍摄于2021年6月。

"您没带衬衫？当时河南的体感温度已经达到了30多度了。"

"我出差的时候天还较冷，一直就没回过家。"邵珠枫穿着毛衣的原因就这么简单。

在施工一线，邵珠枫几乎没有自己的个人时间，每天和设备、服务人员、业主在一起，这一件毛衣他一穿就是三个月。最终，在邵珠枫团队的努力下，徐工摊铺机的高质量作业，使得这个工段成了整条高速平整度的"天花板"，而邵珠枫也有了一个新的称号——"毛衣博士"。

尽管天热，"毛衣博士"还是没能回家。

"SOS！SOS！"让"毛衣博士"离开河南的，是一通来自新疆阿勒泰，请求立即技术支援的电话。

由于智能化与施工工艺相结合在国内外属于首例，为了研究沙漠环境无人化高质量施工工艺，邵珠枫带领团队深入沙漠区域，开展调研试验。在这里，昼夜温差大、风沙大、通信差，各种极端工况不断出现，邵珠枫说："越是艰难的环境，越能获得有力的研发数据。"

徐工道路首套无人化集群那时正在新疆阿勒泰沙漠施工，因为环境极度的恶劣，第一天施工就遇到了强对流天气，工作开展得并不顺利。

收到求援电话，邵博士穿着那件灰色毛衣，立即带着同事继续转战7月份的阿勒泰沙漠，而这一待又是5个月。

这5个月可是终生难忘。回忆转战沙漠的经历，邵珠枫百感交集。

在沙漠施工，邵珠枫他们有过缺水、有过迷路、有过翻车，更有过失联。

那次有 4 位员工被派往福海县地区取施工材料，他们应该一天就能回来，但直到第二天还没有消息，那个晚上邵珠枫彻夜难眠。那个急啊！面对同事安危不明的状况，邵珠枫感到从未有过的焦灼不安。

"您的电话暂时没有讯号！""您拨打的电话暂时无法接通！"无数次拨打，邵珠枫甚至跑到施工处一两里外的地方拨打，依旧是"没有讯号"，依旧是"无法接通"！

沙漠暮色四起，继而黑夜茫茫，亲爱的同事、战友，你们在哪里！当第二日又是无数次拨打以后，忽地电话通了，那一刻，邵珠枫泪水唰的一下涌出了眼眶。

原来去福海的途中有一段路况不好，同事们开的车爆胎换了备胎后准备走便道。眼看车子快没有油了，他们凭着微弱信号反复寻找，终于在一私人处买到了油，并问了路。但天黑了无法前行，几人在车上窝了一夜，喝的水都没有了，终于在第二天到了福海县后才联系上邵珠枫。这以后，每次出车，邵珠枫总是准备得更加全面。

这样的险情不止一次。那次在乌鲁木齐，一位供应商来施工现场送配件，也是夜里视线不好，车一下子翻到了沙漠里，手机同样没有信号，几乎绝望。幸好一个多小时后看到前方有车灯，声嘶力竭呼救拦下了车，说明情况并请这位司机到附近的克拉玛依油田求援，请油田派了车，将这位客商接回。"这是我们安排的，出了问题不管什么原因，我们都要负责！"

经过第一阶段的经验积累，邵珠枫总结出市场目前存在的问题，并开始规划如何通过技术创新实现产业创新，将无人化技术与施工工艺相结合。

又是数月的反复测算、验证、更新，又是上百个与月色星星相伴、迎接朝阳彩霞升起的日子。团队终于解决了复杂环境集群交互策略、贴边压实等行业公认的"卡脖子"难题，压实效率大幅提升。红涩的眼睛、酸疼的腰背、辗转反侧的夜晚……邵珠枫带领团队一次又一次义无反顾地向前探索，让道路机械无人化技术前进了一大步。

攀大高速首次成功应用徐工无人集群，京雄高速徐工无人集群施工创下全球最大规模，阿乌高速、京德高速、栾川高速、新疆 S21 高速、淮徐高速、内蒙古航天路、泰州国道、凉山大坝、江苏宁沪高速、江苏溧马高速、山东济南绕城高速……徐工实现了 13 个省市 20 多个工地，累计 500 公里无人驾驶施工无障碍运行。

广为流传的这张照片，这件灰色的毛衣，邵珠枫从河南老君山穿到新疆阿勒泰，经受过甘肃的冰雹，感受过河南的"炙烤"，穿着它看过长河落日圆，也见过燕山月似钩。这件毛衣陪着邵珠枫经历了恶劣环境下的险情，也见证了徐工高质量作业的前行脚步。

"这件毛衣可以放进人生的'博物馆'了，被收藏了吗？"

"当然，洗干净收藏了。"邵珠枫笑着推了推眼镜框。

三、踔厉奋发，攻关研发永无止境

战晴天斗雨天，向黑夜要时间！努力到无能为力，拼搏到感动自己！

——邵珠枫

如今，全国各地频频传来徐工道路无人集群施工的好消息，但邵珠枫并不满足于此，他常说："技术难点一直存在，突破一个，就面临下一个，创新是永无止境的。"勇攀道路施工智能化"珠峰"的勇士邵珠枫，研发的脚步从没有停歇。从 2016 年至今，邵珠枫带领徐工道路无人化团队突破 12 项核心技术难题，优化无人车载控制系统超 30 轮，助力道路施工无人化的伟大梦想。

为保持无人驾驶技术的先进性和领先性，同时为迎合高质量集群对压路机的控制要求，匹配压路机铰接式结构的特殊性，邵珠枫团队通过主动加大对惯性导航技术、双盲环境识别处理技术的研究，同时在车间和实验室不断进行强化测试，对压路机动力学模型和运动学模型进行建设和验证，成功完成了第一阶段的无人驾驶技术研发，实现了压路机无人驾驶控制精度从 20 厘米提升到 5 厘米、安全距离由误差 50 厘米提升到 15 厘米等的技术革新。目前这一技术已达到国际工程机械智能控制先进水平。

让我们跟着邵珠枫的足迹，去看看他在三个无人化区域试验的实况。

2022 年的 11 月，此时天气已经转凉，北方大部的沥青施工已经停止。在山东潍坊临朐县龙岗河特大桥上，沥青上面层施工还在如火如荼地进行，大家在刺骨的寒风里干劲十足，此时夜晚温度已经降到了冰点。

龙岗河特大桥作为连接桥梁高达 38 米，四周空旷，寒风一阵接着一阵没有停息。这种环境对沥青施工无疑又是一次挑战。沥青上面层施工材料为 SMA - 13，这种材料在高温时表现为黏性液体，在低温时表现为弹性固体。温度越低，沥青黏性越低，阻力越大，压实时不利于颗粒重新排列。SMA 含有大量粗集料，往往比常规混合料冷却得快，且通常使用改性沥青，因此压实应在较高的初温下进行，温度一般不低于 160℃。有效

邵珠枫工作照

压实温度在 120℃ 以上，终压必须在 90℃ 以上完成。而此时桥面上下通风，温度散失的速度已经达到了惊人的地步，进入摊铺机的沥青 160℃ 而铺出来的只有 140℃，铺出来不到十分钟的时间里就已经降到了 30—40℃。

为了解决这一难题，邵珠枫改进施工策略，带领技术工程师彻夜守在工地上采集数据。最后在无人集群中运用了"跟随模式"，使压路机始终紧跟摊铺机，增大钢轮以最快速度完成初压封温，增加振动遍数以最快的速度完成复压的碾压遍数，达到了预期的施工效果。

12 月 30 日，济潍高速公路长深至潍日段建成通车，比计划工期提前了近 10 个月，使潍坊提前实现了"县县通双高速"的目标。

2022年3月1日，邵珠枫突然接到任务，成绵高速集中养护，要求设备三天内进场，四天内施工。从徐州到四川德阳，这么远的距离，大型设备的转运也是一个问题。租赁部紧急联系车辆，所有人员进场准备施工所需工具及材料。

3月4日设备到达德阳施工现场，所有人员各司其职，一刻不停做着各自的工作，拼装摊铺机、调试压路机、调试无人化设备。调试完车辆后已经凌晨3点了，所有人回去仅休息了三个小时就赶往了施工现场。

3月5日早上8点，一车车沥青被运到了施工现场，拉开了养护施工的序幕。3月5日仅施工800米。施工完后大家回去休息准备第二天的施工。

3月6日一早到达工地后临时接到通知，原定7天7.4公里的施工段现调整为3天72小时内完成。连续72小时施工对人和设备都是一次考验。现场人员吃住在施工现场，几人轮换休息，设备保障车成了大家临时的休息间。车内座椅上、地板上都睡满了人。

由于无人化基站需要供电，设备保障车上的发电机派上了用场，发电机给基站供电，同时还要给RTK、操控平板及基站电源充电。且在施工中由于弯道过多会影响基站信号的传输。现场每施工一公里就要挪一次基站。现场还不时有各方领导到场参观。

终于，邵珠枫团队在3月8日凌晨2点完成了72小时7.4公里的养护施工。此次在原路面的基础上，加铺3厘米沥青罩面，经摊铺压实后，路面更平整，行驶更安全。

2021年，8月份的新疆热得使人喘不过气来。然而，邵珠枫团队此刻正在奋力修建新疆的S21阿乌高速。

相信不少人都知道 S21 阿乌高速，它在 2021 年 12 月 25 日正式通车。全长 342.5 千米，连通了新疆首府至阿勒泰三个半小时经济圈，当时还在网络上掀起了不小的热潮。现在我们看到的 S21 是壮观且平坦宽阔的，但以前的它却是遍地黄沙的无人区。前后对比来看，徐工"基建狂魔"的称号，真不是白来的。

S21 这条高速公路处于古尔班通古特沙漠的腹地，夏季炎热，极端高温可达 50℃，冬季酷寒而漫长，温度更是低至零下 45℃。由于极端恶劣的天气，这里每天都上演着生命与死亡的竞争。沙漠里没有信号，没有电力，更没有后勤保障。进入沙漠后常常处于失联的状态，随时面临车辆侧翻、风沙掩埋车辙等情况，在沙漠里迷路是常有的事，走失的时间最长可达 2 天之久，可以说是险象环生。

邵珠枫及其同事就是在这种恶劣的情况下，仍然坚持保障现场施工常态化进行。承受着高达 150℃沥青混合料的摊铺温度的炙烤，加上天气炎热，邵珠枫曾数次高温中暑晕倒在施工现场。他爬起来后的第一件事，就是看看手中的平板有没有摔坏，生怕影响到施工，确保无恙后立刻又投入工作中。

为了保障 S21 高速公路全线在预期时间顺利通车。邵珠枫团队进入了工期的最紧张阶段，连续鏖战了一个多月。新疆昼夜温差大，且昼长夜短，工作强度高。每天清晨 4 点起床出发去工地，晚上 11 点多才回到宿舍。19 小时的工作时长，每天的睡眠时间无法得到保障。更何况连续作业后，人更容易陷入极度疲劳的状态。邵珠枫团队用实际行动，展现出徐工人的顽强意志和拼搏精神。

正是秉承这样的精神，邵珠枫团队克服了恶劣环境带来的困难，仅用了

11个月有效工期就实现了全线沥青路面贯通，创造了新疆道路建设的奇迹！

四、青春无悔，把论文写在祖国的大地上

> 年轻，就要敢想敢干，不要小看自己天马行空的想象力，要有让梦想走进现实的勇气。
>
> ——邵珠枫

"我很幸运，进入公司以来，遇到了许多好领导与专家老师，真的非常感谢！"邵珠枫屡次提到在人生旅途中，对自己起到较大影响的人和事。

2012年7月，一个花红柳绿的日子，邵珠枫跨进了徐工的大门。从学校的环境进入公司，还真的有很多不适应的地方。作为年轻的学子，邵珠枫在工作过程中感到压力非常大，接到一些新的任务也会犯错。

"小邵，你负责控制面板的设计。"卜所长交代的任务，是一款摊铺机的升级。刚毕业的邵珠枫跃跃欲试，把整个控制平台快速地搭建好并在设计完之后进行小批量的生产。但是在设计的过程中，没有考虑到安装尺寸，包括和设备的交互实施，导致生产出来的设备无法安装到摊铺机上！完了！这造成了很大的损失。邵珠枫不知所措。

"小邵，刚开始工作就做到这种程度，已经非常不错了。没事，出现问题呢，咱们一起总结一下。"卜所长耐心地与等着接受批评的小邵说，"成长是一个不断积累经验的过程，你学到的东西多了，你就会有更强的判断力。"

2016年，卜宪森把智能化无人驾驶这个重要的任务交给了年轻的邵珠枫："无人化技术，在工程机械上还没得到应用，这个是史无前例的！所

有的东西都要经过你的规划、你的创新来得到完善。你必须把心里的包袱放下，才有更多的空间去想象。把所有的精力放在解决问题、分析问题上，才能有助于你的创新研发，这样你就一定会成功！"卜所长的话是信任、是鼓舞、是鞭策，更是要求。邵珠枫开始抓紧策划。

2017 年，邵珠枫与团队研发出了第一台无人驾驶压路机，并面向全国进行发布。发布完，邵珠枫感到一身轻松，一个大项目终于完成了。

"小邵，无人化之路才刚刚起步，现在只是单机无人化，还要考虑集群，因为在每个工地上，不可能只有一台压路机。你要考虑集群的协作。"卜宪森推动着邵珠枫又进入了第二轮集群的研究。

2018 年在雄安新区拒马河成功运用了 36 台集群。卜先森再次指出："你要把这种集群的应用，在简化和应用性上下功夫，让客户可以很轻松地进行操作。"

从 2018 年底到 2019 年，邵珠枫团队完成了应用性设计。卜宪森再次提醒："你一定要往高等级的道路上进行运用，因为高等级道路上的运用才是未来的发展场景。"

2020 年，邵珠枫开始高等级路面的研究，从刚开始对路面一点都不了解，慢慢地进行策划、规划，最终实现了无人集群在高等级路面的应用。

卜宪森就这样一步一步推着年轻的邵珠枫往前走，一个课题一个课题地攻克，邵珠枫才有了今天在无人化技术上的累累硕果。

"人的一生，个人不一定会发生轰轰烈烈的大事，但是一定要和团队做一两件值得一生来回忆的事情。"技术总监高亮的话，邵珠枫一直记在心中。

2017 年 6 月，邵珠枫在调试压路机的现场碰到了高亮，高亮是当时压路机的研发部部长。高亮安排了压路机研发部的夏工、朱工来协助邵珠枫，面向无人化研发适配机型，使无人化技术的研发进度大幅提升。邵珠枫原来一半以上的精力都放在研究如何改装车上，现在可以把所有的精力放在无人化技术的实现上。从那以后，试验的速度大幅提升，尤其是发布第一台无人驾驶压路机的时候，"我看到了这才是真真正正非常完善的一台车，它的稳定性、可靠性都得到了极大的保障。"邵珠枫欣喜欣慰。

后来再进行路基、路面研究的时候，高亮再次提出无人化的集群技术不能脱离现场施工工艺的应用。于是团队着力研究无人化技术如何用于沥青路面，因为沥青路面材料非常昂贵，而且目标验收的就是质量，不把质量提高上去，无人化技术是推不出去的，没有生命力的，也是没有工程应用效果的，所以要结合无人化的优势来进行研究，研发新的施工工艺。高亮引入了一位施工项目经理，厉震厉主任。

在厉主任的指导下，2020年无人化技术成功在路面推出，这使邵珠枫再次感到，沥青路面的无人化施工，离不开稳定、可靠、高效的施工工艺："我们的无人化一直领航至今，是行业内目前其他企业无法超越的。"

"我真的很幸运，遇见这么多好的领导、专家，没有他们的鼓励和指点，我不可能取得今天的成就。至少，智能化无人驾驶技术不会出来这么快，甚至有可能不是从我手中出来。"邵珠枫话语里满是深深的感激。

智控所员工都特别尊敬、钦佩、喜欢邵珠枫。

"我们邵博知识渊博，能力强大！"张宇航告诉我，"3月份的时候，邵博让我写一份专利，并提供了他自己的一份专利给我作参考。我被那份专利震惊到了，各种闻所未闻的专业名词，让人眼花缭乱的公式推导，直让人感叹。邵博的知识远比我想象得更渊博。我们邵博责任心强，疫情防控期间，邵博是所里最后一个感染的。彼时大家都康复了回来上班，恰逢有厂商来公司商谈项目。邵博原本在家休息（说是休息，其实是在家办公），得到消息便立刻赶到公司。邵博戴着口罩、顶着高烧、忍受着嗓子剧痛的折磨，我看到他拿着笔的手一直微微发抖，开完了整场会议。"

在张立雄的心中，邵珠枫是一位有远见和策略性思维的大人物："他多次带领我们奋战在工地一线，以身作则，冲在前面。我们邵博还非常有亲和力，十分重视我们的感受，了解每一个成员的需求和困难，并给予支持和鼓励，完全没有领导的架子。一毕业就遇到这么好的领导，我感觉我就是幸运儿！"

还有董潇，还有张亮，还有范廷楷……

这些同事钦佩他们的"邵博"勇于探索和积极向上的精神，喜欢他的领导风格以及对工作和团队的奉献精神……

邵珠枫以尊重他人、努力工作、不断挑战和执着探索的精神为大家树立了榜样。他不仅是一位优秀的研发人员、技术大拿，在同事眼中，更是一位出色的团队领导者，也是一个值得尊敬和学习的榜样。

"徐工是能帮助我们实现梦想的舞台！让青春无悔！"这是邵珠枫发自内心的话。

当看到一张张图纸变为服务国家基础建设的大国重器，道路无人化集群成功应用在国家高等级路面的时候，邵珠枫深感自豪。

"把论文写在祖国的大地上！我想，这就是我们一线研发人员今后努力的方向！"一辈子做好一件事，邵珠枫的"无人"之路将永不止步。

郁小明

匠人匠心匠道，焊花点亮精彩人生

蓝色的大屏辉映出庄重喜庆，"最美奋斗者"五个金色大字闪耀出熠熠光华，徐工最美奋斗者颁奖仪式正在进行。

徐工挖机结构二厂工段长郁小明和母亲、女儿、徒弟一起来到活动现场。郁小明的母亲在儿子郁小明和孙女郁梦淳的搀扶下缓缓走上了红地毯。

身披"徐工最美奋斗者"的红色绶带，穿着蓝色的徐工工装，郁小明神采奕奕。郁小明的母亲身着咖啡色老式徐工工作服，略带哽咽说道："大家好，我是石美玲，我和我的老伴、儿子、女儿、孙女都在徐工，我们全家都是徐工人……"话未说完，会场响起热烈的掌声！

"我的儿子做了一点点工作，集团给了他很多荣誉，谢谢同志们的支持和帮助，儿子啊，好好干，在徐工好好干！"老人拍打着儿子的肩膀，眼含泪珠，激动得再也说不出话来，继而全场响起更加热烈的掌声。

"我的父母在徐工干了一辈子，对徐工有深厚的感情。我毕业后义无反顾地选择了徐工，到现在30年了，我会带着这份荣誉为徐工作出新的贡献。"全国五一劳动奖章获得者郁小明的获奖词中透着质朴与坚守。

一家三代徐工人，质朴的语言、紧紧的拥抱、滚烫的泪水，诠释着坚守、忠诚与传承……

一、 一把焊枪璀璨闪烁， 点燃人生职业梦想

一拿起焊枪就兴奋！我喜欢有挑战性的工作，并享受成功的喜悦，尤其是试制新产品时，满满的成就感。 ——郁小明

小学放假时，郁小明总是要跟着母亲石美玲去焊接车间。看着妈妈换上工作服，穿上大大的胶皮围裙，手持面罩，再拿起焊枪，小明眼神中全是惊奇。

石美玲说："你不要看焊花，没有面罩伤眼睛的！"可是儿子小明赶也赶不走："太神奇了！这焊枪所到之处，一条条缝就缝合了，一件件工件就连起来了！"那次回家，10岁的小明眼睛红肿了好几天。

"真的，可能是妈妈拿焊枪的缘故，我第一次见到就觉得这焊枪真神奇，就想着哪一天我也能拿起焊枪，站在火花四溅的操作台前多么神气！"

"小明，我们不做这个！电焊这个工种苦、脏、累、热！"父母舍不得儿子受苦。尽管父母一致反对，但郁小明对焊枪仍满是向往，终于在学习技术两年后，正式跨入了徐工的大门，喜滋滋地站到了工位上，拿起了焊枪。小明和父母姐妹都成了工友，名副其实的徐工之家。

19 岁的郁小明可曾想过，这焊枪一拿，就是大半辈子，变成一生的追求，迸发出生命的灼灼光华？

1988 年郁小明进入徐州工程机械制造厂学习，跨进了理想职业的门槛，也开始了日复一日、年复一年的刻苦钻研。踏实肯干的他像一颗螺丝钉坚守在自己的岗位上，学技术，学做人，学如何做一名合格的铆焊工人。

铆焊工，是铆工和焊工的合并称谓。"铆工主要从事装配、铆接和矫正等方面的工作，而焊工则主要从事焊接操作。"郁小明告诉我两者的区别。

铆焊工能铆能焊，但焊工不一定能铆。

铆工偏重于下料、装配、定位等工作，焊工注重焊缝的质量，如焊脚高度、余高、是否有假焊、夹渣、未熔合、未焊透、咬边以及焊接的各项工艺参数的合理搭配运用。

当真正进入铆焊这个技术领域，郁小明才知道远不似自己想象的"焊枪一拿、金花飞溅"那么简单。

一个合格的铆焊工，需要熟知原材料要求，能看懂图纸，熟知焊接环境要求，更得注意焊接坡口表面要求、焊缝要求。焊接坡口表面不能有裂纹、分层等缺陷。施焊前应将焊接接头表面的氧化物、油污、熔渣及其他有害杂质清除干净，清除范围（以离坡口或板边缘计）不小于 20 毫米。焊缝内不得以任何型材填充，对接焊缝要层层焊满、焊透。还有焊后处理要求。焊接完成后，应及时清理药皮，以便及时发现焊缝是否存在缺陷，采取应变措施；焊接完毕，清理熔渣、飞溅物，自检合格，工段长检查（互检）合格后，再通知质检员检验（专检）。质检员检验合格后，才能转入下道工序……

兴趣是最好的老师。郁小明兴致勃勃，一头扎了进去，正焊、蹲焊，大吨位产品无法翻转，于是躺下来仰焊……一道又一道工序，一个又一个环节，一张又一张图纸，还有一次又一次焊花烫伤，脸上、脖子、手上、胳膊上一块又一块伤疤……郁小明就是以"一根筋"的执着精神，从二十岁干到了三十岁、四十岁直至年已半百。

"一拿起焊枪，就莫名兴奋！我喜欢有挑战性的工作，并享受成功的喜悦，尤其是试制新产品时，满满的成就感。"郁小明向母亲请教：手握焊枪如何才能更稳？向身边的老师傅求教：马步如何扎得更稳？也向比他年轻的工友学习。"无论是谁，只要有好的操作方法，就去请教、学习。"郁小明最初的学历不高，但他的学习能力很强，始终保持谦虚上进的心态。

岁月流转、年复一年，岁月带走了青春年华，留下的是从未改变的对电焊职业的热爱。对焊枪的感觉也早已从儿时的好奇、手执焊枪的神气，化作对技艺精益求精的追求，对铆焊职业的执着热爱，对制造"大国重器"的使命与担当。他似一颗闪闪发光的螺丝钉，坚守在自己的岗位上，勤于思考、勇于创新，技能水平逐年提高。

青春无悔，33 年的历练，郁小明早已成为徐工挖掘机结构件拼焊领域的技能专家。

二、"一根筋" 执着追求 "零缺陷"，劳模精神熠熠发光

> 想到做到，做得更好，我就是一根筋！　　　——郁小明

如果要挑出郁小明身上最显著的标签，莫过于"一根筋"——无论是对一个岗位 30 余年的坚守，还是对难题"死磕到底"的执着。

2008 年徐工挖机成立伊始，郁小明就手执焊枪，一头扎进焊花丛中，用一丝不苟的态度缔造精品。

从新品试制到各类参展车、特殊订单生产，他每次都不辱使命；从生产技能攻关，到市场二手车再制造，有困难的地方一定有他的身影……

2014 年，公司计划参加全球最大的工程机械博览会——上海宝马展，将在展会上隆重推出 240 吨矿用自卸车和当时中国最大吨位 400 吨挖掘机。

从当年 3 月份开始，400 吨挖掘机结构件进入试制阶段，因为国内没有成熟的制造经验可以借鉴，郁小明带领 12 名技能过硬的铆焊工与研发、工艺人员一起边研究边拼焊，整整半年时间都在摸索中前行。

在 400 吨挖掘机进行 X 架焊接时，由于钢板厚、坡口大，且端面温度高、散热不均，导致变形严重，后续工作无法顺利开展。技术人员之前也未遇到过类似情况，没有现成的解决方法，工期一度停滞不前。

大家一筹莫展。郁小明凭借多年铆焊经验，反复琢磨、不断试验，经过十多天不分昼夜的努力，终于摸索出了一套"段焊＋保温渐冷循环焊接法"，不仅解决了 X 架焊接变形问题，更为后续大件焊接提供了可借鉴的新模式，开拓了新思路。

2014 年 11 月，400 吨挖掘机和 240 吨矿用自卸车震撼亮相上海宝马展，赢得了国内外同行和客户的广泛瞩目与由衷赞叹。看着同事从展会现场传来的照片，郁小明欣慰地笑了。

岁月匆匆，激情与豪迈永驻心中。

"辛苦吗？"

"怎能不辛苦！"

"想过改行吗？"

"从来没有想过。"已是资深工段长的郁小明摇头道。

郁小明的一生和铆焊紧紧相连。

"同事们都说你有'强迫症'？"

"我是有强迫症。"捋着平头，郁小明笑着承认，"在工作中一看到有不方便、不科学的地方，我就想着调整，就想着如何改善，决不绕道走。发现问题一定要解决，我就不信干不好！"

2014 年，郁小明发现小挖转台生产区域的物流路线、转运设施等影响了生产效率。他将学习到的精益理念带入工作实践中，提出了突破性的改善方案，并带领团队按计划完成技术改造，在此基础上，快速改造出小挖工作装置输送线，累计节省技改费用 50 余万元。

近年来，他以一线核心骨干的身份参与 6 项"绿色创想"项目、6 项六西格玛项目、8 项精益改善项目，连续 3 年荣获徐工集团八小优秀成果奖，主要参与的"大挖斗杆机器人焊接工艺研究及实施"项目荣获徐工挖机科技进步奖三等奖。个人累计提交现场改善提案 57 条、质量改进建议30 条，编写 OPL 培训教材 40 余份，并顺利通过精益人才星级认证考核，所在工段先后 7 次被评为"零缺陷工段"。

"强迫症""零缺陷""做得更好"，源于郁小明对事业的高度责任心和使命感，源于对徐工深沉的爱，更源于一名共产党员的使命担当。

徐工是一个有着红色基因和光荣传统的国有企业，靠品质打响了"中国制造"。新时代的徐工人，需要新思维、新举措、新作风，开创工程机

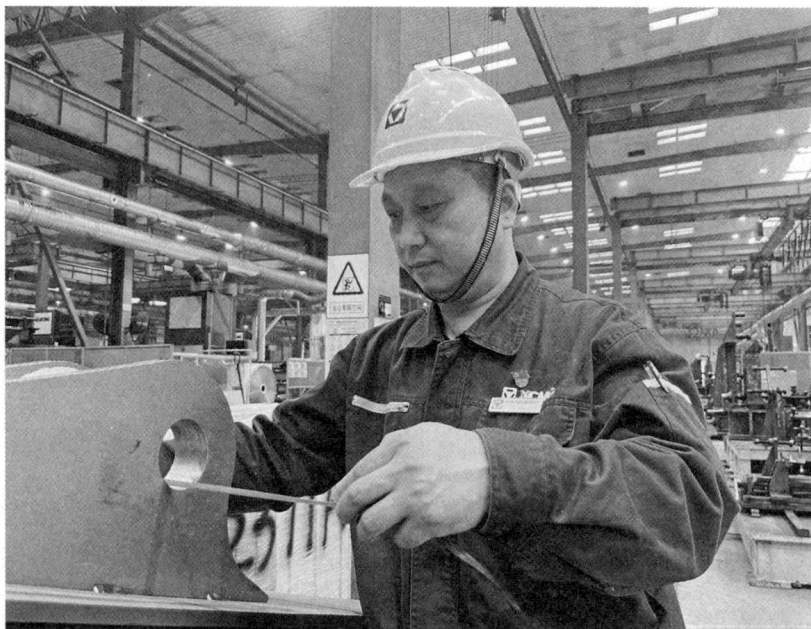

郁小明在测量工件尺寸

械行业"中国创造"的新篇章。

作为生产一线的员工，郁小明立足岗位，始终用新时代徐工"四种精神"要求自己，致力打造高质量产品和世界级品牌，为中国品牌挖掘机挺进高端市场默默奉献。

三、一门心思捍卫产品质量尊严，人人都是主操作员

质量是企业的生命，也是我们的尊严！　　　　——郁小明

没有过不了的坎，没有爬不上的山！

"质量是企业的生命，也是我们的尊严！"郁小明经常用这句话教育、激励身边的年轻人。

"变纠错为防错"，这是郁小明提出的创新性管理方法。这样超前一步的理念有效地节约了产品纠错的时间和人力，保证了产品的高质量。

在质量管理工作中，郁小明在工段推行区域质量责任制，有效控制产品过程质量和实物质量。他严格执行工艺技术文件，对"三按""三检""质量三确认"等每周进行检查，引导员工养成良好的作业习惯。针对新产品拼焊作业时容易造成错漏件的问题，他细致地研究每一道工序，记录并分析、优化生产工艺，制作各种小件拼焊工装 25 套、共计 100 多件，变纠错为防错，有效避免了小件拼焊错漏焊问题。正是秉持着这种精益求精的态度，他所负责的工段生产出的产品缺陷数下降 10%，工作装置连续工作 8000 小时无焊接质量问题，达到行业先进水平。

作为"明星产品"70 吨大型挖掘机结构件生产负责人，郁小明始终把产品质量摆在第一位，先后实施发动机支座拼点工装改制、减速机座圈和动臂连接轴耳板加工偏差优化等 10 多项精益改善项目，让工艺、设计人员赞不绝口。70 吨挖掘机凭借其超前的设计理念和出色的产品可靠性，荣获 2013 年中国机械工业科学技术二等奖，国内市场占有率达到 50% 以上，产品质量稳定性达到国内领先水平。

2017 年，徐工总价值近 2 亿美元的大型成套矿业装备出口海外，开创了中国大型成套矿业装备出口历史。其中，客户对 300 吨超大型矿用挖掘机的质量要求近乎苛刻，结构件内外部焊接成型质量均要达到国际一流标准。板厚、焊角尺寸大，对操作工技能水平要求非常高，再加上交货期限短，更是增加了生产的难度。时间紧，任务重，想要高质量高效率完成项目，需要精湛的操作技能和超常的勇气毅力。

"这次出口不仅仅是徐工珠峰登顶路上的一个里程碑，更是在向世界展示中国装备高端制造能力！我们要让世界重新认识中国制造的水平！"
郁小明在心里憋着一股劲，主动承担起了大尺寸、关键焊缝的施工作业，
针对过程中的难点，他边干边研究，总结出一套"一蹲两挪三伸手"的超
长焊缝一次施焊法，有效保证了关键焊缝的质量。在他的带领下，团队整
体技能水平快速提升，40 余名员工成长为技能骨干，产品一次交检合格率
达到 100％，团队内部形成了"比技能、学技术"的良好氛围。经过近一
年高质量的工作，终于出色完成任务，当看到国外客户拿起石笔在成型的
焊道旁边写下"Good Welding"（非常好的焊接）时，郁小明心中充满了
自豪感。

徐工，靠品质打响了"中国制造"；未来，徐工将继续秉承"工匠精
神"，开创工程机械行业"中国创造"的新篇章。作为生产一线的员工，
郁小明立足岗位，身先士卒，用行动捍卫产品质量，用极致追求驱动高质
量产品和世界级品牌的打造。

"我们输不起！"质量上的每一次失误都有可能损失一个客户、一片市
场，甚至造成一个产品的失败。"既然客户把订单交给徐工，我们就得让
客户放一百个心！"郁小明总是这样对员工说，对团队说，也对自己说。

"人人都是主操作！"郁小明坚守徐工质量信条，追求"零缺陷"工作
目标，带领团队持续提高结构件质量可靠性。2013 年，他提出"人人都是
主操作员"，要求工段内部所有员工在岗每一分钟都是主操作员，不能以
"辅助者"为借口任由质量问题发生。

"人人都是质检员！"郁小明认为，要对自己的产品负全责！他督促、
帮助工段员工养成自检、互检的良好习惯，有效促进了质量稳步提升。

2011 年，徐工挖机开始推行六西格玛项目管理，结构厂承接了

"XE210 动臂拼点效率提升"项目。由于之前没有接触过六西格玛理念，员工们个个忐忑不安，而郁小明却认为这是一个提升质量管理水平的好机会，他主动请缨担任项目骨干。培训中，"MSA""关键因子""CE 矩阵"一系列专业词语让他头脑发胀，课堂上他像一名学生那样专注和投入；课后，他带着六西格玛理念和工具融入实践，在工作中加深对相关概念的理解。很快，他掌握了开展项目所必需的方法和工具。在团队全体成员的共同努力下，XE210 单台动臂拼点时间由 170 分钟降至 100 分钟以下，顺利达到项目预期目标。

2017 年，不断追求技术创新、勇于挑战技能极限的郁小明，又带领团队承担起国内最大吨位 700 吨挖掘机结构件的研制工作。通过对多年工作经验的梳理提炼，结合三维模拟分析找出超大工件在翻转时的重心变化，郁小明带领团队总结出了 360°翻转的最佳吊点，并经过反复试验，测算出吊链长度和角度变换，成功编制出一套"超大型结构件的起吊翻转和转运标准作业书"。经过近 5 个月的艰苦奋战，700 吨挖掘机结构件成功下线，再次创造了挖掘机行业"中国制造"的新高度。

年复一年，郁小明始终以精益求精的工作态度与吃苦耐劳的进取精神影响和带动着周围的同事。徐工挖机快速跻身行业领军方队，正是因为有像郁小明这样严格、踏实、上进、创新的徐工人默默坚守和付出。

机械行业竞争激烈，市场形势瞬息万变。面对经济发展新常态，郁小明一如既往地专注于挖掘机结构件品质提升，带领团队埋头苦干、深耕细作，为徐工"珠峰登顶"梦想的实现贡献全部的智慧和力量。

四、全身心传承匠心匠道，悉心育人桃李满门

> 一个人强不是强，团队强、企业强才是真的强。 ——郁小明

33年风霜雨雪，有多少个节假日是在工作中度过的，郁小明记不清；

33年花落花开，经自己的手铆焊过的产品有多少，郁小明说不清；

33年拼搏奋斗，自己带领团队完成多少大项目、获得多少好评和奖项，郁小明憨厚地笑了："说不清，太多了!"

三十三载岁月流转，厂部前的小树苗早已长成了参天大树，郁小明不分白天黑夜、无论春夏秋冬，随叫随到，积极主动完成多少任务，他真的说不清。

郁小明的女儿郁梦淳大学毕业后也来到了徐工工作，在"徐工最美奋斗者"的颁奖仪式上，她动情地说："以前我不理解爸爸为什么总是没时间陪我，现在我懂了，也为有这样的父亲自豪!"梦淳转过身去，紧紧拥抱父亲："爸爸，我爱您!"

但有些事情郁小明记得还真是清楚：将多少新手培养成业务骨干，他的徒弟们获得多少奖项，他如数家珍、娓娓道来，有说不完的故事，满面的笑意。

魏笑笑是2014年进入挖机公司的。对郁师傅的最初印象是慈眉善目，但很快就发现这慈眉善目下是一颗严谨认真、不允许出差错的心。魏笑笑一直跟随郁师傅工作，多年师徒相处期间，师傅郁小明荣获全国五一劳动奖章、江苏省劳动模范等荣誉，创建了徐州市级劳模创新工作室。同时，

徒弟魏笑笑也在师傅的培养和指导下，成长为焊接高级技师、国际焊接技师、郁小明劳模创新工作室焊工核心技能带头人，先后获得徐工挖机技能状元、徐工青年岗位能手、徐州市技术能手、徐州市五一创新能手等荣誉。师徒合作实施的"焊趾重熔"工艺技术，解决了大挖关键焊道微裂纹再修复难题；近三年实施创新增效 30 余项次，累计创造价值 150 余万元；共同推进"大挖拼点工装柔性改造"项目，拼点效率提升 50%；共同参与"大挖工作装置对接焊缝端部质量控制"课题研究，对接缝返修率降低 45%；创造性地研究出了"高效柔性打磨片与大型结构件焊缝免打磨组合"新工艺，打磨效率提升 25%。

师徒策划实施"百日育鹰"培养计划，并结合自身经验创建了"三维四训"人才培养模式。他们所领衔的焊接高技能人才梯队中，多人在公司年度技能竞赛中荣获一、二、三等奖，2021 年 11 月，魏笑笑通过高级技师研修班岗位提升考评，取得"国家职业技能鉴定高级考评员"证书，并被聘为徐工技师学院焊接加工专业客座讲师。

郁小明沉稳踏实、严谨细致、吃苦耐劳、勇于担当的工作作风，深深地激励和感染着青年员工。年轻人被他身上的那种艰苦奋斗和精益求精的工匠精神所折服，也看到了自己未来职业生涯的方向：一定要成为像他一样"担大任、行大道、成大器"的徐工人。

"青出于蓝而胜于蓝！"这些年，郁小明边工作、边学习、边传授，做匠人、修匠心、传匠道，在他的带动下，徒弟们个个都很争气，有 80 余人获得高级工资格证，20 多人晋升技师，3 人晋升高级技师，5 人当选工段长，3 人在徐州市以上级别技能大赛中获奖，快速成长为企业发展的中坚力量。

郁小明指导质量提升现场图

郁小明吃苦耐劳、坚韧不拔、勇于创新的品质，在这些"青出于蓝"的徒弟身上得到延续；

郁小明将大半生积累下来的铆焊技艺，毫无保留地传授给工段的小年轻们，郁小明的高超技能在徒弟身上得到很好的传承；

徐工"担大任、行大道、成大器"的核心价值观，在郁小明的言传身教下薪火相传……

2023年3月，江苏省总工会命名郁小明劳模创新工作室为"江苏省示范性劳模创新工作室"。

郁小明始终没有忘记自己入党时的誓言，把对党的忠诚变成前进的动力，始终谦虚好学、求真务实，积极接触新领域、新知识，并在工作中学以致用。

从徐工第一台液压挖掘机到目前中国最大吨位的 700 吨液压挖掘机，郁小明无私奉献、勇于担当，带领一批又一批年轻人铸造了一个又一个行业里程碑。33 年坚守一线，他早已在徐工大器文化的熏陶下历练成为践行"担大任、行大道、成大器"核心价值观的模范员工。

焊花璀璨映征程，匠心点亮人生路。

三代人为理想无私奉献，一辈子为大国重器深耕。

2017 年 12 月 12 日习近平总书记视察徐工集团，郁小明作为职工代表，有幸现场聆听了总书记的讲话。

"作为生产一线的技能工人，我一定认真学习总书记的讲话精神，以饱满的工作热情投入工作中，带动身边的同事践行劳动精神、劳模精神和工匠精神，用手中的焊枪生产出高品质的结构件，把挖掘机干好，为企业作贡献，为祖国增光彩！"这是郁小明的肺腑之言。

踏实稳重如郁小明，好学创新如郁小明，行稳致远如郁小明，几十年如一日，尽心尽力、恪尽职守；在平凡的岗位上，将责任心、使命感化作了坚守前行的动力，为徐工人竖起精神的旗帜与行动的标杆。

过去未去，未来已来。牢记使命铸重器，不负重托誓登顶。

郁小明依旧在铆焊的一线奋战，为徐工实现珠峰登顶、打造具有全球竞争力的世界一流企业拼搏奋斗，郁小明终身无悔！

孟凡东

"后浪"奔涌，无奋斗不青春！

2021年10月16日下午，成都国际博览城，灯火通明的赛场。耀眼的灯光，临近过道的工位，共同围观的专家裁判，还有开着闪光灯直播的观众。

第七届全国职工职业技能大赛正在如火如荼地进行。

这是一场考验！

考验着选手的识图能力，

考验着选手的工艺分析，

考验着选手的尺寸计算、加工精度和效率，

更考验着选手的心理素质、赛场应变的各项硬实力和软实力！

一张照片记录下赛场上来自徐工重型年仅21岁的孟凡东：一身金黄色的比赛服，高度专注的眼神，一丝不苟、竭尽全力地操作。汗水顺着孟凡东的面颊往下流，还有几滴汗水挂在了鼻尖，晶莹剔透……

一、"小黑龙" 在国赛赛场上劲舞腾飞

> 机会总是留给有准备的人。
>
> ——孟凡东

那天的天气阴沉沉的，冷雨和着秋风落叶一起盘旋，气温 13℃，穿着赛服仍能感觉到丝丝寒意。这是孟凡东 2021 年 10 月 16 日永难忘怀的记忆。

经历了 4 个多小时的等待后，赛事于上午 10 点准时开始。走进赛场，临近过道的工位、共同围观的专家裁判、开着闪光灯直播的观众，年轻的孟凡东感到了压力。赛场上的台虎钳竟然比平时训练的还要高 10 厘米！

孟凡东定了定神对自己说：尽全力！尽全力！他一边打磨，一边适应。画线、钻孔、排料，烦琐的步骤、高标准的要求、飞速流逝的时间让孟凡东无暇顾及其他，只能要求自己快一点、再快一点。

内行人都知道，技能操作比赛开始的半小时，是最关键的黄金半小时，决定着后面五个半小时的加工节奏。开始的半小时，因为大赛的试题和平时训练的样题有很大区别，加工难度和工作量提升了数倍，相当于 6 个小时的比赛时间内要保质保量地完成平时用 7 个多小时才能完成的工作。

在激烈的比赛过程中，孟凡东浑身几乎被汗水浸透，脸上的汗水都没有时间去擦。正值中午 12 点多，体能几乎被消耗殆尽，但是不能停下来休息和就餐，就餐和休息的时间是算在比赛时间内的，所以没有人选择停下来。"我当时咬了两口士力架，喝了三口水就接着继续比赛！"

高标准的技术要求，高难度的现场操作，高强度的精力集中！

过五关斩六将来自全国 88 名钳工高手，云集于此"神仙打架"！

这是技术与技术的较量，

这是意志与意志的比拼，

这是实力与实力的抗衡！

距离比赛结束仅有一个小时，孟凡东恨不得把一分钟掰成两半用。此时，孟凡东再也感受不到一丝凉意，满头大汗，工作台上只见汗迹斑斑。

孟凡东终于在下午 4 点，比赛结束前的 2 分钟，完成了工件的制作。在完成的那一刻，满头大汗的孟凡东如释重负。

6 个小时到!

孟凡东交出了精度高达 0.01 毫米、由 7 个零件组合而成的旋转组合体工件。

0.01 毫米是什么概念？相当于头发直径的 1/6。裁判们啧啧惊叹。4 位裁判举着孟凡东的作品，在灯光下反复查看："工艺精湛，趋于完美！这小伙子了不得！"

长达 6 个小时的比赛和巨大的心理压力，让刚结束比赛的孟凡东直接瘫坐在工具箱上，休息了十几分钟才缓过劲来。"我这辈子都忘不掉那种完全脱力的感觉。"

第一场实操考试终于结束，长达 6 小时的比赛让孟凡东感到身心俱疲，但他强迫自己迅速调整好心态，全身心投入第二天的理论考试中。

10 月 17 日，孟凡东仅用了 2/3 的时间就完成了所有题目，并取得了 99 分的好成绩。考试结束后，回到住所的孟凡东条件反射似的拿起书就背，直到半分钟之后，他才反应过来，比赛已经结束了。他拍了拍自己的头，笑了起来。

"听说你这次比赛的成绩很高！"大赛保障人员告诉孟凡东。孟凡东很激动，但由于没有通知取得了第几名，他不好意思去问，也有点不敢问，心中越发期待。

10月18日，阔大的领奖台，现场喜气洋洋，按通知选手都进入了大赛闭幕式现场。请坐第一排！工作人员让获奖的选手坐在第一排。

到了宣布比赛结果的时刻，看似淡定的孟凡东实则紧张地不停搓手。成绩终于揭晓，孟凡东以超第二名 10.15 分的好成绩取得了钳工项目的第一名，在 88 名参赛选手中脱颖而出。

"现在我宣布，钳工项目第一名：孟凡东！"

孟凡东喉头紧了紧，眼眶热了，内心的激动无以言表。

那一刻，孟凡东想起了等待自己比赛消息的爸妈，因为备赛已经好几个月没回家了，只是偶尔用手机给他们发信息。下了领奖台，孟凡东第一时间拨通了爸爸的手机："爸妈，我成功了！全国钳工组冠军！"父母非常激动和高兴："东东，争气了！"父母为儿子感到骄傲和自豪。

那一刻，孟凡东想起了这 8 个月的艰苦训练，付出的心血和汗水，一切都是值得的。为备战这次第七届全国职工职业技能大赛，孟凡东封闭训练了整整 8 个月。12 本指定教材，15300 多道题目，背得滚瓜烂熟。之所以表现如此优秀，并不是因为他的记忆力有多好，而是源于对做一名优秀钳工的执着信念。每天 4 个小时学习理论，12 个小时上万次锉削推拉的磨炼……孟凡东一路披荆斩棘、砥砺前行。

备战的过程充满艰辛，从市赛到省赛再到站在国赛的赛场上，孟凡东的备赛之路走得并不顺畅。市赛和省赛时，孟凡东都因为发挥失常而没能获得更好的成绩。这次参加国赛前，孟凡东更是失眠了好几个晚上。

最终，这位在同场竞技选手中年龄最小的"工匠"，在 5 小时 40 分钟的时间内，手工打磨出公差精度高达 0.01 毫米的工件，还预留了 20 分钟组合装调工件。首次征战全国大赛，代表徐州重型机械有限公司参赛的"00 后"小将，以超过第二名 10.15 分的好成绩一举夺冠。

感受了巨大的喜悦后，孟凡东一下子变得不知所措，脑子里一片空白，直到团队的其他成员一起狠狠地抱住他才反应过来，"当时特别开心，觉得自己这么久的努力没有白费！我相信，机会总是留给有准备的人，平时一点一滴的努力和付出都会在比赛中体现出来。"

宝剑锋从磨砺出，梅花香自苦寒来！

"再努力一点，就会离成功更近一点。"这是孟凡东记在笔记本里，同时也记在心中的座右铭。

"谁都没想到，当初作为陪练的小孟，能够一举拿下国赛冠军。"回忆起孟凡东作为陪练的日子，教练董波十分感慨。两年前技校毕业进入公司的孟凡东，与李万里同时参加第 15 届"振兴杯"全国青年职业技能大赛学生组徐州市选拔赛，操作上的失误让他与更进一步的资格失之交臂。经历了失败后的落差，"更加努力"的信念在他心中愈发坚定。李万里参加比赛期间，孟凡东一直作为他的辅助进行训练。李万里最终取得了全国青年职业技能大赛钳工项目金奖。

"看着李万里站在领奖台上，说不羡慕是假的，不过在陪练期间，我的收获也很大，知道了自己的差距和努力方向。""再努力一点，就会离成功更近一点"的信念也更加坚定。

当得知公司要开展第七届全国职工职业技能大赛选手选拔时，孟凡东毫不犹豫地报名，那股子年轻人特有的执拗劲，在他心底翻涌："不试试怎么知道自己的水平？与高手过招才能突破我的技能瓶颈。"距离比赛还有8个月的时间了，孟凡东像着了魔似的背书、分析、做题、实操……

"磨砺技能，为梦想矢志前行！"这是闭关期间，孟凡东一笔一画写下的话语。

4月伊始，孟凡东就开始闭关训练。每天早晨5点起床背书，7点开始实操训练，一直训练到晚上12点，然后继续背题到凌晨2点才休息。为了不影响别人，孟凡东吃、住都在钳工工作室里。

手上的茧子长了又掉，虎口的裂缝越来越长，工作台上的汗水、铁屑也越来越多。完成一个大的工件至少需要六个小时，在收尾时需要长期保持一个姿势细细打磨。"钳工最重要的是手感，手工研磨精度能够达到头发丝直径的1/6，所以研磨时一定要拿着劲、用巧劲。"孟凡东深有体会。

对精度的准确掌控是优秀钳工的必备技能，许多精密工件的生产和装配都是0.01毫米级的较量。为了训练锉削时双手的敏感度，孟凡东对每一刀切削都用明确的数据指标衡量——锉刀精加工锉削3次，切屑量控制在0.01毫米。这意味着，他必须练成平均每刀0.003毫米的"肌肉记忆"，相当于头发丝直径的1/20。经常裂开的虎口，用针扎都没有痛觉。布满老茧的双手，是对孟凡东年轻匠心最好的证明。

为了打磨好每一个工件，孟凡东经常蹭破手上的皮肤而不自知。每次完成工件之后，他的手背上总是扎满了细小的铁屑，将这些细小的铁屑从手背上取下来都要花费十几分钟的时间。每次完成打磨后，揉一揉腰、伸一伸腿，是他除训练外最常做的动作。

2021年夏天的那场江苏省选拔赛，连续6个小时，孟凡东都是在赛场最闷热、最潮湿的角落比赛。"你想想啊，精神高度集中，高强度不间断的体力劳动，再加上天气十分闷热，不到 10 分钟，我就全身湿透了。"

"当时，我的心跳没有 150，也有 140，原本灵活的双手也开始哆嗦，甚至连握紧锉刀都非常吃力。我开始越来越着急，这下坏了！中暑了，要完成不了比赛了！"

"不能！我不甘心，我更不想输！"

孟凡东咬着牙鼓着劲儿，靠着毅力，在比赛结束前，成了！功夫不负有心人，21 岁的孟凡东代表江苏省夺得了第七届全国职工职业技能大赛钳工冠军，圆了自己追寻 7 年的冠军梦。

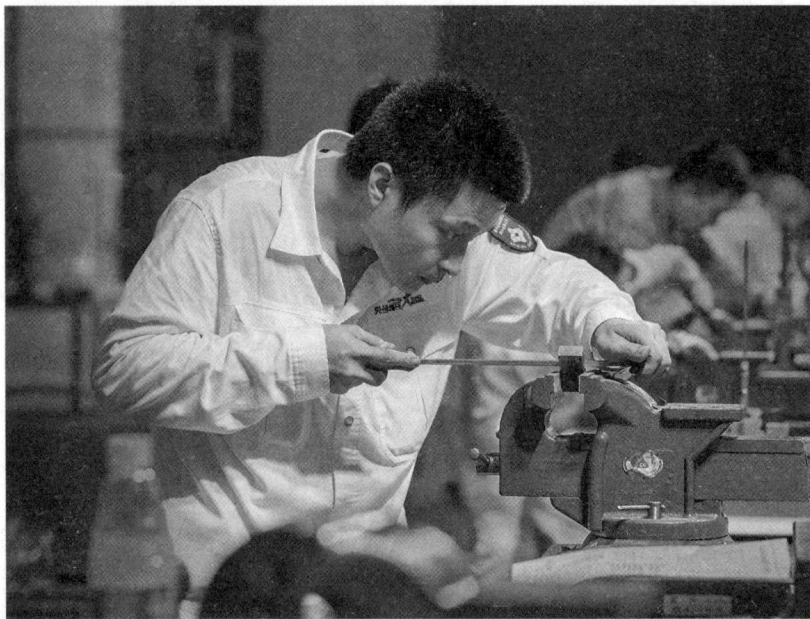

孟凡东正在不断打磨比赛作品

"我相信，机会总是留给有准备的人，平时一点一滴的努力和付出都会在比赛中体现出来。这次比赛不仅是对自己平时训练成果的检测，也给这一阶段画上了圆满的句号。"与来自各个省份最优秀的职工"过招"，

"00后"小将孟凡东对此次夺冠并不感到很意外。

"能拿到这个荣誉，我要感谢全国总工会给予的宝贵机遇与优质平台，让我能在这么大的舞台上，向大家展示自己的技能，也要感谢公司对我的支持和信任，还要感谢过程中教练、老师对我的指导，最后还要感谢自己，在最困难的时候一步一个脚印，坚持了下来。我要继续努力，也希望更多同龄人投身大国重器的制造。"

孟凡东面庞还带着点稚气，但稚气中也显露出老成与稳重。一如徐工重型宣传部部长荣祥所说：这是个心中很有数，对自己有高要求的小伙子！

二、"我想在自己的专业领域里做到最好"

> 择一事，敬一业，终一生。　　　　　　　　——孟凡东

孟凡东出生于2000年，是一个妥妥的"00后"，他长相清秀，留着时尚的圆寸头，穿着时髦的运动裤，看上去很"潮"，不太像一名工厂工人。而作为徐工重型调试工人的孟凡东，身上却汇聚了太多羡慕的目光，他是行业内最高奖项——第七届全国职工职业技能大赛钳工项目的冠军获得者，已然是一颗冉冉升起的"00后"技能新星。

与很多"00后"相同，孟凡东阳光俊朗，朝气蓬勃。但又与很多"00后"不同，沉浸在"钳工世界"里的孟凡东，敬业、专注、从容、精工细作，认真努力。因工作原因，经常一身油污，被同事们戏称为"油腻"小青年！可是孟凡东却觉得，应该叫我"精制"青年。因为，对精度的准确

掌控是一名优秀钳工的看家本领。

"小孟对自己的要求是，锉刀精加工锉削 3 次，切削量控制在 0.01 毫米，每刀平均 0.003 毫米。0.003 毫米，相当于我们头发丝直径的 1/20。"重型支部书记蔡颖倩掩饰不住对孟凡东的欣赏和喜爱。

早上 8 点，身着蓝色工作服的孟凡东已经出现在了调试场内，准备迎接今天的调试工作。在他身边等候的，是一台大吨位移动汽车起重机，孟凡东打开电磁阀开始屏息观察电流大小，开启了调试模式。如果有一点点没调试到位，都会埋下一个隐患，久而久之可能导致起重机在使用过程中出现卡滞、异响、抖动等问题，为用户带去不便。孟凡东要让自己调试的产品"零缺陷"，因此，工作中的他心里总是绷着一根弦。

"我就是想在自己的专业领域里做到最好。"孟凡东语气坚定。

虽然外表年轻时尚，可熟悉孟凡东的人都知道，他的性格中有着超出同龄人的老成持重，严谨细致、追求极致。

然而，在刚接触钳工这个工种时，他可不是这样。

2016 年，15 岁的孟凡东来到徐工技校开启了他的技能学习生涯，而选择了钳工专业的他，刚刚上了一个月的课，心就凉了半截："这不就是干手工活做零件吗？"回忆起当时的心态，孟凡东不好意思地说："当时觉得浪费时间吧，大好的青春来学这个！"

年少不知深浅、有点心浮气躁的少年孟凡东，很快就为此付出了代价。

一次实操课上，老师让大家做一个带有沟槽的工件，没有看清楚具体要求的孟凡东，兴致勃勃地动起了刀子，结果沟槽做得深了许多。孟凡东回忆："我还觉得这没啥，这修一修补一补也能补救过来。"可是老师却严厉地批评了他，并在全班同学的面前说："不管是什么样的机械设备，都是由千千万万个零件组成，任何一个零件出了问题，都有可能造成机械运行故障，有可能成为灾难的诱因。"彼时，孟凡东惭愧地低下了头，并在随身携带的笔记本上郑重地写下了"敬畏"两字。

经过这次教训之后，孟凡东的性子慢慢沉了下来，逐渐深入的钳工课程，也让他发现了这门技能的动人之处。总说热爱是最好的老师，自此，孟凡东立志，要在自己的专业领域里做到最好。

"你知道吗？学校举办了'钳工精英'班，我们一起去报名！"在好朋友李万里的带动下，孟凡东也报名了。

"刚开班时总共有 18 人，我的成绩属于垫底的那种，万里的成绩一直是前三名。"精英班侧重于实操，看着好朋友李万里的作品，孟凡东的"倔脾气"上来了，他利用课后时间，不断地打磨自己的工件，练习到凌晨两三点甚至通宵都是常有的事……靠着这股不服输的信念，两年后，曾经垫底的孟凡东，跟好友李万里一起成了班里的"三甲"成员。

"起重机像个大玩具，我喜欢调试的感觉"，大男孩孟凡东是不是想起了童年拼接的变形金刚？但很快他就知道，"大玩具"的调试更承载着责任、荣誉、使命、担当。

2019 年，孟凡东进入徐工重型总装分厂调试工段。能够加入徐工重型，是他学生时代一直的目标。

而让孟凡东始料未及的是，进入岗位时正逢企业大干，有时为了赶急需出口的产品，甚至会干到凌晨一点。调试一线不可谓不苦、不累，还涉及电气、液压、起重机操作等知识，这让刚入职的孟凡东有点不适应，和他一起来的 8 个同学，不到半年就走了 6 人。

这些困难都没有打倒孟凡东，他在调试场上经受风吹日晒，不到一个礼拜，人就黑了一圈，成了工段的"小黑龙"。身体上的疲累都可以克服，对他来说，最重要的挑战还是技能方面的不足，得下狠功夫才行。他白天跟着师傅在调试场实践，晚上下班了把白天的知识吃透、搞懂，找出问题，第二天继续向师傅请教，这样的"循环模式"他不知道坚持了多少个日夜。很快，他就迎来了调试技能"大考"。

从技能竞赛回来后不久，孟凡东跟着师傅许瑞全调试出口澳大利亚的 XCA160AU，作为徐工针对特殊市场的定制化机型，XCA160AU有很多同类型产品没有的新功能，有很多新问题需要解决，而棘手的是，他们必须得赶在定下来的船期前调试好车辆，留给他们的时间只有一周。彼时，公司安排白加夜两班倒，2 组人员轮流对 XCA160AU进行标定和调试，孟凡东所在的小组担任从早上 7 点工作到晚上 8 点的调试工作。

"工作以来第一次接手这么急这么重要的工作，心里非常紧张，挺没底的，担心自己干不好。"7 天中，孟凡东时刻绷紧神经，白天调试，晚上就查阅资料、复盘得失……7 天后，XCA160AU 顺利通过验收，承载着"中国制造"的荣光被装船驶向遥远的南半球。

那一刻，师傅许瑞全对孟凡东竖起了大拇指。而孟凡东也难掩自豪："我从小到大就爱玩，对我来说，起重机就像个大玩具，看到自己调试好的新车被客户高兴地带走，那种感觉特别棒！"

三、"前浪"+"后浪"汇成中国制造奔涌的"热浪"

拒绝躺平！比我师傅干得更好，就是我现在的小目标！

——孟凡东

"躺平"，曾经是"00 后"口中的热门词汇。孟凡东却说："'躺平'是我最不能接受的，只有我的技能提升了，我才感觉这一天没有白过！"

"我很幸运！我遇上的全是好师傅，这个行当的顶级高手！"小孟提到自己的几位师傅，骄傲、感激之情溢于言表。

这不能不提到徐工重型的"导师带徒"机制，为孟凡东这样优秀的年轻人提供了全方位的学习条件。

"为什么大家叫你'小黑龙'？"

"随我的师傅呗！"皮肤白净的孟凡东挠了挠头笑了。

"我实习的时候师傅是张胧升。2019 年 5 月我刚进重型实习，就遇上公司大干快上。每天从早晨 8 时到夜里 12 时，我们都在场地上对机器进行调试。"

"调试场地都是露天？"

"当然，都是露天。"5 月的阳光已经很热辣了，一天晒下来，两天、三天，几个月晒下来，孟凡东和师傅都在紫外线的"青睐"下晒得"变了色"。

"我和师傅戴着安全帽黝黑的面庞一前一后，在大家眼前晃来晃去。于是大家叫胧升师傅是大黑龙，我就是小黑龙啦！"

"小黑龙就小黑龙吧！我们徐州自古以来就是出龙的地方！龙飞之地，

帝王之乡。您肯定知道，我们的云龙湖、金龙湖，还有好多地名都与龙有关。"年轻的孟凡东言语间都是对家乡满满的热爱与自豪。

调试是起重机出厂前最后的体检，一台大吨位起重机有数万个零部件，调试工需要从这繁杂的系统中，找到每一处导致起重机无法正常运行的症结所在。

起重机很复杂，对于它的结构孟凡东觉得自己还知之甚少，还有很长的路要走。面对充满挑战的未来，他也带着"00后"的勇气和无畏，充满热情，活力满满："我的师傅大大小小的起重机都调试过，把他们会的全部学到手，就是我现在的小目标！"

"我师傅许瑞全教我可说是事无巨细、毫无保留，还常常给我'开小灶'呢，下班后背着电脑到我的住处给我补习产品相关知识。"

许瑞全很欣赏孟凡东："小孟这个小伙子头脑灵活，悟性很高，说一就能理解到二。"孟凡东也不负师傅在他身上倾注的心血，每天如同一块海绵一样如饥似渴地吸收着新知识，有着扎实钳工基础的他进步飞快。

天寒地冻，风刮在脸上生疼，树枝在冷风中瑟瑟摇晃。冬日的早晨6点多，许师傅已经带着孟凡东在调试场工作了。四处一片空寂，这个时间点整个调试场、整个分厂都只有这一台起重机在轰鸣。天很冷，从嘴里呼出的热气在空中凝结成白色的雾团。

在起重机正常伸臂的过程中，显示器检测到伸臂过程中有异常问题，闪了一下BUS（故障）！怎么回事？

查找，必须查找！

将车辆的伸臂打平，让伸臂处于水平状态；

戴好安全带，爬上大臂上方，将臂尾上方的盖板打开；

钻进只能半蹲着的伸臂内部。伸臂内部的表面满满的都是润滑油脂，这是伸臂顺滑的保证；

这对于钻进伸臂内部的师徒俩，的确是一个考验。不能稳稳当当地蹲在里面，脚底都很滑，只能抱着伸缩油缸的缸芯往里面一点一点地检查，从管接头到端子排，从传感器到电磁阀，都仔细地检查了一遍，生怕有什么遗漏的，一检查就是两个小时，最终在臂位传感器发现了问题！因为检测距离较远，导致起重机在自检过程中报故障。

"这两个小时的不懈努力，将隐患成功消除，师傅和我也终于松了口气。虽然当时身上沾满润滑油脂，但这种通过自己努力找出问题、解决问题的感觉，让我觉得收获满满。"小孟很自豪地比画着。

孟凡东至今记得，第一次在许师傅的带领下做起重机超载吊重试验，要求超过起重机吊重能力的125%，主要是验证起重机的安全性能和结构件强度。由于自己第一次操作超载吊重试验，既紧张又害怕，看师傅没注意，就少吊了一点，结果被师傅发现了。师傅非常生气地说："这个实验相当于一个安全标准，体现了我们对用户的态度，必须严格按照要求做试验，一点都不能少！"最后，孟凡东在师傅指导下，改正了错误。这一次经历让孟凡东深刻理解了"质量就是生命，产品就是人品"的含义。

如今，年仅23岁的孟凡东已是省级"李戈技能大师工作室"的骨干成员，参与了许多重要的攻关项目，还获得过2021年度全国机械工业优秀质量管理小组活动成果一等奖。

"李戈大师可了不起呢！"孟凡东语气里有喜欢有欣赏，更有满满的敬意还有崇拜。

"行业发展必须有新鲜血液注入，才能形成良性的发展。长江后浪推前浪，有年轻人的加入，我们国家的基础制造业才能不断推陈出新，有往前走的动力。"孟凡东的师傅李戈，多次在央视"挑战不可能"舞台和"大国重器"等栏目中，展现大国工匠的高超技能，他对孟凡东也是非常赞赏。

四、 想成为钳工行当的技术大拿

> 产品就是人品，质量就是生命。　　　　——孟凡东

作为一个伴随着网络成长起来的年轻人，在工作之余，孟凡东也喜欢"网上冲浪"，在微信群里和同学、朋友们交流近况。有很多昔日同窗都"改行"了选择了更为"体面"、更为舒适的办公室工作。对此，孟凡东说："大家都是为了自己的目标而奋斗、而努力，我并不觉得在工厂当工人和办公室的白领有什么不一样。"

得了全国冠军载誉归来，孟凡东又恢复了备赛前的沉静，回归到繁忙而又紧张的工作中。"都说我是'00后'小将，这次获奖既是荣誉，更是激励。我还年轻，前路那么长，我希望能够不断磨砺自己的技能、突破自己的极限！也希望为企业争得更多荣誉，继续为梦想矢志前行！"

2023年的一天晚上9点多，徐工集团重型机械有限公司起重机调试区域，还有人在加班调试一台起重机。在明亮的作业灯照射下，起重机的长臂显得愈加"修长"。不知过了多久，从起重机长臂尾部爬出一个衣服上沾满润滑油的年轻人，宽额方脸，皮肤黝黑，有股"少年老成"的气质。"全都没问题了。"孟凡东对一旁的同事说，笑意在脸上漾开——"绝不放

过任何一个细节"，他又一次做到了。

这批起重机早就定好出口船舶，经过检测调试后就要坐上大货轮，运往加拿大了。作为徐工集团重型机械有限公司起重机调试技工，孟凡东到工段工作已有 3 年，3 年来经他调试的起重机没有发生过一起故障。

孟凡东的这份沉稳，源于徐工技师学院 5 年的钳工训练。"每天必练习两套工件，花费 12 小时左右。"

上学期间，孟凡东就得了个"一根筋"的外号。他在学校"钳工精英"班训练的第 2 年，由于没有将数据值精确到小数点后三位，一个双燕尾凹凸配工件装配时出现松动。凌晨 2 点多，他又重新做出一套工件，达到配合间隙小于 0.02 毫米的精度。回到宿舍已是凌晨 3 点多。同学笑他："你这是拿命在拼啊！"孟凡东很认真："为了早日实现梦想，不拼咋行？"

孟凡东的梦想是什么？从 15 岁进入徐工技师学院求学起，他便与这些"铁疙瘩"日夜相伴，他想成为钳工行当的技术大拿。

"一根筋"不仅体现在训练中，更是被他带到了工作中。

孟凡东是个有心人，也是个爱动脑筋和善于思考的小伙子。他把调试起重机过程中易出现的错误或者重点，详细记录下来，整理汇总成 10 套试卷，便于公司新进员工快速找到问题的解决方案。如今，新员工将这些试卷奉为实用宝典。

凭着"保质量就要'一根筋'"的信念，孟凡东和同事们协作攻克了各类技术难题。他先后参与配重互换性、降低超早期压力调整反馈等 3 项攻关项目，大幅度提升了调试过程安全性和产品一致性；他参与的降低产品回转晃动这一 QC 质量改进项目，获 2021 年度全国机械工业优秀质量管理小组活动成果一等奖。

孟凡东工作照

"产品就是人品，质量就是生命。"这是孟凡东的宣言，他将通过不断磨砺技能、突破自我，实现成为技术大拿的人生梦想。

孟凡东的微信头像是一个卡通画像，有许多这个年龄的男生还是"妈宝"。而孟凡东已拿过全国职工职业技能大赛钳工冠军，获得过全国五一劳动奖章。

孟凡东手里有一本厚厚的皮面小本子，扉页上是一行字："你尽全力了吗！"本子中，全是他记录的格言警句："人生有两瓶酒，苦的和甜的，想日后成功，不妨先尝苦的"，"每一个不曾起舞的日子，都是对生命的辜负……"

"理想和信念对年轻人的成长尤其重要。"李戈是徐工的"大工匠"，也是孟凡东的师傅。有件事让李戈对孟凡东刮目相看：总装分厂的岗位有两个，一个是室内装配，一个是室外整车性能调试，刚进厂时孟凡东干的是装配，后来主动申请到了调试岗。"他主动要求转岗，给我的感觉是这孩子有想法、能吃苦。"李戈说。公司已能生产 3000 吨级的起重机，这是由机械、电气、液压控制等各专业技术组合的技术集成，特别复杂，调试工的岗位技术要求自然特别高，当然也更容易培养高技能人才。而且，室外工作比较辛苦，调试工最明显的特征就是"两道杠"——安全帽有帽带，太阳一晒，每个人左右脸上都有两道印记。

"没错，我就是大家口中的大厂工人，徐工重型的一名调试钳工，但是，钳工远没有像大家想象中的那样简单，这个工种最重要的就是手感，手艺里的门道和学问，光靠学习书本是不够的，更多的是靠在工位上一遍遍地练出来，是在无数个日夜里咬牙坚持悟出来的。"也正是因为日复一日、年复一年的执着追求，7 年时间，孟凡东从一名技校学生、一个大赛陪练，一路成长为全国职工职业技能大赛钳工冠军，更成为全国五一劳动奖章获得者。

面对未来，很多"00 后"都非常迷茫，但孟凡东说："时代给了我用技能报国的机会，看到徐工起重机参与国家各大重要工程的建设，我心里也有很大的成就感。我想，这将是我一生的事业。向前！向前！一直向前！跟着使命的召唤，只要真正做到干一行钻一行，就总有光荣和美好在前头等着我们！"

2023 年 6 月 19 日上午，激昂的国歌声中，中国共产主义青年团第十九次全国代表大会在人民大会堂隆重开幕。身着黑色西装、打着红色领带的孟凡东带着徐工全体团员青年的信任和期待，成为 1500

多名代表中的一员赴京参会，以青春昂扬之姿，向团十九大报到。

无奋斗，不青春！23 岁的孟凡东前面的路还很长。

"我要用'择一事终一生'的执着专注，'干一行钻一行'的精益求精，'偏毫厘不敢安'的一丝不苟，'千万锤成一器'的卓越追求，在实现中国梦的伟大实践中贡献我的青春力量。"年轻的孟凡东语气铿锵。

正了正金色的安全帽，身着蓝色工装的孟凡东向我挥手走向调试场地。迎着金秋十月的阳光，孟凡东执着坚定、大步前行。

孟维

———

用坚韧书写精密人生，以极致雕刻大国重器

　　长江浩瀚，潮声滔滔，古都南京还在正月的喜庆氛围中。2022 年 2 月 28 日，扬子江国际会议中心璀璨华美，"大国工匠，匠心筑梦"发布仪式正在这里隆重进行。

　　"有请 2022 大国工匠年度人物孟维！"在雷鸣般的掌声中，徐工集团徐州重型机械有限公司数控车工，被誉为大国重器精密零部件的顶级雕刻师的孟维，身着蓝色工作服，稳步穿过金色通道，高举金色奖杯向观众致意！

　　音乐响起，LED 大屏上闪现出卡塔尔世界杯体育场馆、马来西亚东海岸铁路项目、波黑伊沃维克风电项目等国外重大项目施工建设现场，徐工集团起重机等重型机械设备，闪烁着耀眼的"徐工金"，气势磅礴地一一闪现。这金色，在孟维心中是最为灿烂的颜色。

　　"其实，我的工作都藏在这些照片中看不到的地方。比如，我们起重机的液压心脏——中心回转体，还有转向机构、单缸插销系统等都采用了我发明的零件加工制造方法。"孟维笑着说道。孟维的普通话很标准，孟维的音色很有磁性，孟维的讲述平稳里带着自豪。

　　一张特别的证书——孟维的数控车工特级技师证在大屏上展现，

这张数控车工特级技师证书编号为000001！

　　是什么样的技术与实力令来自徐工的一位普通车工斩获大国工匠

的荣誉？

　　是什么样的才华与贡献令孟维成为数控车工特级技师的"No. 1"！

　　通过这张编号为000001特级技师证书，我们走进了这位大国工

匠的寒来暑往。

一、 行走的童年， 流动课堂上的优等生

　　人家说搬起石头砸自己的脚，我小时候抡起铁锤砸了自己的

头。

　　　　　　　　　　　　　　　　　　　　　　　　——孟维

　　童年的生活颠簸而艰辛，童年的记忆甜蜜与困苦交织。那条飘浮在童

年记忆里的小木船，成年后的孟维回想起来是满满的童趣，还有难以忘怀

的美好。

　　"想不想我们来做一条真正的船？"十岁的孟维征求弟弟意见。

　　"真的吗？哥哥，你真了不起！"弟弟比孟维小一岁，在弟弟的眼中，

会做木刀、会刻小手枪的哥哥无所不能。哥哥做的木头小手枪，涂上黑墨

水，晚上拿出去，引得小伙伴们先是惊呼再就是羡慕不已。

　　俗话说搬起石头砸自己的脚。我小时候抡起铁锤砸了自己的头。提起

童年的糗事，孟维忍不住笑了。

　　小孟维的动手能力很强，八九岁的时候看到电视上的玩具车，特别感

兴趣。他拆过家里的闹钟，拆过一蹦一跳的电动青蛙，那是童年唯一的电动玩具，只是，再将这铁皮青蛙严丝合缝地装起来，青蛙却再也不动了。隔了好多年，孟维才想到不是自己拼装有问题，应该是电池没电了。

小孟维自己开始捣鼓做玩具，做小木枪，做木刀，做台灯模型。印象特别深的是那年放暑假学做小汽车。孟维从家前屋后四处找来小木块、小铅丝、锯条、榔头，摆了一桌子。

"哥，你这是要做什么？"小一岁的弟弟是孟维言听计从的小跟班。

"哥今天要做辆小汽车！"

"哥，你行吗？"弟弟满脸的崇拜。

"不就四个轮子一个车厢嘛！你等着！"

孟维得意地用铅笔在木板上画上线条，再有模有样地用锯条锯木板。锯条有点钝，咋办？孟维想了想，用榔头助力锯条，可这把榔头的柄怎么那么不结实，刚把榔头高高举起来，就砰的一声砸到了自己的头上，将头砸破了，生疼！

"哥！你头上出血了！"弟弟惊呼。

"不准告诉爸爸！下次哥哥带你玩个更大的！"孟维与弟弟定下了约定。

正好下午父亲带他去剪头发，发现他头上竟然破了一大块，头发黏着血块，吓了一大跳，他说是跑步跌到地上被什么东西磕碰到的。"爸爸立即带我到医院，将那一块头发刮了，消毒后缝了 7 针。回去就被爸爸打了一顿。"

每个男孩子都有个航海梦吧，"带弟弟玩个大的"的承诺，孟维没有忘记。父亲整天跟着水利工程在外出差，小孟维心中那个航海梦，并没有因头被砸伤而搁浅。

那一阵，10岁的孟维一门心思要做船，做一条真正的船，能在家门口的小河里漂，承载着男孩梦想启航的船。

寒假来临，一项重大工程即将开始。小孟维已将家后面窝棚边的围板拆了下来，锤子、锯子、砂纸，还自制了糨糊，就是学大人样，用开水搅了搅面粉就成糨糊了！做船的各种材料准备得差不多了，长了经验的孟维对刀斧铁锤之类的仔细检查，不要像上次那样伤到自己。敲锤砍锯，不到一个星期还真的做成了一条船，有两米多长。在十来岁孩子的眼中，这条船真的不小了！左看右瞧，孟维又将一根竹竿绑在了船帮子上，上面挂上了一条毛巾权当是帆，小孟维喜不自禁：成功了！

那个下午，孟维和弟弟把船悄悄地抬到了家门口的小河边，轻轻地又无比慎重地放到了水中。

"坐稳了啊！手抓着船帮子！"看着弟弟期盼的眼神，孟维让弟弟先坐到了船上。可是，才刚坐进去呢，小船就侧翻了，弟弟大叫一声掉到了水中。好在，河边水浅，弟弟的衣服全部湿透。10岁的孟维将弟弟湿透了的衣服放到火盆上去烤，结果烤出了两个大洞。

扬帆远航未遂的梦，换来了父亲的又一顿打，屁股疼了好几天，吃饭站着吃，睡觉趴在床上睡。小孟维还在想，为什么很结实的船弟弟坐上去就翻了。"其实啊，就是平衡没掌握好。"隔了好几年，孟维想到了这个问题的答案。

10岁独立设计制作的小木船，应该是动手能力极强、肯钻研、爱思考的孟维，成为大国工匠历程最初的萌芽。

孟维的小学生活，可以说是流动着的。孟维的父亲，主要负责河道清淤等方面的水利工程。小孟维也跟着父亲的工程走，父亲的工程施工到哪儿就跟到哪里去上学。整个小学阶段不停地转学、借读，对于流动的学校与课堂，天资聪颖的小孟维似乎没有什么不适应。

一到二年级，孟维吃住都是在班主任周老师的家里，老师很喜欢这个聪明的孩子。周老师无微不至的关怀，让孟维感受到家庭的温暖。三年级跟随父亲的工程，又换了一所学校。孟维生病了，因为脑供血不足，休学了一年半。小孟维的功课却没有受到什么影响，用了一个暑假来学习、复习，结果补考考了 97 分。

孟维笑了："小学考试我还真的没有丢过什么分。特别要感谢我四年级的老师，生病落下了功课，当时老师放弃休息时间一直在帮我补课。"

1993 年，孟维又要跟着父亲的工程迁徙转学了。转学那年，小升初考试，孟维语文、数学都考了满分。进入了当地的茅村镇中学实验班，这个班的学生是按考分好中选优的。实验班有 82 个学生，教室里面坐得满满当当。孟维小时候学习能力就很强，数学方面很有天赋，教代数的老师每堂课只讲几分钟，他就全部懂了，于是悄悄地做些其他功课或是偷看小人书。

1998 年中考，孟维以第一名的成绩考入徐工技校车削加工专业。自此，开启了与车床相伴的学习与职业生涯。

二、潜心修炼，计算机"小白"成为"智造尖兵"

工人每天做的都是相同的事，工作可以重复再重复，但绝不能重复昨天的水平。

——孟维

2002年，孟维以优异的成绩从徐工技校毕业，进入徐工重型，成为一名普通车床操作工。第二年，企业首次引进数控设备，作为车工尖子的他被调到数控岗位，成为厂里首批数控车工。

面对陌生的数控机床操作界面，在技校学习的知识显得"小儿科"了，原本自认是行家里手的孟维，也有些无所适从。不怕起点低，就怕没梦想。刚参加工作时，原本在学校学习的普车加工基础知识用到生产一线就显得略有不足，尤其是在使用数控车床加工新材料、新技术领域，甚至觉得无从下手。孟维第一次真切地感觉到梦想和现实的差距。

"我在心里暗下决心，一定要把数控加工技术学会、学深、学透、学精。"孟维凭着一股韧劲，从最基础的内容学起，一有空就站在机床前反复看，反复琢磨，硬是啃下了十几本厚厚的专业书籍。一有空闲就查阅资料，一有师傅来就赶紧求教，一有难题就苦苦钻研。

"孟维，快收拾东西，我们去打会儿球！"孟维喜欢打篮球，工友们喊他去篮球场。

"我这儿还有两个零件要做出来，你们先去吧！"

"小孟，下班了！"师傅李建国收拾起工具箱。

"师傅，你们先走吧，我再干一会儿！"孟维还是站在车床边。

别人干8小时，孟维就干12小时。周围的师傅们看到这个好学能干的小伙子，也心生疼爱、不吝赐教，传授了孟维很多实用的加工诀窍和技能。

既勤于实践，更勤于思考。别人休息，孟维就心无旁骛地捧起专业书籍或去图书馆查找资料勤奋学习，坚持手脑并用，学以致用，把"死"知识变成真本领。遇到问题就虚心向师傅们请教，碰到难题就打破砂锅问到底，不研究通透决不放过。从初具复杂零部件数控加工能力，到精通多种主流数控系统的程序编制，再到能独立调试、改进部分技术，一路走来，孟维终于蜕变成了公司数控机床加工和维修的"金牌土专家"。谁的车床不转了，刀具对不上了，总会第一个想到找孟维来解决。

其实，孟维也有过人生的低谷，有在学校学习时遇到的，也有职业生涯中碰上的。

15岁的孟维刚上技校时，第一年文化课成绩很好，但心中有点瞧不起在车床上动手的活计，不就是在车床上做手工活吗？太简单了！咱10岁就设计造船了，想到家门口翻了的小船和弟弟的哭喊，孟维忍不住笑了。

事实很快给了自视较高的少年一个教训："第一次实操，全班8个人不及格，其中唯一一个男生就是我。"提起这件往事，孟维不好意思地摸摸平头笑了。

"我怎么能这样！我不能这样！"

10岁就想着做车做船好强的孟维知道，不是自己做不好，而是自己对动手技能轻慢的心态带来的问题。必须克服，必须赶上！孟维发奋了，他仔细观察老师、教练的手艺，注重与同学的交流，一个人加班加点泡在车床边。第二次上车床实践操作，加工零件产品，孟维得了第一。

好学且活动能力强的孟维，在技校是个活跃分子，在学生会宣传部也忙得热火朝天，编写黑板报，发活动简讯，还帮着同学们收发信件。班主任注意到这个文化知识、理论实践都扎实，做事有热情，整天在忙的虎头虎脑的男生。老师担心过多的社会活动，会消耗了这个自己看好的学生的精力。班主任叫住了孟维："将学生会的工作辞了，专心学习，老师对你有着更高的期待！"

令孟维忘不了的是 2005 年因国家相关政策调控，他有三个月没上班也没收入，日子过得有些困窘。然而，对孟维来说更受刺激的是团中央组织第七届青年职业技能大赛，师弟们包揽了徐州市技能大赛的前三名，职称也晋升到了技师。当时的孟维心中很难受，职称的晋升直接与工资的多少挂钩。忆起往事，孟维摇摇头笑了，当时他一直想在数控方面拿到高级工的证书，而忽略了普通车工方面的技术训练。

凭借着一股韧劲和百折不挠的毅力，孟维在数控机床上不断磨炼技能、攻坚克难，破解了高强钢加工工艺、起重机核心零部件中心回转体加工等诸多难题，发明了 177 项先进的数控加工方法，9 次荣获全国 QC 成果一等奖，成为公司数控加工领域名副其实的带头人，更成为大国重器精密部件的雕刻师。

2022 年，孟维成为江苏省第一批数控车工特级技师，这张编号为000001 的证书，见证与承载着这位特级技师砥砺奋进、刻苦钻研中的酸甜苦辣。

然而，进取的道路上不全是坦途。2006 年，第一届全国数控技能大赛选拔赛，24 岁的孟维低分铩羽而归。来不及沮丧的孟维意识到："工人每天做的都是相同的事，工作可以重复再重复，但绝不能重复昨天的水平"。之后，江苏省状元技能大赛，他每天苦练 12 小时，持续了大半年，最终

孟维工作照

在比赛中荣获二等奖，这一成绩也给他鼓了劲。"参加一次大赛，需要好几个月的紧张备赛，需要全方位的准备。知识、实操、理论还有精神与意志，收获太大了。"

从初学到精通的路途，镌刻着坚韧不拔、拼搏奋斗的足迹。

孟维放弃了休息时间，每天都会第一个到达工作岗位，最后一个离开。此外还积极参加各级别的技能竞赛，通过以赛促学的方式，快速提升知识面，拓宽技能视野。备赛期间，不管严寒还是酷暑，他吃住在训练场地，妻子怀孕生产期间也只是匆匆去了一下医院，又回到训练场地，以"一根筋"精神苦练技能。

披着朝霞进车间，踏着月光走在夜深人静的回家路上。孟维有过几天不回家的纪录，有时候午饭由工友端到车间放冷了忘了吃，有时候为制作一个工件站在车床边干了近 17 个小时，腿都站直了，迈着踉跄的步子回到宿舍。当天夜里睡梦中还在想着一个又一个制作步骤。人不是铁打的，第二天，孟维直接发烧到 40 度，倒下了……

就这样竭尽全力，就这样刻苦钻研，就这样将青春年华付与一个又一个项目，就这样日复一日、年复一年，孟维将自己从"数控小白"打磨成数控机床技术大拿。

孟维没有辜负师傅与教练的期待，也没有辜负自己的全身心付出，一举夺得全国技术能手、省赛冠军等多项荣誉，并连续三届被聘为全国共青团"振兴杯"技能竞赛专家。一路走来，孟维将青春与智慧嵌进大国重器的核心零部件，以埋头苦干、匠心制造的"钉子精神"和吃苦不言苦、处难不畏难的"担当精神"，练就绝活绝技，从普通工人成长为数控机床加工和维修的"金牌专家"。

三、临危受命，助力"全球第一吊"巍峨耸立

> 我的工作都藏在超大起重机看不到的地方。　　——孟维

大风起兮云飞扬，安得猛士兮守四方。

那天的天很蓝，那天的云高远。夏日的燥热逐渐褪去，初秋的清风送来丝丝清凉。

2022 年 9 月 2 日，是令孟维刻骨铭心的日子。

徐州重型机械有限公司超大型装备调试试验基地迎来了全新下线的新晋"全球第一吊"——XCA2600&XCC2600。高高耸立在场地上的 2600 吨级超大起重机，如擎天巨塔。2600 吨级"孪生"起重机的出世，再次拉

高了全球最大起重机的门槛，全面提升了大型陆上风电机械安装效率和安全砝码，中国制造再次惊艳世界。

"我的工作都藏在超大起重机看不到的地方。比如，起重机的液压心脏——中心回转体，还有转向机构、单缸插销系统等都采用了我发明的零件加工制造方法。"孟维喜悦，孟维自豪。

孟维值得自豪！

为了这一天，孟维殚精竭虑；为了这一吊，孟维竭尽全力。

在前阶段起重机试车时，根据设计图纸生产出的第一批产品，在极限试验中屡次发生断裂。当起重机吊起 2600 吨级的物体时，产生的巨大拉力，实际维系在起重机重载转接结构上。然而，试车中，一次又一次发生断裂。

这是一个重载转接结构攻关难题，也是对工匠精湛技艺与判断力的考验。怎么办？必须解决！谁来解决？

孟维临危受命！

临危受命，需要有足够的胆识与勇气；

临危受命，需要具备精湛的技艺与丰富的经验；

临危受命，更需要一个共产党员有如习近平总书记所讲的"关键时刻站得出来"的使命与担当！

必须将问题找出来加以解决！

一次、两次、三次、五次，孟维带领团队在图纸上，在 2600 吨起重机有可能发生问题的各个零部件中仔细排查，可总是找不到问题在哪里！看着眼前的机器，看着桌上成堆的图纸，孟维感到前所未有的压力！

一个又一个白天，一个又一个夜晚，功夫不负有心人！在经过数十次的失败后，那天夜晚，伏在图纸间的孟维大叫："问题找到了！关键问题出在了承重部件的一个异形螺纹上，精度没有达到要求，螺纹就发生断裂了。"

孟维心急心疼，孟维夜不能寐。犹如一个做父亲的看着自己的亲生孩子得了病，找不到好药来治好这个病。这个"孩子"是徐工人一手打造出来的啊！2600 吨级超大起重机的研发过程，是一个艰难又曲折的过程。需要精湛的技术，需要刻苦钻研的勇气，需要创新，需要千锤百炼的功夫。

"如切如磋，如琢如磨"，"世界第一吊"犹如擎天巨擘，对零部件的品质、精度要求更加苛刻。孟维不断进行刀具的制作和工艺方法的革新，一个个精确至微米的零部件印证了他技艺的炉火纯青。在 2600 吨起重机的研发过程中，原有超起转接结构承载能力在 2000 吨级起重机已经达到极限。新设计的重载转接结构过于复杂，行业无法攻克加工精度难题，致使全球起重机吨位无法突破。

孟维前前后后做了左、右单向成型刀等 18 种非标刀具，一点一点拼出了新的转接结构。经测试，孟维加工的转接结构完全符合 2600 吨需求。如今，由孟维加工出来的超起转接结构，已经广泛应用于徐工千吨级超大吨位起重机上，更成为"全球第一吊"完美运转的关键性保障。此项技术的突破，使得"全球第一吊"获得国家科技进步奖二等奖。孟维又一次用一颗追求卓越的匠心为中国制造贡献力量。

这项关键技术的突破，成就了徐工出品的"全球第一吊"。如今，卡塔尔世界杯体育场馆、马来西亚东海岸铁路、波黑伊沃维克风电项目……这些国外重大工程项目都用到了徐工重型的设备。随着"双碳"战略提出，全球风电行业发展迅猛，超大吨位起重机更是风电领域不可替代的起重设备，为支撑国家大型风电项目发展，作出了巨大的贡献。

"看到我们徐工的起重机在东北、在陕西、在国内、在国外大显身手，就似看到自家宝贝般亲切。"孟维说道。是的，这些起重机核心零部件很多都采用了孟维发明的零件加工制作方法，浸润着孟维的智慧和才华，青春与心血。

"有成就感吧？"

"当然！更高兴的是我们的起重机为我们国家的建设发挥了很大的作用，为'一带一路'建设也作出了很大的贡献。"孟维语气总是很稳重，很平和。

四、精雕细琢，用心践行工匠精神

一定要让机器与人对话，不断提升行业的智能制造水平！

——孟维

参加工作二十余载，孟维凭借一股"敢于争第一、勇于创唯一"的制造精神，破解了高强钢加工工艺、起重机核心零部件中心回转体加工等诸多难题，发明了"孟维滑轮操作法""G1代起重机中心回转体套筒加工法"等177项先进的数控加工方法，9次荣获全国QC成果一等奖，在中国工程机械核心零部件加工领域，形成了具有自主产权的核心技术优势。

2021年11月，徐工重型5款百吨级C系列新品重磅发布。作为高端全地面起重机国产化里程碑式产品，在起重性能、动力性能、智能化水平、操控性水平上都达到世界领先水平，且大到钢铁巨臂，小到螺丝螺帽，所有零部件均为中国制造。这是行业内首次实现大吨位起重机领域的完全国产化。此前，起重机的核心零部件大多依赖进口，然而进口件的购买周期长、价格高昂，更面临"卡脖子"的风险。

孟维带领团队迎难而上，通过双槽刀分区控制技术、径向一体化自动装夹技术，先后攻克了单缸插销缸头、中心回转体、测长电缆卷筒等6种核心零部件难关。经过上百万次磨损及加载试验，6种零部件试验性能完全符合设计要求，达到国际先进水平，打破垄断，彻底摆脱了国外的技术掣肘。孟维以精益求精的工匠精神为起重机打造出了强劲的中国零部件，成就了徐工出品的"全球第一吊"。

近年来，数字化技术飞速发展，孟维主动拥抱智能化时代机遇。2018年，他主导了行业内首条零部件智能产线的设计和制造。当时，技校毕业的他面对复杂的数控机床和资料中密密麻麻的英文，脑海中只有一个念头，那就是一定要让机器与人对话，不断提升行业的智能制造水平！

他积极参加大大小小的培训，不分昼夜翻阅手册、字典，查阅相关资料，全力配合工程技术人员，一次又一次地修改图纸。建设中期，孟维吃住在安装现场。厂家的安装工都下班了，他依然围着线体不停地查看，脑子里想象着机器运转的场景、可能出现的问题，并随时做好记录，第二天再与技术人员进行沟通、修改。

如今，零部件智能制造生产线已成功在8吨—1600吨系列轮式起重机固定体自动化加工过程中运用，形成行业内首条多产品多机型混产、智能无缝排产、工步过百的深孔零部件离散型智能加工线，并达到国际领先水平。孟维进一步将7道工序缩短为3道，加工周期缩短2天，效率提升300％。2019年，该项目助力徐工重型一举斩获工程机械行业唯一"智能制造标杆企业"。

二十年间，孟维立足岗位，创新创效——

创新了 180 项操作方法；

解决了 121 项生产难题；

设计了 32 种非标刀具，攻克了国外非标刀具技术壁垒，掌握了非标刀具制作的核心技术，达到行业领先水平……

哪一项难题的攻克不是心血与汗水的结晶！

哪一次创新不是日复一日、年复一年对矢志不渝求新求变的激情迸发！

孟维在学校学习成绩优异，在工作中爱思考善总结，他在国家级期刊上发表《起重机转向节的数控车削加工》等论文 5 篇，发明"起重机单缸插销油缸缸头快速拼点装置"等专利 2 项，为企业创造直接经济效益 2500 余万元。

新时代优秀技工的形象，不仅要像一颗螺丝钉，钉在哪里就在哪里兢兢业业，更需要如孟维这样实践与理论相融，知识与智慧兼具。

"成功的花，人们只惊羡她现时的明艳，然而当初她的芽儿，浸透了奋斗的泪泉，洒遍了牺牲的血雨。"冰心的诗句是孟维取得惊人业绩背后巨大付出的真实写照。

五、传道授业，薪火相传育精英

练好技术，为中国制造发光发热，是我的初心使命；做好传承，带动更多产业工人由"工"变"匠"，是我的责任担当。

——孟维

"孟大师好!""孟老师好!""孟教授好!"青年工人与学员向走出大师工作室的孟维打着招呼。

执着专注"一根筋",追求极致练就工匠绝活;潜心钻研破难题,精益求精雕琢重器精度;勇于创新树标杆,敢为人先争当智造尖兵!孟维有着各种头衔:数控加工特级技师、高级工程师、国务院政府特殊津贴获得者、全国技术能手、中国机械工业劳动模范、国家级技能大师工作室领办人、江苏省有突出贡献中青年专家、江苏省333高层次人才培养工程第三层次培养对象、江苏省有突出贡献高级技师、江苏省企业首席技师,被授予"江苏大工匠"称号。

"其实,我就是个想将活儿做好做精的人,带动更多产业工人由'工'变'匠',是我的职责。"孟维怀着一份产业报国的理想,将钻研多年的技术心得无私奉献出来,为推动企业乃至行业发展,毫无保留地培养了一支创新型"工匠队伍"。

孟维与徐工多家兄弟单位的首席技师签订了帮带协议,被5所技师院校聘为高级指导教师、企业实践指导师、专业建设委员。2017年12月,孟维入选江苏省第五批产业教授,被聘为江苏安全技术学院等3家高职院校的实践导师,与江苏安全技术学院开展了横向科研课题"新一代起重机核心零部件机器人柔性化焊接工艺的优化与培训"等项目,既为学校增加了新的工种专业,又为公司焊接机器人工种培养了后备技术人才。

一花独放不是春,百花齐放春满园。

孟维并不仅仅是实践操作的顶级雕刻师,还具备丰富的理论基础。他将所掌握的先进操作方法编成教材30余本,其中《数车加工工艺与刀具应用》《数控车高级操作应用》等5本成为企业多能工培养指定教材。在他的指导和培养下，14人获得国家级技能竞赛一等奖、22人获评全国技术能手、6人夺得江苏省技能状元、9人晋升为高级技师、25人晋升为技师，为企业培养了一大批高技能优秀人才。

为解决薄壁类零件、核心零部件消防水炮中枢轴加工变形切削变形难题，孟维收集常用脆性材料、塑性材料切削性能数据，结合刀具技术应用，建立了公司切削参数数据库，参与编写《磨工国家职业技能标准》，编撰《车工省级题库建设》，促进了全行业的标准化良性发展。

"帮助他人的同时，也是在丰富自己。借助创新工作室，希望可以培养出更多技术骨干，让'工匠精神'在生产一线得到传承。"为完成企业高技能人才梯队建设，孟维主动请缨，将公司内有绝技、绝招、绝活的一线骨干精英汇合在一起，成立孟维技能大师工作室，积极发挥传帮带作用，将工作室打造成为工匠人才的"孵化器"。2017年7月，孟维技能大师工作室被评为国家级技能大师工作室，成了名副其实的"金牌团队"。

2022年，孟维成为江苏省第一批数控车工特级技师。这张证书具有特殊的意义，它突破了传统的技能等级"五级"分级。如今，进入了"新八级工"时代，技术工人有了更多的成长空间。国家对于技术工人的重视程度越来越高。

"我的证书编号是1，希望不久，能够看到100、1000、10000……"孟维希望"产改"能够继续深入推进，让更多年轻人成长起来，传承工匠精神，为建设制造强国贡献力量。

全身心扑在事业上的孟维真的很忙，但只要一回家，就会亲自掌勺，因为儿子想吃爸爸炒的菜。"我爱人老嫌我炒菜的步骤不对，她还嘟嘟囔

孟维与团队成员在大师工作室进行项目攻关

嚷地指点我，我右耳进左耳出。其实，我三年级的时候就会炒菜了，我家
开过小吃店的！儿子就说我炒菜好吃！"

孟维笑了，带着一丝甜蜜和深深的眷恋。

孟维，1982 年 3 月生，中共党员，中华全国青年联合会第十二届
委员会委员，江苏省青年联合会第十二届委员会副主席，徐州市青年
联合会第十三届委员会副主席，徐州市工会兼职副主席，曾荣获国务
院政府特殊津贴、全国技术能手、中国机械工业劳动模范、全国杰出
青年岗位能手、全国向上向善好青年、江苏省五一劳动奖章、江苏省
好青年、江苏工匠、江苏省有突出贡献中青年专家、江苏省企业首席
技工、江苏省 333 高层次人才培养工程第三层次培养对象、江苏省有
突出贡献高级技师等荣誉称号，是国家级技能大师工作室领办人。
2023 年中央文明网发布第三季度中国好人榜，敬业奉献的代表人物孟维赫然在列！

立足平凡岗位，敬业无私奉献，为建设国际化、现代化、让国人为之骄傲的徐工，为打造领先世界的"中国制造"精品，为中国民族工业的振兴发展作出更大贡献！

这就是大国工匠孟维广阔的生命维度，

这就是孟维孜孜以求的意义所在，

这就是孟维山高海阔的理想与信念。

孟维的朋友圈有一张"我姓徐，名成功"的徐工人形象的卡通男孩玩偶，穿着"徐工蓝"的工装，戴着"徐工金"的金色头盔，"徐成功"精气神十足、意气风发的样子很像孟维。

姜涛

御风而行，执着虔诚走在创新的最前沿

"过来了！我们江苏的彩车过来了！"徐工汽车会议室里上百号人屏气凝神，专注地盯着大屏幕。

这是 2019 年 10 月 1 日，蓝天白云，金灿灿的阳光照耀着大地，初秋的北京尽显辽阔大气之美。天安门广场鲜花簇拥，一辆辆彩车缓缓地驶近了，驶进了天安门广场，驶近了金水桥、观礼台！

江苏彩车过来了！

我们的底盘！我们的底盘！看呀，我们的"小螳螂"！"金螳螂"！

会议室沸腾了！

徐工汽车特制的底盘，造型取材于人类非物质文化遗产南京云锦的云纹水纹图案，配以金色、深蓝、青绿等色彩组合，寓意长江、淮河、大运河等，彰显江苏江河湖海俱全、水乡水韵的区域特征。

车辆尾部是"钢铁螳螂"全地形车！2017 年习近平总书记来徐工视察时，看到徐工研发的国内首个变形机械模型，亲切地称之为"小螳螂"。

彩车项目组的成员眼眶热了，那为彩车设计封闭奋战的日日夜夜再度浮现眼前……

一、一枚鲜红的工牌，承载着"底盘特种兵"的神圣使命

成败在于根基，底盘何其重要。 ——姜涛

凡披荆斩棘走过的路程，特别难忘和珍贵；

凡历经磨难的事业与作品，在记忆的版图上更为华彩灼灼。

"您看，这块工牌！"姜涛微笑。

一枚胸牌，工号为 XC0009 的胸牌闪烁着深红的光泽，呈现在我面前。

这是一枚有故事的红色工牌，承载着徐工汽车人的光荣与梦想。

"2019 年初，江苏省委相关领导将江苏国庆彩车底盘产品研发制造这个特殊而光荣的任务交给了徐工，交给了我们徐工汽车。"姜涛语气凝重，视线投向窗外蓊郁的白杨。

我们肯定全力以赴、保质保量！

我们齐心协力，不允许一丝差错，容不得一点点疏忽！姜涛对设计团队要求。

尽管有着丰富的设计与制造经验，尽管在汽车研发道路上已走过了二十多年，尽管徐工汽车的各种车辆已遍布中华大地、世界 100 多个国家，以良好的性能与口碑称雄市场。

但这一次不一样，献礼新中国七十华诞，在国家领导人面前亮相，在全国人民甚至全世界人民的注目下，这辆彩车，一丝一毫都不能出错。这是一项光荣的任务，研发团队真的是殚精竭虑、慎之又慎——

国庆彩车不同于一般汽车，这车上面有着大舞台，撑开有 12 米高！根基必须要稳，这是最重要的！成败在于根基底盘。

国庆彩车不同于一般汽车，底盘要超长，悬架要超长，能抗不同的风力，低速行驶必须非常稳定……

国庆彩车不同于一般汽车！庆祝中华人民共和国成立七十周年，代表八千多万江苏人民，代表江苏悠久的历史文化，展现江苏的湖风海韵水情，更承载着新时代江苏的辉煌业绩，底盘必须呈现丰富的江苏元素！

不允许"差不多"，不允许"还可以"！

传动系、行驶系、转向系、制动系，轴矩、轮矩、前悬、后悬、最小离地间隙、接近角、转弯半径……要稳固，要精美，要一丝不苟，要保质保量，要代表江苏，要代表徐工！

研发团队开始拿计划、出方案、精测算，夜不能寐与星星月亮相伴，走路也想、吃饭也思，出了方案又将方案推翻重新来过……

好在，研究过程总体还是顺利的。姜涛长吁一口气："我们集中精兵强将，开始了封闭式的设计与生产。"

那一段日子，研发团队整天泡在封闭车间内，饭菜都是由专人送进去。根据保密规定，即使需要相应的零部件，对供应厂家都是讲"出口产品"需要。公安部门派员进驻，所有技术人员都佩戴特制的红色胸牌进出，无胸牌进入车间，则会红灯闪烁，嘟嘟嘟的警示声立即响起。

"喏，这枚红色胸牌，XC0009，我将终身收藏。"姜涛投向胸牌的目光无比珍重与珍惜。

于是，2019 年 10 月 1 日，在新中国成立 70 周年的历史时刻，在"中华儿女"的方阵中，江苏彩车踏着云锦与书卷而来，彰显着水乡水韵、钟灵毓秀的江苏特色。这台托举着江苏科技智能发展成就的彩车底盘，是由徐工汽车用二十余天精心打造而成的，其驾驶与转场也由徐工汽车校试工段工段长刘闯完成。作为江苏省唯一国有自主品牌重卡，"底盘特种兵"徐工汽车全力以赴、保质保量地完成了这项神圣使命，以实际行动向亲爱的祖国七十华诞献上大礼！

于是，参加国庆观礼的新中国第一批劳模代表、徐州重型机械厂劳模掌家忠看到了！看见江苏彩车徐工底盘亮相瞬间，老师傅热泪盈眶。

于是，应邀参加阅兵观礼的时任徐工党委书记、董事长的王民，XGC88000 履带起重机设计师、徐工机械建设机械分公司副总经理孙丽看到了！

于是，2019 年 10 月 1 日上午，在会议室收看国庆典礼的一百多徐工汽车人心潮澎湃、激情欢呼，年轻的主设计师杨佳睿激动地哭出了声，身经百战的研发设计师们都情不自禁热泪盈眶……

徐工底盘承载着徐工汽车作为"底盘特种兵"的荣光，也承载着徐工汽车研发团队"不折不扣完成国庆七十周年江苏彩车完美行进在天安门广场任务"的愿望。江苏省委宣传部向徐工汽车颁发了"彩车工作先进集体"的奖牌。

二、从金陵到彭城，以匠心坚守初心

> 产品即人品，设计即尊严，质量即生命。　　——姜涛

姜涛一开口我就笑了，"阿是啊！"标准的南京话，很亲切。

小王事先向我打了招呼："我们姜总说话地方口音比较重，不知道您是否能听懂。"小王是哈尔滨姑娘。

"烟笼寒水月笼沙，夜泊秦淮近酒家"，这是杜牧笔下的婉约金陵；

"大风起兮云飞扬，威加海内兮归故乡"，这是刘邦所作豪放的《大风歌》。

"姜总喜欢哪首?""都喜欢!"姜涛笑了。

家在南京，妻儿在南京，行李包一拎，北上徐州。从六朝古都南京到五省通衢徐州，经过了怎样的思考与抉择？有怎样的动力和原因？

1991年的夏天，南京东风专用汽车制造总厂的总装车间，是姜涛迈入职场的第一站。作为一名年轻的技术员，他小心翼翼地组装着汽车的零件，用双手打造着理想中的机器。那个时候，他或许没有想到，这份工作将成为他未来事业的基石。

中国制造业正处在飞速的变革中，市场的需求与技术的进步让每个环节都面临着巨大的挑战与机遇。从南京东风到徐工汽车，姜涛凭借着对技术的执着追求，从一个技术员成长为汽车制造的行家里手，将创新作为前行的动力，积极应对制造业的变革，为企业贡献着自己的智慧和力量。

创新、前行的征途中，有着太多的刻骨铭心，有着许多的难以忘怀。

"八年前，我们徐工汽车新基地厂房奠基。"姜涛讲到集团，总是说"我们徐工"。

2013年1月12日，那天早晨，突如其来的大雾牵动着所有徐工汽车人的心：这浓雾重重，该如何进行奠基仪式？要不要提出预案？可市里的领导、集团的负责人都请了，怎么办！这大雾来得真不是时候！

姜涛

"可真是天助我也，奠基仪式定于 9 点 58 分开始，9 点 45 分，忽地一下，太阳绽开了笑脸，天一下子放晴了，绽出了明净无比的蓝！奠基仪式顺利进行！"这是一个好的开端。

2015 年 3 月 18 日徐州新厂房即将竣工投产。新产品下线前几日，生产系统冲压车间全自动冲压线、焊装车间全自动焊接生产线、涂装车间全自动生产线、总装车间 5 条生产线全在紧锣密鼓地加班加点。2015 年 3 月 18 日，汽车产品线必须全部运转。

"流水线全部运转！"这 7 个字里面包含着多少人的心血和辛劳。

多么大的工作量！

3.6 万平方米的整装车间，50 多位技术人员，许多车辆部件都是从南京车间运过来。焊接、整装、冲压、铺线，为能满足全线生产运营，全体人员奋力苦战，3月15日至3月17日，三天三夜不眠不休。眼熬红了，腿站僵了，大家咬着牙顶着疲劳干活。"让整个流水线全部运转！"这是徐工汽车人的信念，这是大家夜以继日的奋斗目标。

3月18日上午9时，随着一声"开始！"，所有的设备全部运转，那机器运行的流畅声无疑是徐工汽车人心中最美的音乐，成功了！

流水线正常运行两个多小时后，产品下线了！

此时，浑身乏力、疲惫不堪的姜涛，一屁股坐到了地上，汗水从额头上流了下来。

"让城市远离尘埃与喧嚣。"为积极响应国家"力争2030年前实现碳达峰，2060年前实现碳中和"的目标，徐工紧跟绿色发展趋势，徐工汽车技术研发团队以技术创新为驱动，持续推动新能源汽车产业快速发展，摘得2023年新能源重卡销量冠军，持续领跑行业，多次获得"最佳换电重卡品牌"等荣誉。徐工纯电动换电渣土车单台车整个换电过程仅需5分钟，一个换电站每天可实现150次渣土车换电，每年实现渣土运输450万立方米，助力减少二氧化碳排放量，真正实现城市渣土的绿色运输。

还有智能网联技术研究、新能源产品及技术研究、布局核心电子零部件开发等，这些创新大手笔无一不浸透着徐工汽车人的汗水，无一不凝聚着徐工汽车人的智慧和心血。徐工汽车，每一步都走得卓有成效，每一次创新都推动着汽车行业的发展。

2023年，第二届中国商用车黑科技大赛颁奖盛典暨商用车技术大会在上海举办。会上，徐工汽车以领先的节能科技及卓越的产品品质再次获得行业认可，徐工汉驰巨能星纯电动轻卡、汉风XG1H危化品牵引车两款产品荣获"节能技术创新奖"。

十五年的执着求索，十五载的创业创新，历经春夏秋冬、寒来暑往，徐工汽车制造有限公司已是徐工集团重点打造、支撑战略发展的核心支柱企业之一，是江苏省唯一国有自主品牌重卡，唯一同时拥有传统能源与新能源双资质的商用汽车制造企业。占地面积 1382 亩的徐工汽车新基地，具备年产 6 万辆整车及 8 万台驾驶室的生产能力，是国内领先的现代化、智能化、数字化工厂，代表了国家高端装备制造转型的方向，绘就了新时代徐工汽车的新实践新图景。

三、匠心巨献，为"智"造一台好卡车演奏创新之歌

风险与机遇并存，要做就做第一！　　　　——姜涛

火爆开抢，"干个大的"，汉风二代全球首发！

夜幕落下，灯光璀璨闪亮，水蓝色的大屏，满眼红色的围巾，人们手中摇晃的彩色荧光棒，这红色、蓝色、金黄色汇成了喜悦激情的海洋。

2021 年新年伊始，在徐工汽车办公楼前，上演了一场气势恢宏的盛会，在这里，汉风全新一代 P 平台全球发布！徐工汽车全国经销商、服务商、备件商、供应商代表，及其他各领域战略合作伙伴和多家业界媒体共聚彭城，见证这一重要时刻。

此次发布会隆重推出徐工汉风全新一代 P 平台的 9 款重磅新品，覆盖了牵引、自卸、专用车、载货车等品类，均为国六产品，新品的经济性、安全性、舒适性、可靠性等方面全面比肩欧系产品。创造了国产重卡的新高度，同时工况适应性、维保便利性亦全面领先同级。徐工汽车历经 12

年技术沉淀、3 年精心打磨，为广大"卡友"贡献了又一款强大的创富利器！

汉风二代 P 平台的迭代升级是基于技术积累、产业创新的突破进取，P 系列是在传承汉风一代产品良好口碑的基础上，聚焦客户需求与痛点和新法规、新技术，重构产品先进的技术平台，打造更卓越的性能、更优异的产品适应性、更完善的驾乘体验、更严格的法规认证、更优秀的全球供应链，全面提升产品综合竞争力，竭力为重卡行业贡献"一台好卡车"。

雄壮激昂的音乐响彻苍穹，大屏闪动着汽车人的豪迈激情。

启动！徐工集团领导，徐工汽车领导，汉风品牌全国首位用户、山东日照的胡春华，徐工汽车生产一线的劳动模范刘闯，共同启动汉风全新一代 P 平台全球上市仪式！

成功了，上市了！

姜涛微笑着，姜涛鼓着掌，姜涛心头有阵阵热浪打过。作为主创负责人代表，姜涛围着喜庆的红围巾，手持话筒站到了红地毯中间。

"更安全、更舒适、更经济、更智能、更可靠"，姜涛从诸多方面对汉风全新一代 P 平台进行了全面详细的解读。汉风 P 平台产品是徐工汽车历经三年匠心智造的全新一代高端重卡产品，既继承了汉风 G 平台的优越性能，又在整车性能集成、车身设计、智能电子电控技术等方面实现了重大突破，同时对宽窄体、左右驾、高中低顶驾驶室同步进行模块化系列化开发。

三年铸剑，出鞘见锋芒！此次发布会上，成交总量达 1957 辆，直播间观看量超 70 万人次。

汉风全新一代 P 平台的荣耀上市，凝聚着徐工汽车研发团队的心血、智慧、汗水和不屈不挠的意志。

徐工汽车是徐工集团占地面积最广、智能化程度最高的核心战略产业板块之一，是中国商用车行业成长最快的明星企业，产品涵盖燃油（燃气）、纯电、混动、氢燃料四大动力，新能源重卡市占率领跑行业，矿卡产品稳居行业前三，荣登中国工业影响力百强企业榜单。

在汽车行业摸爬滚打二十二年，姜涛是位成熟且技艺精湛的汽车制造人。2012年，姜涛踏入徐州徐工汽车制造有限公司，担任总经理助理。同时期的徐工汽车迎来发展新阶段，而他也随之进入了事业的黄金时期。他的目光从传统制造转向了智能制造，从此开启了一段新的奋斗历程。

随着中国制造业进入了智能化和智能制造的时代，创新对企业来说至关重要。

2016年开始，面对技术的挑战，研发团队如同探险家，勇敢地探索着未知领域，寻找着创新的契机。一次偶然的机会让他们看到了一组数据，在一份市场调研的报告上，详细列出了消费者对汉风系列产品的需求和反馈。研发团队发现，尽管汉风系列在市场上表现出色，但还有许多潜在的改进空间。

挑战自己！研发团队将目光投向了汉风系列的升级——汉风二代。一个全新产品的开发，需要创意，需要各个部门之间的协同合作，需要汇聚设计、工程、市场等各领域的精英。一个跨部门的优秀团队，带着对汉风二代的执着梦想，开始了艰苦的研发之旅。

没有一帆风顺的创新，没有一蹴而就的成功。

团队在研发过程中遇到了无数的难题，技术层面的问题、市场趋势的变化，无一不是摆在他们面前的绊脚石。那一阵，他们夜不能寐、食不知味。睁开眼闭上眼脑中都是测试数据，有时，他们甚至要反复推翻之前的设想，重新开始。但团队相信只要有坚持，就能克服一切困难。

从有想法，到有办法，再到干成事，徐工汽车研发团队为了啃下"汉风二代"这块"硬骨头"，一干就是三年。在不断尝试和改进后，终于，可满足国内和国际两大市场需求的国六商用车明星产品——汉风二代诞生了。

后来，在汉风二代的基础上，新能源 E 蓝、氢燃料集成系统、智能网联技术、无人驾驶等研发项目的落地，将徐工汽车产品竞争力拉满的同时，也为更多城市的低碳运输带来了新的思路。

徐工汽车是中国商用车行业成长最快的明星企业，做优做强新能源、重型车辆、轻卡等新兴业务板块，产品覆盖公路物流、建筑工程、市政环卫、矿山施工等应用场景，产品齐全度行业领先，目前已出口百余个国家和地区。新能源重卡市占率领跑行业，2023 年累销 5373 辆，同比增长 93％，以 15.73％的市场份额稳夺年终销冠，矿卡产品稳居行业前三，被评为中国商用车新锐企业、成长型风云企业、最具发展潜力企业，被认定为江苏省高新技术企业、工程技术研究中心、企业技术中心、江苏省工业互联网示范工程五星级上云企业、江苏省高新技术产业开发区瞪羚企业，荣登中国工业影响力品牌百强企业榜单。

"你的菜是做给谁吃的？"

"同样的食材，同样的厨具，大师傅的功力、火候都有讲究，五星级饭店的大厨与小饭馆的师傅，烹调出来的菜的滋味是不一样的。"

姜涛的比喻与心得体会，研发团队心领神会。

徐工汽车以"我用心，您放心"为营销服务理念，针对不同客户需

姜涛工作照

求，持续提升营销能力。徐工汽车建立驻外中心主战、各平台主建、营销公司抓总的管控模式，遵循市场营销"二八原则"，聚焦优势产品、优势资源，量身定制营销政策及组合式金融方案，推广全生命周期服务，拥有400余家经销商、1000余家服务站，地级市覆盖率100％，服务响应时间为15分钟，50千米以内2小时到达。

徐工汽车以"创新协同，智研用户需求"为研发理念，坚持"技术领先用不毁"行动金标准，持续提升产品竞争力。徐工汽车历时3年精心打造的全新欧系重卡HANVAN汉风顺利通过国家级鉴定，产品整体性能达到国内同类产品领先水平，驾驶室设计及整车信息化应用水平达到国际同类产品先进水平；全球首台五轴"全油气悬架"全地形自卸车、首台智能无人驾驶工程自卸车始终走在行业前列、引领行业发展。

NXG50841X 纯电动厢式运输车、NXG1081 纯电动汽车整车轻量化技术达到国内领先水平。徐工牌物流车被评为江苏省名牌产品，G9、G7 牵引车和 G5 载货车同获"2017 中国商用车年度风云大奖"，常规量产的 G7 首次参加 2018 环塔拉力赛便以优异的完赛成绩摘得 T4 组冠军；徐工矿卡通过国家军用试验场高性能试验和德国莱茵认证，荣获国家级机械工业科学技术三等奖、江苏省装备制造业专利新产品优秀奖、江苏省优秀品牌；首次参加第三届中国新能源物流车挑战赛，徐工 E300 新能源汽车便摘得最佳爬坡奖、最佳涉水奖、最佳节电奖与用户评价奖。

徐工汽车以"专业精益，匠心智造"为制造理念，持续提升体系能力。工厂定位节能、环保、低碳、智能，整体呈 U 字型布局，车间通过空中走廊实现对接，压、焊、涂、装四大制造工艺一气呵成，全封闭自动机器人冲压线、ABB 机器人焊装主线、ABB 机器人自动喷涂流水线等高智能设备及全程自动化输送、检测，有效保证了产品质量，实现了成熟、可靠及先进性与经济性的协调统一；管理上采用数字化、信息化、智能化系统，代表了"中国制造 2025"国家高端装备制造转型的方向。企业先后顺利通过质量、安全、职业健康与环境体系认证；通过持续深化"平台化＋专业化"运营模式，创新深化管理提升工作机制，构建经营项目积分激励机制，完善以"双效化"绩效衡量系统为载体的绩效管理体系，全面推动协同发展。车身涂装车间被评为江苏省示范智能车间，获徐州市质量奖。

徐工汽车始终秉承"担大任、行大道、成大器"的核心价值观、"严格、踏实、上进、创新"的企业精神，传承徐工红色基因和大器文化，坚持创新驱动不动摇、坚持国际化道路不动摇、坚持打造一流人才队伍不动摇、坚持抓好党的建设发挥政治优势不动摇，艰苦创业、锐意改革，专注坚守、创新超越；充分借鉴商用车行业先进的理念及做法，以速度与激情建设与世界一流企业相匹配、与社会共同价值观相融合，体现有技术底蕴、有实力内涵、可凝聚高端的特色文化。企业多次获评国家、江苏省企业管理现代化创新成果一等奖，先后荣获徐州市先进基层党组织、徐州市五一劳动奖状、徐州市模范职工之家等荣誉称号。

四、奋楫笃行于行业前列， 倾心尽力挑起社会责任担当

> 不能忘记产业报国的初心和大国重器的责任担当。 ——姜涛

2020 年 7 月 25 日上午，徐工集团向央视财经频道副总监陈永庆交接大篷车钥匙。

由央视财经节目中心主办的大型融媒体行动《走村直播看脱贫》在徐工正式启动。

徐工汽车承担了央视《朗读者》《走村直播看脱贫》外场新媒体大篷车等专用车辆的开发，精心打磨每一款重卡产品，赢得业内认可。

习近平总书记强调："企业家要带领企业战胜当前的困难，走向更辉煌的未来，就要在爱国、创新、诚信、社会责任和国际视野等方面不断提升自己。"徐工作为行业龙头企业，不仅要履行经济责任，在社会责任担当上也要一直奋楫笃行。

徐工汽车研发团队根据央视需求量身定制，搭载 5G 新媒体移动云制播系统，利用 5G＋4K/8K＋AI 技术，实现线上线下、大屏小屏、电视广播的有机结合。深度参与央视大型融媒体行动《走村直播看脱贫》的汉风 G7 超轻版牵引车，是徐工汽车倾力打造的硬核利器。

两辆经过特殊定制的汉风 G7 超轻版牵引车，作为全国首款"外场新媒体大篷车"，分别沿着西南、西北 2 条线路，走进全国 20 多个省、自治区、直辖市的 100 多个脱贫村。从夏到秋，"大篷车"完成了 90 余场新媒体直播，真正把脱贫报道讲到老百姓的心坎里，把脱贫故事讲得"热热乎乎"。

从戈壁高原到峡谷盆地，徐工重卡跟随央视横跨东西、纵贯南北、行程万里，走进一个个脱贫村，亲历近百个沾泥土、带露珠、冒热气的脱贫报道，目睹百村千户的脱贫巨变，为祖国脱贫攻坚事业贡献徐工力量，这是徐工汽车的荣耀！

哪里有困难，哪里就有徐工；

哪里有需要，哪里就有徐工汽车。

作为全国首款"外场新媒体大篷车"，这套直播装备凝结了央视和徐工共同的智慧和心血。徐工汽车研发团队克服市场上尚无成熟公告车型的难题，创造性地采用"龙骨架"挂车加专用上装的组合方案，完成这款集户外"采、编、制、导、传、播"等各种功能，同时还要携带必备器材的大型直播车。

作为有着红色基因、光荣传统和 80 年产业积淀的国有企业，徐工为全球基础设施和重大工程贡献精品设备 100 多万台。共和国鲜艳的旗帜上，闪耀着徐工人的奉献与风采。一次又一次大型活动、重要任务的完成，带来的社会美誉度和影响力，是徐工汽车人胸前无比鲜艳的军功章！

五、成绩满载岁月，归零向前未来可期

人生就是趟旅途，有所得也有所失。　　　　——姜涛

荣誉是徐工汽车人辛勤工作的结晶，是他们为徐工汽车争光的见证，坚持不懈的追求成就了徐工汽车人，点亮了他们硕果累累的"汽车人生"——

江苏省商用车智能网联工程研究中心；

第一轻量化省油重卡；

最受关注重型卡车；

绿电重卡年度推荐品牌；

第一轻量化牵引车；

优秀新能源汽车重卡科技创新奖；

第一轻量化搅拌车；

江苏省汽车工程学会汽车工业科技进步奖二等奖；

最佳换电重卡品牌；

江苏省工业设计中心……

执着的创业者，创新的引领者，徐工汽车在技术的征程中不断探索前行，将创新的火花点燃在每一个研发细节。每一个荣誉的背后，都是他们一次又一次的自我突破。徐工汽车以信心、勇气和智慧，书写着精彩纷呈的恢宏篇章。

"徐工徐工，助您成功！产业带动地方发展，我们徐工到哪里，哪里就繁荣兴旺。"姜涛很自豪："您看，那边一条路叫长安路，以前坑坑洼洼

很是荒凉，现在双向六车道车水马龙，晚上都是小吃摊，满满的人间烟火气。我刚来时，妻子在南京，我加班迟了想找点吃的都没办法，现在什么都有了。"

姜涛有一个幸福的家庭，孩子在日本读书，妻子在南京工作，"一种相思，三处闲愁"，思念与牵挂令亲情更加绵长。妻子这两年有空也到徐州来看看姜涛，那是姜涛很惬意的日子：再忙再累不管何时回家，总有灯光守候。"但人生就是这样，有所得有所失，我得到的大于失去的。这里也是我的家。"十五载岁月奉献奋斗，徐工于姜涛，是青春无悔，是血脉相连，是已将异乡视为故乡。

公司办公楼朝南的房间都给了设计人员，徐工汽车必须给技术人员提供最好的办公条件；

公司的食堂很雅致也很温馨，要给员工提供舒心的用餐环境和可口的饭菜；

公司厂房前绿树成荫，走在下面一片阴凉，一群青年员工热情地打着招呼，要让员工在公司，有幸福自豪的感觉……

姜涛常站在中国地图前凝望，徐工汽车已遍布中华大地大江南北；姜涛更常站在世界地图前凝望，徐工已走向世界190多个国家，基本遍布五大洲四大洋。还有哪些地区需要徐工来开拓？还有哪些地方徐工的旗帜没有插到？这是徐工汽车为之奋斗的目标和方向。

2023年，徐工汽车新一届领导班子带领全体干部职工立足新征程、新使命、新定位，以新思维、新作风、新业绩全力推进企业混合所有制改革工作，新徐汽焕发出新的生机和活力。以建设世界一流商用车企业

为愿景，不断推出适配于用户需求的优质运输解决方案，书写新时代下
商用车行业高端化、智能化、绿色化、服务化、国际化的崭新篇章！

　　御风而行，执着虔诚，以研发团队为代表的徐工汽车人一直走在
商用车事业创新创造的最前方！

景军清

创新突破，高端液压阀领域的技术大拿

漫天大雪，纷纷扬扬，才一会儿工夫，彭城的高楼、树丛和大地，都披上了白色的盛装。

2018年12月11日，徐州迎来了第一场雪，雪势越来越大。景军清带着参加国家重大项目答辩小组的5人，踏上了开往南京的列车。列车在风雪中前进，窗外鹅毛似的雪片和一望无际的白色平复了景军清紧张的心情：瑞雪兆丰年嘛！他觉得这是好兆头，预示着明天的答辩会一切顺利。

12日，答辩小组早早进入会议室等候，景军清在脑中一遍又一遍地预演今天的场景。紧张地准备了这么多天，走上答辩席的景军清却很是平静，这平静来源于扎实的准备，来源于深厚的专业知识，来源于景军清这么多年的从理论到实践丰富的积累，更来源于一百多位项目组成员半年来的竭尽全力。

景军清底气十足，景军清气定神闲，景军清胸有成竹。视频答辩历时30分钟，17位专家提了19个问题，景军清作为主答辩人对答如流。答辩结束，虽然结果还没出来，但景军清觉得"稳"了……

景军清记得，那日，为这场答辩，自己穿上了黑色的西装，白色的衬衫上打的是蓝底白条纹的徐工领带。

一、踏石留印抓铁有痕，大力拓宽技术研发道路

液压阀产品市场，必须完全实现国产化替代的目标。

——景军清

工程机械高端液压阀结构复杂，加工精度要求极高。

在 2010 年以前，国内中大吨位起重机、全系列挖掘机、旋挖钻机高端液压阀完全依赖进口，而进口产品采购价格很高，交货周期更是长达 12 个月以上，特别是挖掘机阀，主机市场份额完全由国外零部件供应商供货数量决定，国内工程机械行业各主机产品利润空间被严重吞噬，主机市场竞争力和系统技术升级被严重制约。

面对被"卡脖子"的窘境，景军清坐不住了："全是进口产品，要我们干什么，我们应该能干什么！液压阀产品市场，必须完全实现国产化替代的目标。"景军清斩钉截铁地提出自己的理想和公司的奋斗目标。

2010 年，徐工谋划布局，采用自主开发和产业并购同步进行的方式，建立高端液压阀自主可控的产业链。在这关键时刻，时任徐工机械研究院液压技术研究所设计师的景军清，带领他的研发团队挑起了这项重担。

国内工程机械行业主机产品种类众多，液压阀产品市场需求量巨大。景军清做的第一件事就是拓展产品型谱，满足市场需求。十余年里先后突破了流量共享、负载敏感等关键核心技术 70 余项，其中随机负载信号两

级动态滤波网络与反馈失真抑制等 4 项核心技术属于行业首创。

2015 年，成功解决了中大吨位起重机、全系列旋挖钻机液压阀"卡脖子"问题，完全替代了德国布赫、力士乐进口产品，实现自主可控。

2016 年，攻克了流量共享技术，自主研发并成功产业化小挖阀系列产品，逐步替代了美国赫斯可产品，实现小挖阀自主可控。

2018 年，主持国家重点研发计划"制造基础技术与关键部件"重点专项工程机械用高压多路阀项目，聚焦下一代起重机、挖掘机液压技术升级需求，自主研制出了 2 类 7 种规格高压多路阀，在起重机和挖掘机上示范应用。

2019 年，攻克了电控正流量技术，通过技术合作获得了中大吨位挖掘机液压阀制造技术，产品替代了日本的川崎和德国的力士乐。

2020 年，完成了 1.5 吨—400 吨系列挖掘机多路阀产品研发，技术达到国际先进水平……

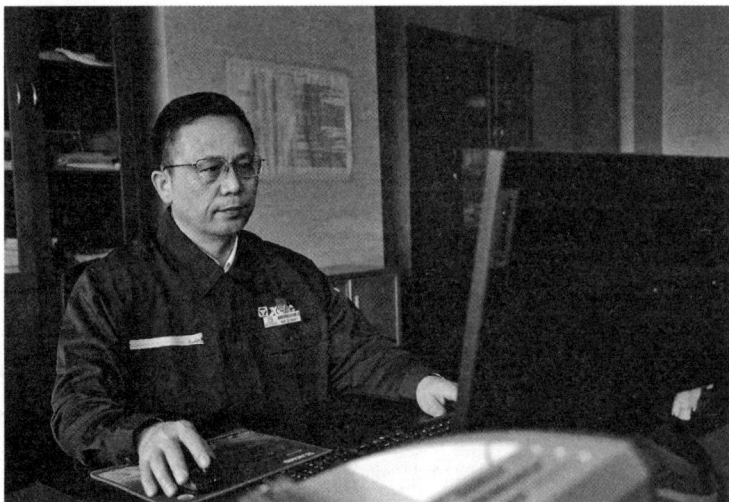

景军清工作照

十年里，景军清带领团队踏石留印、抓铁有痕，始终步履不停，一步步朝着实现国产化替代的目标前进。

但是要从根本上解决"卡脖子"难题，没有真正拿得出手的生产制造能力，一切都是空谈。

以往，国内不具备 32 兆帕以上高压阀的设计制造生产能力，不仅因为高端液压阀加工精度比一般机械加工精度还要高一个级别，更因为高压阀体型腔复杂，一个铸造阀体有 1000 多个尺寸要一次铸造完成，这其中关键尺寸就有 300 多个，一个尺寸有差错，整个铸件就会报废。

明知山有虎，偏向虎山行！别人能做到的，我们也能做到。景军清下定决心要攻克这一难关，带领团队经过反复试验、摸索，攻克了高精度柔性加工、多冲程与单冲程复合衍磨技术等制造难点，攻克高压力、高性能、高可靠三个行业难题，成功突破瓶颈，实现了铸件自主可控，将高端液压阀生产制造技术牢牢掌握在自己手里。

景军清将全部的时间和精力投入工程机械液压阀研发，先后主持制定国家标准 1 项，参加国家 863 项目 2 项，主持省级科研项目 3 项，获得国家授权专利 56 项，ZL50G 装载机等 23 个科研项目分别获江苏省、徐州市、徐工集团科技进步成果奖，入选国家科技专家库在库专家、江苏省第四期和第五期 333 高层次人才培养工程培养对象和江苏省六大高峰人才。

二、无畏挑战过关斩将，国重项目揭榜挂帅

攻克高端难题，没有拿得出手的生产制造能力，一切都是空谈。

——景军清

2018年，我国工程机械在"三高一大"产品上取得市场主导地位，进入高质量发展阶段，外资品牌逐步退居二梯队，随之浮出水面的，是一系列不容忽视的问题，其中，就包括核心零部件产品"卡脖子"难题。当年8月，为解决中大吨位挖掘机产品液压零部件"卡脖子"问题，国家重点研发计划"制造基础技术与关键部件"专项发布了工程机械用高压多路阀项目，在全国范围内招募专家团队"揭榜挂帅"。

这恰巧与徐工的计划不谋而合。

2008年，徐工正处于快速发展期，却深受零部件供货问题掣肘，动辄24—36个月的供货周期，导致徐工生产机器必须看国外供应商的"脸色"，徐工想生产多少台机器，居然要依靠供应商供给的零部件数量而定，这样的局面让徐工下定决心布局核心零部件生产。就这样，从起重机到挖掘机，从小吨位到大吨位，徐工一路过关斩将，到2018年，徐工又结束了一轮三年的技术攻关，实现了中小吨位挖掘机产品的零部件自主可控，并完全攻克了小挖阀的设计制造等关键核心技术，主机操控性和能耗达到国际标杆水平，准备全力解决中大吨位挖掘机零部件产品问题。

国家此时发布的"制造基础技术与关键部件"重点研发计划，恰如一剂"强心针"，让徐工了解到自己正在做的与国家的需求是完全一致的。更重要的是，徐工此前已有了近十年的相关技术积累，承接这个项目，对徐工来说意义非凡。这个"榜"，徐工不仅能"揭"，而且一定要"揭"，这个"帅"，一定要挂！

徐工立刻联系组建专家团队，来自浙江大学、西安交通大学等14家院校、单位的157位技术专家及参与人员迅速响应，组成了这支强而有力的队伍，由徐工研究院主导，景军清负责主持。开始了几个月的"头脑风暴"，制定计划方案，讨论难点重点……

　　大雪很快覆盖了地面，铺了厚厚一层。徐工液压事业部副总经理景军清和同事坐在前往南京的列车上，看着窗外的皑皑白雪，不发一言。他们此行是去南京参加国家重点研发计划"制造基础技术与关键部件"重点专项的第二轮答辩，这一轮答辩的对手虽然只有两个，实力却非常强劲。这一次，他们只许成功，不许失败，只能成功，不能失败！

　　国重项目需要通过三轮评审答辩，第一轮评审在网上进行，由从国家科技专家库中抽取的 11 名专家对申报的 11 个团队进行盲评。由于项目在全国范围开展"揭榜挂帅"，对手来自全国各地，实力都不容小觑，虽然做好了心理准备，但竞争的激烈程度还是超出了景军清的想象。

　　这一轮评审后，11 支队伍只能留下 3 支，徐工是其中的一支。这 3 支团队必定要经受专家全方位的考验，但是景军清和他的团队成员们有信心，这信心的来源，就是徐工近十年的技术积累。

　　一轮评审结束，果然有惊无险，但是团队成员们无暇庆祝，因为接下来的第二轮答辩才是真正的挑战，这一轮要从实力最强劲的 3 个竞争团队中决选出最终的优胜者。由于不确定具体答辩时间，第一轮评审结束后，景军清就一直带领团队成员紧锣密鼓地准备，不断推敲、完善方案，力求做到最完美的呈现。

　　2018 年 12 月 4 日，景军清带领团队成员再一次打磨方案时，收到了来自工作组的邮件——答辩将于 12 月 12 日在古都南京进行。这一天终于要到了！

　　景军清立刻召集团队所有成员，做最后的项目收尾。技术专家从全国各地赶赴徐州，连轴转地开会、讨论，反复梳理厚达 326 页的材料，并准备答辩要用的各种资料。

"景工，先去吃饭吧，已经整理得差不多了，回来再检查。"到 12 月 10 日晚上，成员们熬了两个通宵后，材料终于基本准备完毕，这几天项目组成员连饭都没怎么好好吃，现在基本尘埃落定，大家心里的一块大石头也算落了地。

景军清却放松不下来，这一仗对徐工来说至关重要，到时他要作为主答辩人进行答辩，更要确保万无一失。"没事，你们先吃吧，我不饿。"彼时快到冬至，才六点多，窗外已经是一片寂静浓郁的蓝黑色，景军清独自坐在灯火通明的会议室里，一页又一页地翻看着材料，等项目组的成员回来，又一起检查材料到深夜。

2018 年 12 月 12 日，答辩小组早早进入会议室等候，景军清在脑中一遍又一遍地预演今天的场景，但没想到紧张地准备了这么多天，此时却莫名平静，这平静来源于扎实的准备，这平静来源于徐工近十年的经验积累，这平静来源于 100 多个项目组成员半年来的努力，景军清有着足够的底气。

结果公布，徐工果然夺得头筹，景军清没敢懈怠，又开始准备第三轮答辩，这轮答辩是在北京的现场答辩，有 11 位专家参与提问，主要汇报方案的可行性。

三轮评审答辩结束，整个申报过程才算真正瓜熟蒂落，由徐工研究院主导的团队最终胜出，国重项目由徐工液压事业部副总经理、徐州阿马凯液压技术有限公司总经理景军清全面负责。

从申报到三次答辩，是强手对决，是华山论剑，是风起云涌。准备申报重点项目、大雪纷飞间奔赴南京、北上京城现场答辩……这一桩桩一件件都令景军清难以忘怀。

该项目聚焦下一代起重机、挖掘机液压技术升级需求，自主研制 2 类 7 种规格高压多路阀，在起重机和挖掘机上示范应用。2022 年，项目已经成功验收，被评定为优秀。

2018 年答辩的那天，景军清身着白衬衫、黑色西装、蓝色领带，精神得很。徐工人碰到重大活动，都会戴上蓝底白条纹的徐工领带。景军清记得很清楚。

那次答辩结束，景军清给父母打了电话，这几个月太忙又高度紧张，一直没和父母联系："妈妈，我想吃你做的面条了！"

三、 少年立志坚韧不拔， 为生命谱写拼搏前行的奋进乐章

忘不了汉水府河畔那碗云梦鱼面的鲜美味道。 ——景军清

人呐，不管长到多大，在父母面前永远是孩子；不管走多远，家乡是心中永远的牵挂。

"真的，我们那儿的云梦鱼面，味道特别鲜美，很有名的！"景军清笑意盈盈。

云梦鱼面？很特别的名字，这个品牌的面还真是没听说过。

湖北，孝感，云梦县，是景军清的家乡。

"云梦鱼面是我们湖北云梦县的传统特色面食。"

"小时候，妈妈将面粉和剔了刺的鱼肉揉在一起，铺展开面皮再切出细细长长的面条。煮熟的面条又鲜又香，因为营养丰富，也被我们当地人

称为'长寿面'。"提到家乡，提到家乡的特产，景军清兴致勃勃。

儿时的景军清家境一般。三间房子，兄妹三个，缕缕炊烟下家中满是温馨。但也只有逢年过节时，才能吃到鲜美的云梦鱼面。"再有就是村子里哪家有红白喜事了，我们小孩子也能吃到。"在景军清童年的记忆中，这是最美味的食物了。

那年高考，景军清是当年村里唯一考上大学的。于是，军席村全村老少都好似过年一样。村头广场挂起了一块大幕，村委会专门请来了放电影的以示庆祝。那次，放的是《少林寺》。

父母心中欢喜，脸上有光，摆了七八桌，做了很多鱼面，一大碗一大碗端了送上桌。

"好好学！好好干！你们要向哥哥学习！"记着爸妈的叮嘱，18岁的军清坐了12个小时的绿皮火车到了古都洛阳。

几年的大学生涯，景军清的成绩依旧是名列前茅，在夯实知识根基的同时，也见识了云梦县以外的世界。"我一下火车，就看见那种长长的车厢，上面还挂着两根长长的电线，是有轨道的电车，现在已经没有了。"

在学校景军清品学兼优，经常拿奖学金。第一次拿到100元，是笔"巨款"了！心中欢喜："可抵一个月的生活费呢！"

第一年放假回去，特意买了一大包洛阳特产"九都"牌的火腿肠带给弟妹，景军清自己平时也舍不得吃。

再以后，毕业、求职，进入徐工，第一个月工资560元，立即去邮局汇给家中200元……

进入工厂，踏实好学的景军清没有什么不适应，大学学习的知识在实际操作中得到很好的运用，心中很有成就感。熟悉制度、工作流程，一切都是那么顺理成章。

2012 年，开始做起重机项目，景军清真正开始了自己的大坡度攀登之路，开始了浓墨重彩的优秀工程设计师进阶之路。

一个又一个项目的完成，一个又一个难题的攻克，一次又一次对自己的挑战，不轻易言败，不轻言放弃，是景军清对自己的要求。

2018 年，徐工集团投资 5 亿元实施高端液压阀智能制造及产业化技改项目，景军清挂帅领战，带领团队多方比较、优中选优，先后采购加工中心、柔性生产线、清洗机等国内外高精尖设备 133 台套，历经无数个日夜的打磨，成功打造出具有国际一流水平的智能化批量生产线，实现新增液压阀产能 4.8 万台。自此，徐州阿马凯液压技术有限公司完全具备了机加工、精密珩磨、装配试验等液压阀全工序制造能力，实现阀体、阀杆、插件等液压阀关键核心零部件自主制造。

2018 至今，景军清担任徐工液压事业部副总经理、徐州阿马凯液压技术有限公司总经理期间，带领团队一步一个脚印深耕高端液压阀产业化领域，逐步确定了"中端切入、高端突破、低端补充"的发展思路，成功探索出了一条高端核心零部件从无到有的产业发展的新路径，打造了集研发、制造、服务、供应于一体的产业链，解决了高端液压阀长期依赖进口、价格高、周期长的难题，在起重机、挖掘机、旋挖钻机等工程机械上真正取代进口，实现核心零部件产业自主可控。

2022 年工程机械高端液压阀产品成功获得"江苏省专精特新产品"认定，申报的专精特新"小巨人"企业培育类——"工程机械高端液压阀创新升级项目"成功入选江苏省第三批工业和信息产业转型升级专项资金项目名单，液压阀产品的销售额更是实现从 2400 万元到 3 亿元的快速增长。

景军清与团队一起测量产品

完成了许多看似不可能的项目，挑战着自己也突破着已然取得的业绩。每每放下一块石头心中轻松高兴之时，景军清的嘴巴里还会涌起那碗鱼面的鲜美味道。

景军清难得回家。但只要回老家，妈妈总是做上一大盆鱼面，让儿子好好享受。

云梦鱼面，不仅是味道鲜美的面食。

游子在外，一碗云梦鱼面，勾起的是永驻心房的缕缕乡愁。

四、自尊自强砥砺奋进，打赢自主研发核心零部件的技术硬仗

> 要敢于打硬仗、打胜仗，一仗仗打过去、打赢了，才能将命运真正掌握在自己手中！
>
> ——景军清

惟其艰难，方显勇毅；惟其磨砺，始得玉成。

在工程机械行业核心零部件高端破局的进程中，景军清甘为拓荒者，为国内高端液压阀技术研究攻坚战吹响了冲锋号；在高端液压阀产业化的征途中，他愿为担当者，以实力和坚守推动高端液压阀产业实现完美裂变，真正打赢了这场攻克工程机械行业核心零部件"卡脖子"难题的持久战！

"没有拿得出手的生产制造能力，一切都是空谈，必须将命运掌握在自己手中！"景军清是这样说的，也是这样做的。必须不畏艰难，必须倾尽全力，以高端产品来攀登更高端。要敢于打硬仗、打胜仗，一仗又一仗打过去、打赢了，才能将命运真正掌握在自己手中！

这是一位优秀科技人员的职责所在，这是景军清对"担大任、行大道、成大器"核心价值观的完美诠释。

景军清的研发生涯中有许多的小故事，引人入胜也耐人回味。比如一瓶水的"稳如泰山"。

"好，好，好！很稳！很稳！"

2012年冬天，徐工集团老办公楼对面的试验场上，一台起重机操作台上稳稳地放着一瓶水，随着起重机的起落，水瓶却纹丝不动，试验场上随之爆发出一阵欢呼。这瓶水的"稳如泰山"得来不易，为了此情此景，时任徐州阿马凯液压技术有限公司执行董事的景军清已经带领团队集中攻关了近四个月。

十多年前，徐工下定决心，在德国成立欧研中心，解决核心零部件问题。第一个要解决的，就是依赖进口情况最严重的大吨位起重机的核心零部件自主可控难题。当时制造大吨位起重机核心零部件的主要技术在德国，安全性和操控性技术相对成熟，即便如此，国外供应商平均也要花两年左右的时间将零部件与主机匹配，来适应各种工况，这样的周期对主机厂商来说实在难以承受。

2010 年，景军清带领团队开始进行安全性和操控性的技术攻关。

每一次攻关都是无以言说的大量付出；

每一次研发的过程都要夜以继日、通宵达旦；

每一个难题的攻克都伴随着无数张图纸的绘制，凝聚着研发人员的心血和汗水。

就这样，一步步向前走，就这样，一日日测算研究。办公室前高大的玉兰树花谢了，又开出硕大的白花，灌木丛中的月季叶儿绿了，又绽放出绯红的笑颜。

孩子在家问："爸爸怎么老是不回家？"

妻子摸着孩子的头："爸爸在单位忙大事！"

到 2012 年，自主研发的零部件已经基本可以保证各种工况的操作。但每次试验过后，操作者都会反馈机器在吊起和放下重物的一瞬间有晃动。由于没有评测方式，机器是否晃动和晃动幅度大小只能靠司机主观感受，只能摸索着进行调试，这可愁坏了景军清。

8 月炎炎夏日，又一场试验结束，在景军清和团队成员期待的目光中，操作者打开驾驶室的门，摇了摇头："还是晃！"说完，拿起操作台上的矿泉水喝了起来。

"等等！"景军清指着操作者手中的瓶装水，激动地对同事们说："我知道怎么评测了！"景军清接过水瓶，迅速爬进了驾驶室，把水瓶放在了操作台上："我们可以通过水瓶的晃动程度直观地看出机器的晃动幅度！"

　　有了水瓶的辅助，团队的技术攻关也有了更明确的方向，一开始，水瓶的晃动幅度很大，甚至会晃倒，经过反复对比试验、调整参数，三个月后，已经可以做到瓶子不晃，只是水面波动了。

　　"还不够好，操控性能上一定要精益求精。"景军清看着波动的水面，带领团队再次投入试验。功夫不负苦心人，1个月后的再一次试验，就有了开头那一幕，这一次，连水的波动都很小，主机可以完全做到平稳启停。

　　晃动问题解决了，景军清没有停下攻关的脚步，他又找到了一台安装进口零部件的起重机作对比，请了两位经验丰富的操作者，让他们对两台主机盲测之后写下优缺点，结果出来了，使用我们零部件的主机更好！

　　拿到测试结果的那一刻，景军清知道，这场长达两年的硬仗，我们赢了！

　　这样的事情，景军清做了很多，他的同事也讲了很多。一个个的小故事，体现了景军清作为一位优秀科研人员的一丝不苟与精益求精，展现了一位大国重器的设计者敢为人先、拼搏奋斗的特质，更彰显了一位优秀的共产党员为了中国民族工业走向世界的爱国情怀。

　　习近平总书记视察徐工时指出："创新是企业核心竞争力的源泉，很多核心技术是求不到、买不来的。"

　　在向制造强国挺进的道路上，核心零部件的重要性愈发凸显。在探索工程机械核心零部件高端化、产业化的进程中，景军清二十来年如一日，坚守、创新、突破，从普通的技术员成长为高端液压阀领域的技术大拿，引领国内工程机械高端液压零部件的产业化之路。

桂花树簇簇花朵溢出芳香，枇杷树、广玉兰、木瓜树伸展出满目的绿意。

"我喜欢这些树啊花的，忙完一天的事情，我会四处看看，心里真是舒服。我看着它们一季季萌芽开花，它们也陪伴着我们公司、我们每个人一日日成长。"景军清有着浓厚的草木情怀：您看，这是紫叶李、樱花，那边灌木有冬青、小叶黄杨、红叶石楠……暮色中，依然看到满堂红爆开串串火红，粉色的月见草在草坪中绽放一地笑颜。

液压事业部的草木花树很是繁盛，办公楼前、广场上还有食堂前，全是树木花草。一群员工下班犹如走在公园里、行在花丛中。这是徐工液压人繁忙工作中的小确幸，也是人生旅途中的宝贵馈赠。

路易霖

艺术气质、人文情怀，
倾心演奏工业设计的创新交响乐

2022 年 10 月，山东烟台国际会展中心，中国优秀工业设计奖复评正在紧锣密鼓地进行，而由此产生的我国工业设计领域唯一的国家级奖项备受行业关注，究竟会花落谁家？此时，身着蓝色徐工工装的徐工工业设计团队正在一楼候评，尽管已经做了充足的准备，但内心依然汹涌澎湃。

"等待的滋味不好受，也不知道会场长什么样。"身材小巧秀丽的路易霖看着各路高手在会场进进出出，心中紧张又焦急。然而，当走进答辩现场，看到 11 名专家评委齐刷刷地坐在评委席上时，她反而平静下来。作为答辩人之一，她在心中默背着答辩要点，时刻准备回答专家评委的问题。参评的徐工集团工程机械股份有限公司的超大型矿用智能平地机，是全球最大矿用智能平地机，以"智慧平整"为设计理念，采用全生命周期全数字化设计，整机刚劲有力，凸显机械美感……15 分钟的答辩，精心准备的 PPT 演示，"近身搏击"的一场大赛转瞬即逝。

成功了吗？成功了吧！专家评委的掌声令她心安心喜。果不其然，徐工集团工业设计中心在本届中国优秀工业设计大赛中摘金夺银纳铜，成为全国唯一一个包揽金银铜奖项的企业。

高兴吗？真的有成就感，但也有小小的遗憾。安徽阜阳姑娘路易霖，这次到山东烟台有个小小的希冀：可否到海边踩着沙滩走一走？与海水来一次亲密接触？住的酒店离大海不远，但大赛前没有心情，大赛后匆匆赶回徐工，易霖才想起，没去海边走一走看一看，但她一点也不后悔：以后再去。

一、志之难也在自胜， 机遇总是青睐有准备的人

> 逆水行舟用力撑，一篙松劲退千寻。成长与成熟的过程中有着许多的难以忘怀。
>
> ——路易霖

路易霖，硕士，博士研究生在读，高级工程师，目前担任徐工研究总院工业设计中心副主任。踏出校园的第一份工作，也是迄今为止一直在做的工作，就是在徐工开展工业设计研究。从 7 年的理论知识学习，到现在 11 年的工作实践，可以说每一个阶段都伴随着不同的挑战和收获。

她本人对徐工并不陌生，在研究生第二年时，就跟着导师做徐工的产品设计，徐工的红色历史与新时代的大器文化，给学生路易霖留下很深的印象。

入职徐工研究总院时，工业设计部门刚刚成立，处于初创阶段，对于年轻的路易霖来说，既是机会也是挑战。

部门的职能定位，是要统筹规划全集团产品的统一设计形象，这项工

作从最初简单的统一涂装设计，到统一各产品造型设计语言，再到统一跨产品通用部件，现在已经逐渐走向以用户为中心，通过对跨产品用户操纵体验的研究与分析，实现不同产品用户体验感的统一。专业基础扎实，不断抓住机会、勇于挑战，年轻的路易霖也逐渐从一名设计师走上了管理岗位。

路易霖

逆水行舟用力撑，一篙松劲退千寻。成长与成熟的过程中有着许多的难以忘怀。

那个夏日，顶着烈日骄阳贴标识的事情一直刻在路易霖的脑海中。那是她入职以来做的第一个项目：集团产品整体涂装风格设计。为了做好这项工作，她主动报名参加了 2012 年的上海宝马展，展会上国内外工程机械巨头们都使出浑身解数推出自家最前沿、最一流的产品来同场竞技，两天的展会学习对她来说机会难得，每天 2 万多步，拍摄上万张照片记录，她一点也没有觉得疲惫。"我们的产品可能每家公司做得都很棒，但是当它们放在一起时，产品却连最基础的色彩、标识都没有统一，客户眼中的徐工不应该是这样。"路易霖说道。这次的展会之后，她写了一份详细的报告，包括徐工产品的工业设计现状、问题、提升方向建议等。

如何设计出符合大众审美要求的形象标识？

如何更好地定位企业形象？

如何让客户及大众感受到企业的精神特质？

这些问题在年轻的女设计师心中不停涌现。"徐工的产品一定要让客户感受到我们的品牌力量，必须完成好！"路易霖信心满满。

必须在限定的范围内、符合工艺质量的要求下设计制作，经过了无数次的手绘设计，一次次试做样板。夜不能寐、食不知味，色彩、形象、标识……若干元素在路易霖心中走马灯一样闪现，一次次推翻设计方案又一次次修改完善。

终于，路易霖和团队一起交出最终集团标识的设计方案。年轻的设计师心中是笃定的，有把握的。

然而，设计方案经过了五六轮的评审，迟迟没有通过，眼看着重要节点逐步逼近，路易霖心中十分焦虑，看来方案不能只停留在 PPT 中了，必须上实车，必须让专家领导看到产品真实使用的效果。

那个夏天很热，名副其实的酷暑。室外温度应该有 40℃ 吧？当装载机、压路机、挖掘装载机、混凝土泵机等产品排成一排停在研究总院大楼东侧道路上，准备进行方案的最终试贴时，万万没想到，广告公司做出的第一版设计方案标识尺寸并不准确！

路易霖顿时心头一沉，距离项目评审仅剩三天了，怎么办？反复思量后的她快速做出决定，并合理分配大家的工作，有人重新按照实车设计尺寸合适的标识；有人直接到标识厂家，协助厂家进行颜色校正并督促厂家尽快加工。终于赶上了最后一天。项目组中每一个成员都铆足了劲，路易霖更是亲力亲为，汗流浃背地在压路机、装载机、混凝土泵机等机械上爬上爬下……

下午四点多，所有工作都准备完毕，她和团队伙伴们都站在样车前忍不住赞叹："比以前整体好看多了"，"这才像徐工的产品嘛"。这是一群怀揣着共同梦想的年轻人，更是一群为梦想创造无限可能的年轻人。

2014 年的上海宝马展，徐工产品统一标识，"徐工金""徐工灰"色彩和谐搭配，醒目且端庄。路易霖也去了现场，看着自己的设计在这样重要的场合落地开花，心中真的很激动。至此，路易霖走上了工业设计这条充满挑战又华彩灼灼的职业道路。

一步一步走来，冲破一个又一个关卡，看似柔弱娇小的路易霖，挺起脊梁经受住了一个个严峻的考验。

"在这个过程中，徐工的各级领导都给予了我们团队鼓舞和力量，也正是因为领导们的支持和认可，才使得我们这个团队始终保持不断追求卓越和创新的初心，从一个小小的设计室发展到现在的工业设计中心，也在 2015 年被认定为行业首家国家级工业设计中心；在 2022 年进入国家工业设计研究院创建培养对象名单，成为全行业唯一。"路易霖话语中充满了感激。

二、走访调研"一锤定音"，保证设计创意最终完美落地

> 从面目全非到一锤定音，设计的终极目标不应只是停留在概念上，而是要落地产业化。
>
> ——路易霖

有的事经历了永远也不会忘记，有的路走过了仍然记得当时的点点滴滴。从"面目全非"到"一锤定音"，这是个艰难又曲折的过程。

2013 年 10 月，路易霖接到了来自徐工铲运孙工的电话："路工，咱设计的内饰样件做出来了，已经装车了，你过来看一下吧。""太好了，我跟领导汇报一下，马上就过去。"距离上一次的方案输出已经过去了大概一个月的时间，终于样件做出来了。

这是工业设计中心承接的挖掘装载机内饰造型设计项目，路易霖是内饰的主设计师，她满心期待地来到挖掘装载机装配车间，但是很快就发现了不对劲的地方：现在的内饰件实物，和自己设计输出的模型，有多处细节不一致；另外在右操作台的仪表处，更是有较大改动，可以用面目全非来形容。

此时路易霖的心情就好像被泼了一盆冷水。她马上向孙工指出各处不同，而且问道："为什么把我们的设计方案给改了？"孙工解释道："由于内部选型件的变动，整体尺寸有变化，加上生产时间上比较紧张，所以供应商就'优化'了一下我们的设计。"路易霖听完，现场就拨通了供应商的电话，质问对方，而供应商却以方案效果很好、工艺可行性不高为由，企图解释。

面对自己辛辛苦苦设计的方案被改得面目全非的样子，路易霖心中说不出的气愤，好强的她相信自己扎实的设计功底，也信任自己同舟共济的伙伴们。项目必须按照评审选定的方案来做。通过多方协调，终于项目组又得到了 10 天修改时间。问题在哪里？症结在何处？这一次，她直接去找供应商，和他们核对每一个细节，并通过资料调研，对供应商否定的方案逐一寻找解决办法，制定可行的结构方案。最后，项目组按时完成了原造型方案的落地，同时也具备了良好的结构工艺可行性。

通过此次事件，路易霖和她所在的工业设计中心，都深刻意识到了自己的弱势和不足，设计不能只在办公室里搞，还是要多深入调研，充分了解产品的制造工艺、工况、用户群体，才能做出好的设计。设计的终极目标一定是要落地产业化，一线走访调研是成为优秀工业设计师的必由之路。

"我们去矿区，去山区，去丘陵坡地。如果没有深入一线的实践，就永远不能做到从用户的角度去做产品设计，设计的很多创意也会成为空中楼阁。我们希望每一位工程装备产品的机手都能在舒适的工作环境下工作，这是我们最大的追求。"路易霖说道。

路易霖侃侃而谈，自己走过的路每一步都熟悉，自己亲手设计的产品每个环节都了然于心。从理论到实践，从实践到理论，经年累月的学习与磨砺，路易霖成了一位成熟且优秀的工业设计大拿。获得无数奖项的路易霖的"真经"是：学习永不止步，保持对工业设计工作全方位的敏感度。

首届全国机械工业设计创新大赛路易霖及团队获得金奖、银奖

儿时的路易霖，喜欢画画，喜欢色彩。从国画到水彩画，她的画笔下色彩饱满、形象丰富。曾经希望从事纯艺术专业，最终却走上了理工科的道路。考大学时，工业设计专业在国内还是冷门，但她听说工业设计是可以拿起画笔设计产品的专业，毅然决然地做出了选择。大学毕业，很多同学放弃了设计专业，但是她还是坚持要学设计，考上了设计艺术学研究生。"艺术"两字已深深浸润路易霖的血脉，艺术气质、人文情怀对今日从事的工业设计，大有裨益。

路易霖谈到，当年报考工业设计专业时，只是对绘画设计感兴趣，对专业的理解仅停留在美观层面，但学习之后才发现，美观只是工业设计非常基础的部分，它同时需要社会学、心理学、人机工程、机械、结构、材料等多学科交叉的知识。路易霖深有感触，这种多学科的交叉，也正是工业设计的难点。"一开始会有点不适应，挺焦虑的，但我是发自内心地热爱设计，所以还是会保持持续学习的习惯，坚持抽出时间来学习。"

徐工的工业设计，就是在这样一群不怕"碰钉子"、吃苦肯干的年轻人的共同努力下，建立起了严谨完善的工业设计流程，产出了一系列外形美观、操纵舒适的工程装备产品，让"徐工金"以高标准、高质量、高颜值的全新面貌，闪耀在世界的舞台。

未来，徐工工业设计团队还将致力于前瞻设计、产品造型、人机工程、人机交互等专业方向上的研究探索。工业设计作为未来工程机械创新最为先声夺人的核心力量，将全力推进徐工集团迈向国际化、世界级的进程。

三、打造优秀团队，让工业设计为"徐工制造"点石成金

> 新产品进入海外市场，得到客户的认可，带给我们莫大的自
> 我满足和获得感。
>
> ——路易霖

"我觉得最让我有成就感的两件事，一个是产品得到肯定，另一个是团队的共同进步。我们团队的其他工业设计师也都敢拼敢干！"

路易霖带领团队开展了平地机、铣刨机、双钢轮压路机、轮胎压路机、摊铺机等产品的工业设计研究工作，在大家的共同努力下，克服了各种设计难题，按时交付了一款又一款优秀的产品，实现了道路全系列产品的设计升级。设计师们基于成熟的设计理念、先进的设计手法、科学的研究流程，一改早期对结构工艺不了解、对人机研究不熟悉的窘境，联合道路产品研发团队，共同打造全新的小型双钢轮压路机。目前这款产品已推向海外市场，得到了国际客户的青睐，这种肯定对路易霖及其团队来说是莫大的鼓励。

一次次的团队合作、一次次的技术突破，与兄弟公司通力合作完成的每一件全新产品，都让路易霖更加坚定了自己的选择和未来的方向。

"执着向善向美，必须保持对工业设计工作全方位的敏锐度。"路易霖不断学习和提升自己，为企业的发展作出更大的贡献，是她的不懈追求。"我相信，通过不懈的努力和创新，我们能够创造出更多影响改善用户体验的优秀产品，助力徐工珠峰登顶。"

挑战是人生不可避免的磨砺，勇于挑战是通往成功的必经之路。路易霖接受的一次又一次的挑战，也奠定了她作为一名优秀工业设计师的成功

路易霖在工业设计中心办公室对设计方案进行细节评估

之路，为徐工工业设计更为中国工业设计增光添彩。

"最近工作虽然忙碌却很充实，一方面在复盘我们团队这几年的工作成果，另一方面在做未来的研究规划。"2023 年 4 月 29 日，五一假期第一天，路易霖仍然在徐工研究总院忙着做工业设计技术的相关规划，并对刚刚结束的全省工业设计工作交流会进行收尾复盘。这个假期，她将有一半的时间要在研究总院做后期规划和值班。其实，进入徐工以来，没有一个假期路易霖是完整度过的。有句话不是这样说："工作时是最美丽的。"路易霖笑了。

记得，我们一起坐在海边看天

好像已过了千年万年

那天的大海天一样蓝

我们的地球阳光灿烂

流浪蓝天

带着家园流浪蓝天

《流浪地球》的主题曲气势宏伟，《流浪地球》的规模和气势令人震撼。

置身于影院看电影时，没有想到科幻电影《流浪地球》中对未来世界的场景设计，有徐工工业设计全程参与。《流浪地球 2》中，徐工设计的工程机械向全世界展现了徐州制造、民族品牌的力量。徐工装备作为特殊演员参演《流浪地球 2》，让大国制造走向电影银幕。影片中展现的产品就是由徐工工业设计中心设计的。

工业设计作为高知识、高技术、高文化性的"智慧产业"，是制造业价值链中最具增值潜力的重要环节，也是构成现代制造业核心竞争力的重要源泉。近年来，徐工工业设计中心为 XZ4055 水平定向钻、XC918EV 电动装载、XS125 单钢轮压路机、XE155ECR 挖掘机等海外出口产品注入全新设计理念，产品荣获了德国红点奖、IF 奖等全球顶尖设计奖项，助力产品打入国际高端市场，让全球客户看到了不一样的中国设计、中国产品。路易霖和她的设计团队，功不可没。

"真的喜欢徐工，十来年前第一次来，我就将这儿当成了家。"2012 年刚到徐工的安徽姑娘，一踏入徐工就感到了温暖。"公司将我们安排进了人才家园。"

"人才家园"12 号楼 1 单元 901 室。这套房有公用的客厅、厨房、卫生间，以及 2 间约 15 平方米的独立卧室，可供两名研究生居住，每人每月仅需支付 100 元租金。房间里配有彩电、燃气灶、热水器、空调、衣柜、厨柜、电脑桌等家具电器，还安装了有线电视和宽带网络。

路易霖记得那年拿着钥匙打开自己居住的房间，看着眼前各种生活设施齐全、布置温馨，立即兴奋地打电话告诉父母，让爸妈放心，这里和家一样温暖！

家不是一栋房子，而是心底的那份幸福感、安全感与归属感。徐工这个大家庭让许多跨出校门的莘莘学子，多了归属感和安全感。

没来到徐工时，路易霖心里多少还有些忐忑，现在有这么好的居住条件。大型国企云集着大批高精尖人才，学习、锻炼的机会也很多，看来一定会在徐州扎根了。

路易霖真的在徐工扎根了。在徐工提供的广阔舞台上，路易霖一路由工业设计师成长为部门负责人、项目技术负责人，用热血和奋斗遇见了更好的自己，也收获了爱情和家庭。"我爱人在徐工做产品研发，也经常配合着一起在同一个项目中开展工作，所以我们在家中也常谈起工作，谈如何配合，很默契也互补，为了工作我们有时也有争辩，但最终都能达成共识。"易霖笑得很幸福。

徐工人都深爱徐工，为自己是徐工人而自豪骄傲。路易霖的言语间充满了对徐工这个大家庭深厚的情感。

"工程机械向来给人一种冰冷、笨重、呆板的印象，我们希望通过努力，让工程机械不仅在外在形象上肌肉感、力量感十足，还能在人机舒适性、安全性、易用性等方面得到全面提升，给用户带来全新的体验！"路易霖音色柔和、语气坚定、自信满满，这个长得很像女影星周冬雨的年轻女设计师面带自豪地侃侃而谈。

2023 年 4 月 26 日，全省工业设计工作现场交流会在徐州举行，徐工工业设计中心副主任路易霖分享着"2022 年中国优秀工业设计奖"金奖成果，分享着自己从事工业设计的感受和理念——

工业设计对工业制造有着至关重要的作用，工业机械和人一样，既要"内修于心也要外修于形"；

工业设计是制造业价值链中最具增值潜力的重要环节，是提升制造业核心竞争力的重要源泉；

"以需求为驱动、以设计为牵引"打造高能级平台，培育智能化、人性化、绿色环保"智慧产业"的创新设计理念……

路易霖的观念与讲述，激起业内同行的共鸣与掌声，路易霖笑了，笑得很甜。

前方的路还很长，集团公司希望将工业设计打造成统筹管理集团所有产品的形象设计。有扎实功底，有专业知识，有这么多年的经验历练，有优雅的艺术气质，有深厚的人文情怀，路易霖，很适合也能挑起这个重担。

路漫漫其修远兮，吾将上下而求索。

让工业设计为工业产品增光添彩，与团队一起以青春与智慧，倾心演奏工业设计的创新交响乐，是路易霖矢志不渝的目标与追求。